ちくま文庫

『おくのほそ道』謎解きの旅

身体感覚で「芭蕉」を読みなおす

安田登

筑摩書房

目次

はじめに

『おくのほそ道』はもっとも人気のある古典のひとつです。が、その割に面白くない。

　はじめて通読したときにそう思いました。むろん、これだけ人気のある古典です。面白くないわけがない。「これは自分の読み方が間違っているに違いない」と思っていたら、ふだんあまり外に出ない若者たちと「おくのほそ道」を歩くという企画が持ち上がり、そのためにもう一度読み直しました。今度は芭蕉自筆本を臨書《りんしょ》しつつ、そして『おくのほそ道』を携帯して旅をしながら読みました。芭蕉が船を使ったところは船に乗り、徒歩のところは徒歩で行く。

　すると面白い、面白い。「ここが現代日本か」と思うような道を歩き、疲労やら雨やら闇やらに日常の意識がどんどん飛散していけばいくほど、最初に読んだときには見えてこなかったものが、どんどん見えてきたのです。しかもかなりディープな面白さで、危険な香りもぷんぷんします。

最初、面白さを感じなかったのは、快適な屋内で、しかも現代人の感性のままに読んでいたからだったようです。

さて、ここで唐突ですが明治時代の日本で、ひとりの外国人が体験したことを紹介したいと思います。

ある夏の夜のことです。

闇の中に無数の白い手が招くようにゆらめいている。静謐《せいひつ》の中に、ただ草履《ぞうり》を摺《す》る音だけが聞こえる。白い手の行列は、極めてゆっくりとその姿を円形に変え、月の照る境内《けいだい》に息を潜めてそれを見守る人びとの周りをぐるりと取り囲み踊りが始まる。

白い手はあるいは掌を上に、あるいは下に、あたかも呪術を仕組むがごとくに蜿蜒《えんえん》たる波動を打たせて揺れる。「それは催眠術を被ったときの感覚に似る」と観察者はいいます。死んだような静寂の中で、この催眠的魅力はさらに強められていく。

幽霊のごとくに音はなく、天鵞絨《びろーど》のごとくに滑らかなこの踊りに魂を奪われた観察者は、「白い火を点じて迎えられた冥土から来た人々に、自分は襲われつつあるのではないか」とも疑うのですが、突然、ひとりの娘の口から迸《ほとばし》った美《うる》わしくも、朗らかな顫動《せんどう》に満ちた一曲の歌に、五〇人の柔らかな声がそれに和したとき、踊る人々が生者であったことが証されたのです。

が、また突如訪れる沈黙。今度はその沈黙の中に蟋蟀《こおろぎ》の声が喧《かまびす》しく和す。

この観察者は小泉八雲《こいずみやくも》ことラフカディオ・ハーンであり、そして、これはハーンによる明治の盆踊りの観察です。闇といったらどこまでも暗く、だからこそ月影は限りなく明るい。静謐といえばそれは痛いほどの静けさであり、だからこそ歌声は天の声のように美しく響く。

この盆踊りは、文明開化のあとの明治時代のものですから、それより二〇〇年ほど前に書かれた『おくのほそ道』の時代には、闇はそれよりもさらに深く、静謐はそれよりももっと凄然としていたでしょう。そのような闇と静謐の中で『おくのほそ道』は書かれ、そして読まれ続けてきた。

こんな闇を日常的に経験する人の目には、見えないものが見え、こんな静謐を知る人の耳には聞こえない音が聞こえる。これは光と喧騒の中に暮らす私たち現代人が『おくのほそ道』に限らず、あらゆる古典を読むときに意を用いなければならないところなのです。

＊

『おくのほそ道』は、江戸時代前期の俳人、松尾《まつお》芭蕉《ばしょう》と門人、曾良《そら》との長途の旅を元にした旅行文学です。そこに書かれていることは事実ではなく、フィクションであり、またそれは、旅の体験を縦糸に、韻文を横糸に編むという『伊勢物語』の系譜につながる「歌物語」のひとつでもあるといってもいいでしょう。

この作品の元になった旅は、元禄二年（一六八九年）、旧暦の三月二七日に始まりました。深川の芭蕉庵を出立したとき、芭蕉は四六歳。当時の年齢から考えても、またそれが、亡くなる五年前のことであったということから考えても、かなりの高齢での旅立ちです。

『おくのほそ道』という書名は、街道の名に由来します。「おく（陸奥＝東北）の大道」である奥州街道に対する、小さな街道が「おくのほそ道」です。いまも仙台にその碑がありますが、しかし私たちがこの語でイメージするのは、人倫《じんりん》通わぬ山奥にある、ちょっと怖い「ここはどこの細道」です。『おくのほそ道』と名づけた芭蕉の旅行文学は、人々のあまり通わぬ道を辿りながらの東北紀行を意図していたのでしょう。

彼らは江戸から太平洋側を北上し、絶景、松島を堪能したあと「平泉」まで行き、それから日本海側に越えます。その途中に「出羽《でわ》三山《さんざん》」に参詣、そして今は消失してしまった名所「象潟《きさかた》」では松島に劣らぬほどの感動を詠い、その後は日本海側を南に歩いて、最後は「大垣」で旅をしめくくりました。

約一五〇日、六〇〇〇里にも及ぶ大旅行。その旅の後、数年かけて完成された『おくのほそ道』は、しかし芭蕉の生前には刊行されなかった。

ですからその読まれ方は今とはだいぶ違います。弟子に清書させたものを芭蕉自身が持ち歩き、門人たちとともに読んでいた。それが最初の読まれ方でした。

芭蕉といっしょに『おくのほそ道』を読む。うらやましい。どんな風に読まれていたのでしょうか。

＊

本書は、芭蕉の門人たちが、芭蕉といっしょに『おくのほそ道』を読んだとき、どのように読んだのか。彼らには何が見え、何が聞こえたのか。それを考えてみたいと思って書きました。

門人たちが当然のように持っていたが、現代人の多くが失ってしまっているものがいくつかあります。そのひとつが最初に書いた、見えないものを見る力、聞こえないものを聞く力です。特に彼らは詩人です。その力は、ふつうの人よりもすぐれていたであろうと思われます（詳細は本文三九ページ）。

そして、もうひとつが能楽《のうがく》への親しみ。

多くの現代人にとって「能」は遠い存在です。それは教科書の中の話で、「堅苦しくて、難しい伝統芸能」というイメージを持っている人が多い。しかし、芭蕉や彼の一門の人々にとって「能」は、極めて近く、そして魅力的な芸術でした。

能は、不可視の神霊を主人公とするという、世界でも稀有《けう》な芸術です。セリフも、歌も、ダンスも音楽もある総合芸術です。

室町時代に完成された能は、江戸時代になると武士階級がその主な享受者となりました。しかし武士以外の人々も、神社の境内《けいだい》や辻などでの「手猿楽師《てさるがくし》（半玄人能楽師）」たちによる興行などによって能に親しんでいたようです。

特に、そのセリフ部分を謡う「謡曲《ようきょく》」は大人気だったようで、そのための本（謡《うたい》本《ぼん》）も多く出版され、教える先生もたくさんいました。実際に能の主人公に自分がなって、そのセリフを語り、あるいは謡う。それが「謡曲（あるいは単に「謡《うたい》」とも）」という趣味です。その台本である謡本には舞台の進行がイメージできる絵のついたものもあった。趣味が高じた人は、謡だけではもの足りず、自分で舞ったりもした。笛を吹いたり、鼓《つづみ》や太鼓を打ったりと、囃子《はやし》に手を出す人もいた。

古典の世界の主人公に自分がなり、古典の世界の言葉で会話をする。夢幻世界を飛翔し、神霊と出会う。仙境に遊んで天の音楽を奏でる。そんなことを実現するのが能、特に「謡曲」と出会うことなのです。

芭蕉一門は、おそらく全員が「謡曲」を習っていたし、日常的に口ずさんでいた。芭蕉には鼓を稽古していたんだろうということをにおわせる句もある（偽句説も有）。

それによって彼らは江戸時代にいながら、王朝時代に遊ぶことができた。和歌の伝統、物語の伝統を、頭ではなく、身体を通して継ぐことができたのです。

門人、宝井其角《たからいきかく》は「俳諧《はいかい》をする人は謡曲をすべきである（謡は俳諧の源氏）」というようなことをいっています。芭蕉の句は、謡や能が当然のようにベースになっている。そして、読者にもそれを期待している。

『おくのほそ道』の中で使われている言葉には謡曲の中からの引用が多く、それを探し出し、その意味を暗号を解くがごとくに読み解くことも、芭蕉一門の人々にとっては楽しい作業であったはずです。あるいは、ある言葉を聞いた瞬間に、能の一場面が彼らの脳裏には映し出されていたことでしょう。

しかし、現代人である私たちにとって能は遠い存在です。『おくのほそ道』の中から能の言葉を探すことはおろか、能の題名をいわれてもまったくイメージがわかないということも多い。それでは残念ながら『おくのほそ道』は半分くらいしか楽しめない。

そこで、本書では能をまったく知らない人でも、芭蕉一門の人々の脳裏にどんなイメージが湧いたのかを追体験していただけるように能の物語を多く紹介しました。そして、それが学者ではない役者である私が本書を書く意味でもあります。

＊

能や謡曲がベースであったのは芭蕉一門だけではありません。「貞門派」も「談林派」も、すべての俳諧が能をベースとしています。

ある日、知り合いの能楽師とお茶をしていたときに、西山宗因の句を彼に紹介した。

ほととぎす　いかに鬼神も　たしかに聞け

この句を私が口にした途端、彼は大爆笑をしました。この「大爆笑」が本当は必要なのです。ジョークの説明を聞いて「ふんふん」とわかってからでは大爆笑は起こらない。

この大爆笑を体験するためには、やはり芭蕉やその一門と同じく謡曲を学ぶのが一番いい。

謡曲は、いまでも学ぶことができます。能楽師についてしっかりと学ぶこともできるし、カルチャーセンターのようなところで気楽に学ぶこともできる。機会があれば、ぜひ一度、のぞいてみていただければと思います。

本書は『おくのほそ道』のうち、出発地である深川から平泉（岩手）までの旅を扱っています。

＊

なぜ平泉までかというと、それは、芭蕉が持ち歩いたと思われる清書本（西村本）でも、また先年見つかった芭蕉自筆本でも、平泉がちょうど真ん中になっているからです。それがちょうど真ん中である理由は、平泉は源義経終焉の地であり、そして『おくのほそ道』の旅の前半の目的が義経の魂を鎮める、鎮魂の旅であったからです。

本書は、「義経鎮魂の旅としての『おくのほそ道』」という考えを軸に、各章を次のような構成で編みました。

第1章「そぞろ神が旅路へと誘う」では、芭蕉が旅に出た理由を（1）漂泊の欲求、（2）歌枕《うたまくら》の探訪、（3）能因《のういん》・西行《さいぎょう》の跡をしたう、の三点にしぼって考えた。「歌枕」とは神霊の宿る聖櫃《せいひつ》であり、そこを通過し、歌や句を詠むことによって古人の詩魂エネルギーがチャージできるパワースポットでもある。西行による崇徳院《すとくいん》鎮魂の平行作業である義経鎮魂を使命とする芭蕉は、それを達成するために、さまざまな歌枕パワースポットに立ち寄り、詩魂エネルギーをチャージする。

第2章「謎を解く「ワキ」」では、『おくのほそ道』の書物としての特殊性について述べた。それが芭蕉の門人のみに向けて書かれた本であったこと、そして読者もともに作り上げることを期待された本であったことについて書き、また能との関係も詳しく述べた。

以上がイントロである。以下、『おくのほそ道』の本文に沿った旅が始まる。

第3章「死出の旅」では深川から日光までを旅する。新たな境地を目指し、さらに義経の鎮魂という大仕事をするためには、芭蕉は、まずは古い自分を捨てる必要があった。そのためには、観音《かんのん》の浄土であり、そして大御所の霊廟《れいびょう》である日光に赴き「死の体験」をする。それがこの死出の旅である。

第4章は「中有《ちゆうう》の旅」。死の体験をした芭蕉たちは、次の「生」までの、生と死の「あわい」の中有の旅をする。その旅は空間の旅ではなく時間の旅だ。長い日数をかけながら那須周辺をぐるぐると回る。その時間の中で新しい体質を獲得していく。

第5章は「再生の旅」。生まれ変わった芭蕉たちは、白河の関という日本最大の歌枕パワースポットで、古来綿々と伝わる超強力な詩魂《しこん》エネルギーをチャージする。この再生の旅のフェイズは、東北最大の歌枕である白河から始まる。このフェイズでは、数多な歌枕スポットで詩魂エネルギーをチャージし、次の鎮魂の旅に備えることを大きな目的としている。

第6章は、「鎮魂の旅」。大量の詩魂エネルギーをチャージして、フルパワーとなった芭蕉たちは、いよいよ源義経終焉の地である平泉に向かう。最初の地は飯塚である。そこは義臣、佐藤継信《つぐのぶ》、忠信《ただのぶ》兄弟の跡であり、義経終焉の物語の始まりの地でもある。芭蕉たちは、この旅でもさまざまな歌枕パワースポットに寄り、詩魂エネルギーをチャージしつつ、最終目的地である平泉に到達し、念願の義経鎮魂の使命を果たす。

前著『身体感覚で『論語』を読みなおす。』（新潮文庫）を書くときも、できるだけ身体を使うようにしました。孔子の時代にはまだ紙はなく、文字だって違っていた。その本では甲骨文字や金文《きんぶん》の文字を多く紹介しましたが、実際に甲骨文が発見された殷墟《いんきょ》（安陽）に立って、殷の都跡を歩き、そしてその寒さや暑さを肌に感じ、さらには自分で亀の甲羅にキリキリと文字を刻んではじめてわかることがあります。

頭だけで考えると、どのようにもふくらんでしまうし、どこにでも行けてしまいます。自分の身体を使ってみると、身の丈の思考ができます。

今回も、芭蕉の跡を慕って歩きながら考えることができました。当時の道はわからないものも多い。しかし、できるだけ旧道を探しながら歩きました。「旧道はおそらくここだった」と、知らない人のお宅の庭をつっきらせてもらったこともありました。というわけで、本書も前著同様、頭ではなくからだで書いています。知的派ではなく、からだ派の本です。

ですから、あまり堅苦しく読まないでくださいね。どうぞお気楽に。

＊

本書は、本文も章も注釈も、その多くを尾形仂《つとむ》氏の『おくのほそ道評釈』（角川書店）によっています。また、原典は以下のものによります。そのほかは巻末の参考文献を。

『芭蕉自筆　奥の細道』（上野洋三・櫻井武次郎、岩波書店）
『素龍清書本　おくのほそ道』（麻生磯次、日本古典文学会、日本古典文学刊行会）西村本
『素龍筆・柿衛本　おくのほそ道』（岡田利兵衛編、新典社）
『新注絵入奥の細道――曾良本』（上野洋三、和泉書院）

本文の漢字は一部のものを除き常用漢字に改めました。仮名遣いは原文のままですが、振り仮名は現代仮名遣いにしました。これは能の台本である謡本形式です。

現代語訳は、できるだけ原文をそこなわないようなものにし、最低限のものにしま

した（そのため、ちょっと読みにくいかもしれません）。

『おくのほそ道』謎解きの旅

——身体感覚で「芭蕉」を読みなおす

第1章　そぞろ神が旅路へと誘う
――歌枕を巡る「能」の旅

『おくのほそ道』の持つ力

『おくのほそ道』を、若者たちと歩くということを始めました。

舞台の合間を縫って歩くので、むろん一気にすべては歩ききれず、一回の歩行はだいたい一週間。一日約八時間を歩き、続きはまたということで、二〇一一年の秋の時点で平泉までを歩きました。

一週間も時間が取れる若者たちですから、仕事をしている人は少ない。

世間で「引きこもり」とか「ニート」とか、あるいは「不登校」などと呼ばれている人が中心になります（私はこういう呼称には反対なのですが、いまはこのままでいきます）。

最初は何気なく始めました。彼らのカウンセリングをしようとか、引きこもり支援をしようとかそんなことはまったく考えていなかった。彼らと会ってときどき話をしていたので、「じゃあ、一緒に歩いてみるか」くらいのつもりで歩きました。が、最初の歩行が終わったあと、若者たちが激変した。これは驚きでした。それまでの彼らの生活が変化し始めたのです。

外見上は変化がないように見える人もいます。しかし、よく見てみると、その方向性が一八〇度、変わっている。

その変化の萌芽は歩行中の朝に起こりました。

ある朝起きたら、彼らが車を掃除していたのです。一週間以上も歩きます。しかも、ふだんは引きこもっていて歩くなんてことはしない。一応、ボディワークのワークショップをしたりもしたのですが、実際に一日八時間も歩いたら何が起こるかわからない。いざというときのためにサポートのための車を一台用意していただき、つかず離れず同行してもらうことにしました。

その車を彼らが早朝から掃除しているのです。誰かに何かをいわれたわけではなく、自主的に。しかも、朝の四時にです。

それまでは「何かしてもらうのが当たり前」だった人たちが、自分が「何かをする」人に変わった。

むろん、たかが掃除です。「そんなのは当たり前だ」という人もいるでしょう。

歩行後に校長先生に談判に行って転校をしたという不登校の小学生もいました。それだって当たり前のことかもしれない。

しかし、この方向性の転換は大きい。方向性さえ変われば、あとは時間が経てば経つほど変化は大きくなるのです。

このような変化を見ているうちに『おくのほそ道』には、何か大きな力が潜んでいるのではないかと思うようになりました。むろん芭蕉の書いた『おくのほそ道』という本は、そんなこととはまったく関係なく、古典としてもっとも優れたもののひとつです。

しかし、古典として優れているというだけでなく、それは現代人である私たちにも通じる、何か大きな力を持った書物ではないかと思うようになったのです。

それが奈辺にあるかについても本書の中でときどき触れようと思います。

が、本書はあくまでも古典としての『おくのほそ道』を、「能」という視点と、そして自分で歩きながら気づいた「身体感覚」を通して読んでいこうとする本です。

そこでまずは、芭蕉がなぜ『おくのほそ道』の旅に出ることになったか、そのあたりの理由から考えていきましょう。

『おくのほそ道』の動機

芭蕉がなぜ『おくのほそ道』の旅に出たのか、その理由を考えることは、本当は野《や》暮《ぼ》な話です。

本人に尋ねれば、その序文で書いているように「そゞろ神の物につきて心をくるはせ、道祖神《どうそじん》のまねきにあひて取るもの手につかず」とでも答えられ、結局ははぐらかされてしまうのがオチでしょう。

それでも私たちは気になる。これほどまでに後世に残る旅に出た、その動機を知りたい。というわけで、野暮とは知りつつ、まず旅の動機を考えるところから始めたいと思うのです。

『おくのほそ道』の旅立ちについて書かれた本は、それこそ汗牛充棟《かんぎゅうじゅうとう》、博学多才の諸子によって、さまざまな説が唱えられています。むろん、その中には芭蕉＝忍者説や伊達藩の内情を探りに行った隠密説などの講談もどきのものから、実は芭蕉は水質の専門家で水路の調査をしたという説まであり、それらをどこまで信用していいのか、いちいち検証しているヒマのない在野の者にとって、嬉しくもあり、また同時に困ったことでもあります。

そこで、さまざまな推測を一応わきに措き、『おくのほそ道』の序文や門人への手紙などに書かれている、彼自身が表明している目的を拾い出してみると次の三つになります。

（1）漂泊の欲求に突き動かされて
（2）歌枕を訪ねるため
（3）能因・西行の跡を慕うため

本人が言っていることだけが本当の動機だなどとは思ってはいませんが、それについてはおいおいお話しすることにして、まずはこの三つについて詳しく見ていくことにしましょう。

漂泊の欲求に突き動かされる

芭蕉が旅に出た第一の理由は、漂泊の欲求に突き動かされたからです。理由なんてどうでもいい。自分のうちなる「デェモン（目崎徳衛）」に突き動かされて旅に出てしまうのです。

「なぜ山に登るのか」という問いに「そこに山があるからだ」と答えたジョージ・マロリーは有名ですが（異説あり）、しかし『おくのほそ道』の序文に書かれる「そゞろ神の物につきて心をくるはせ、道祖神のまねきにあひて取るもの手につかず」という一文も、私たちが旅に駆り立てられる理由を見事に言い表した名文です。

旅に出るのにちゃんとした理由はない。おのれの内なる「漂泊の神（そぞろ神）」が理性を狂わせ、外界の「道祖神」、たとえば中尊寺金色堂の仏さまやヴェネチアの運河に浮かぶゴンドラなどに住み着く道祖神が、私たちを旅へと誘うのです。

決まりきった日常が長く続けば続くほどその思いは強くなります。漂泊の思いに突き動かされ、何もかもを放り出して、どこか知らない町、知らない国に行きたい、そう思う。そんなときにテレビで旅の番組でもやっていたりするとワクワクし、書店でガイドブックを手にすればそのまま旅行代理店に飛び込みたくなる。

あまりに平板な日常が続くと、自分の中の「気（生命力）」が枯《か》れる、すなわち「ケガレ（褻離れ）」になる。枯れてしまった気（生命力）をもう一度、取り戻し元気を取り戻すには「旅」しかない。既存の価値観をバラバラにすることによって気（生命力）を取り戻し、この灰色の日常に再び色彩を与え、そして未知の世界たる異界に導いてくれる「旅」は、私たち人類にとって必要不可欠なのです。

人類は「旅する霊長類」であり、そしてわれらがうちには常に漂泊の欲求が息を潜めて伏していて、いつでも頭をもたげる準備をしています。

ヨーロッパの中世には、すでにヴェネチアへの旅行ガイドが書かれたり、サンチャゴ巡礼の手引書も作られたりして、人々を旅に誘っていました。しかし、それよりももっとずっとずっと前から人は旅する存在だったのです。

「旅」という漢字は、氏族を象徴する旗《はた》のもと、ひとびとが集って旅するさまを表しています。「旅団」という語から、これを軍事行動のための旅だという人も多いのですが、私はこれを狩猟民族時代の「旅」の記憶を残す文字ではないかと思っています。

かつて人類が狩猟民族だったとき、人々にとって旅は必須のものでした。捕獲すべき動物が少なくなったとき、気候の変動によって住む動物が激減したとき、人は新たな猟場を求めて旅をしました。

私たちの祖先のルーツをたどっていくと「ミトコンドリア・イブ」と名づけられた、ひとりの女性にたどり着くという説があります。アフリカ大陸で生まれたイブと、その配偶者、そしてその子孫たちによる「旅」によって、私たち人類は世界中に広まったというのです。

その真偽はこれからの研究と発見とを俟《ま》つことになるでしょうが、しかし人類は一箇所に留まっていては、発展はなかったということは確かでしょう。

狩猟民族の旅にしろ、ミトコンドリア・イブ一族の旅にしろ、それは集団の旅だった。しかし、私たちには孤独な旅、あるいは少人数の旅への欲求もあったようです。

一九九一年、後にアイスマンと呼ばれることになる一体のミイラが、アルプスのエッツ渓谷（イタリア・オーストリア国境）の氷河で発見されました。海抜三二一〇メートルの氷河で見つかったこのミイラは、約五三〇〇年前の男性だと言われています。

自然の冷凍庫である冷たい氷河にあったために、その保存状態がたいへんよく、ミイラの身体からは数多くのものが採取されたことで、さまざまなことがわかりました。それによると、彼の居住地は発見された山からはずっと遠いところにあり、しかも彼が旅をしたのはまだまだ残雪の多く残る季節であったらしい。

そんな季節に、なぜ遠くまで旅をしたのか。その理由はわかっていません。ひょっとしたら彼は、ただ旅をしたかった、山に登りたかった、それだけの理由で旅をしたのかもしれないのです。

ちなみに漂泊を表す漢字は「遊（斿）」です。氏族旗の下にいるのは、たったひとりの人（子）です。

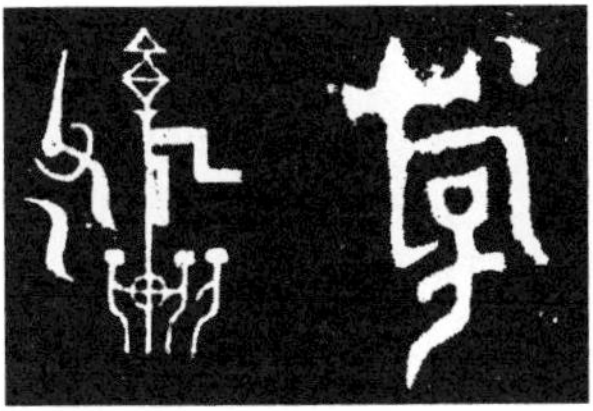

旅（左）と遊（右）の金文
（殷〔商〕の時代の文字）

たったひとりで旅をしたいという欲求も、昔々からあったようです。

狩猟に続く農耕生活は、かつての漂泊民たちに定住を強いるようになりました。そして、その定住は、かなり居心地がいいということも発見した。旅もしたいけど、このままここに安楽に過ごしてもいたい。

「漂泊」と「定住」、これは私たち人類の中に常にあるアンビバレントな欲求です。どちらかが続きすぎたとき、もう一方の欲求が頭をもたげ「そぞろ神」となって私たちをもう一方の世界に誘うのですが、「漂泊」の欲求がやけに強い、根っからの漂泊者という人がいます。「気（生命力）」が枯れやすい、「ケガレ」体質の人です。

芭蕉もおそらくはそういう人だった。

人よりも強い「そぞろ神」をうちに持ち、一度それが頭をもたげるともう抗えなくなる。「そぞろ神」が物につくと心は狂わされ、「道祖神」の招きにあうと「取るもの手につかず」、もう何をしても手につかなくなる。

彼が長年所属していた「俳諧界」のケガレは、深川隠棲をしてもなかなか落ちなかった。何度、旅をしてもダメ。すぐに「気（生命力）」は枯渇し、そして何よりも「詩魂《しこん》」が弱まってしまう。

漂泊の欲求が顔をもたげてくる。この抗いがたい漂泊の欲求に突き動かされた、ということこそ、芭蕉が『おくのほそ道』の旅に出た第一の動機でしょう。

歌枕を訪ねる旅

さて、そんな芭蕉が「おくのほそ道」の旅で目指したのは東北でした。

旅自体は東北から北陸へと廻り、最後は美濃国《みの》（岐阜県）の大垣《おおがき》まで続きますが、しかし芭蕉自身がこの旅のことを「奥羽《おうう》長途の行脚《あんぎゃ》」とか「北国下向」とか書いているように、彼の念頭には「この旅は東北への旅だ」という思いが強かったのです（奥羽とは、福島、宮城、岩手、青森、秋田、山形）。

　当時の人にとって東北は未知の世界です。いや、未知どころか、まだまだ未開の地、蝦夷《えみし》の国というイメージも強く持っていた。蝦夷を征伐するという意味を持つ「征夷《せいい》大将軍《たいしょうぐん》」である坂上田村麻呂《さかのうえのたむらまろ》の遺跡も多く、彼と戦った古代東北の英雄アテルイの物語なども残るそこは、江戸や都に住む人々にとっては足を踏み入れることすら怖い迷宮のような幻想世界でした（出羽三山《でわさんざん》信仰のようなものはすでにありましたが）。この旅に出る芭蕉の決意も、それまでのものとはだいぶ違って悲愴ですし、実際「おくのほそ道」の旅の中で、芭蕉は迷路のような道に迷い込み、さまざまな不思議体験をしています。

　そんな東北ですが、しかし同時に歌の世界では古代から憧れの地でもありました。ヨーロッパの中世にはヴェネチアやサンチャゴへと誘うガイドブックがあったと書きましたが、日本では「歌枕《うたまくら》」という形で、東北は人々を彼の地へと誘うのです。「歌枕」とは、広義には「歌語《かご》」、すなわち和歌的なさまざまな語を指しますが、狭義では和歌に読まれた名所をいいます。『能因歌枕』の中には地名としての歌枕が多く載せられています。その中で奥州（東北）のものは、「みちのく」だけで四二あります。このほか出羽などを含めるともっと増え、東北は歌枕がもっとも多い地域のひとつになっています。

歌枕の呪術性

さて、歌語を表す「歌枕」は狭義では「和歌に読まれた名所」のことですが、それは私たちが観光旅行などで立ち寄る「名所」とはだいぶ趣きを異にします。

まず歌枕は、呪術的な色彩を帯びています。

だいたい、歌枕の「枕」という語からして怪しい。

江戸時代の旅には枕を携帯していましたし、現代でも枕が替わると眠れないという人がいます。また能『邯鄲《かんたん》』にもなった邯鄲一炊《かんたんいっすい》の夢に現れる枕は、粟飯が炊けるほんのわずかの時間に人の一生を見せてしまうという魔法の寝具です。むろん、それはお話ですが、しかしそのようなこともできてしまうかもしれないということを私たちが諒解してしまうような力を、枕は持っています。

「まくら」とは単なる寝具を超えて、超自然的力を持つ呪術的寝具なのです。

「まくら」という語は「ま」と「くら」から成ります。

「ま」は「真」です。「くら」に漢字を当てれば「蔵」や「倉」、何かの容れもの、容器です。

また、「くら」は場所をもあらわします。「くら」の「く」は、「みちのく」・「いづく」の「く」であり、「所」をあらわすのです。また「いなか」・「すみか」・「ありか」の「か」や、「みやこ」、「そこ」の「こ」も同源です。

ま（真）＋くら（蔵or処）

すなわち「まくら」とは、「真実の容器」、あるいは「聖なる処」というような意味です。ユダヤ教やキリスト教でいう「聖櫃《せいひつ》」という語に近いでしょうか。

「生命の指標（ライフ・インデキス）」としての歌枕

では、その真の容器である聖櫃に何を入れるかというと、それは「神霊《しんれい》」であると民俗学者の折口信夫《おりくちしのぶ》はいいます。

「まくら」の原初の姿は、神霊が移るのを待つ施設であったのです。

祭礼のとき、神の言葉を託宣《たくせん》する人が、神霊を待つための装置として「まくら」を設置し、神霊を「まくら」に呼び出します。そして神霊が宿った「神座《かむくら》」ともいうべき「まくら」に頭を置き、仮睡することで、「まくら」に宿った神霊が託宣者に移り、彼は神の言葉を宣べたのだ、と折口はいいます（『日本文学の発生序説』）。

が、枕は、神霊が宿るにしては小さすぎます。しかし、実は小さいということこそが大切なのです。この小ささは「圧縮」を意味します。神霊が圧縮に圧縮されたことによる小ささが、この枕の小ささなのです。

さて、聖なる枕がないときに、「神霊」をここに呼び出し、そしてそれを人に移す、もうひとつの方法があります。それが「歌」や「物語」を使うことです。

古代、国々から歌い手や語り部が朝廷に参り、天子（天皇）に国風（くにぶり）歌を歌い、土地の物語を語りました。

これはただ歌を聞かせたのではありません。

くにぶり（国風）の「ふり」は神霊の遷座《せんざ》とそのアクティベイト（活性化）を意味する魂ふりの「ふり」です。

古代には人々が魂を奉《まつ》ると、天子はその魂の威力を総合してさらに貴くなるという信仰がありました。国風を歌うという行為は、大和朝廷に服従することを誓った国々が、歌によって魂をフル（振る）、すなわち天子に魂を奉る神聖儀礼なのです。

土地土地の魂ふりの歌を奉るのが「国風」としての歌であり、そして語り部の「物語」は、その国風の「ふり」の本縁を説くためのものでした。「国風」と「物語」は一対のものであり、「国風」の歌を聞いた人は、その物語も同時に思い出せたのです。

元来、「ことば」とは「こと」の「端《は》」です。国の霊威力である「こと」、すなわち

「くにたま」(国魂)を圧縮し、うちに籠めたものです。物語も歌もこの「ことば」すなわち国魂(くにたま)を籠めた詞章によって成り立っています。

そして、語り部の「物語」が国風の「歌」として簡略・圧縮化されたように、それはより圧縮化の道をたどります。拡散放逸してしまう放漫化の方向ではなく、より圧縮化することによって、神霊・精霊や威力ある霊魂の活動、すなわち「ふり」をここにつなぎ止めようとするのです。

日本の「うた」は和歌であれ、俳句であれ、みな「定型」です。思いを定型の中に閉じ込める。定型自体が「圧縮」なのです。

その圧縮化の最たるものが「地名」です。

神聖儀礼である「魂ふり(神霊の力)」が、やがて語り部たちによって語られる「物語(縁起)」となり、それを定型の中に閉じ込めれば「国風(うた)」となり、さらにそれを一語に圧縮すると「地名」になります。

魂ふり(神霊の力)→物語(縁起)→国風(くにぶり＝定型化されたうた)→地名(歌枕)

このような圧縮化の過程を経て、これ以上の圧縮はできないというところまできた

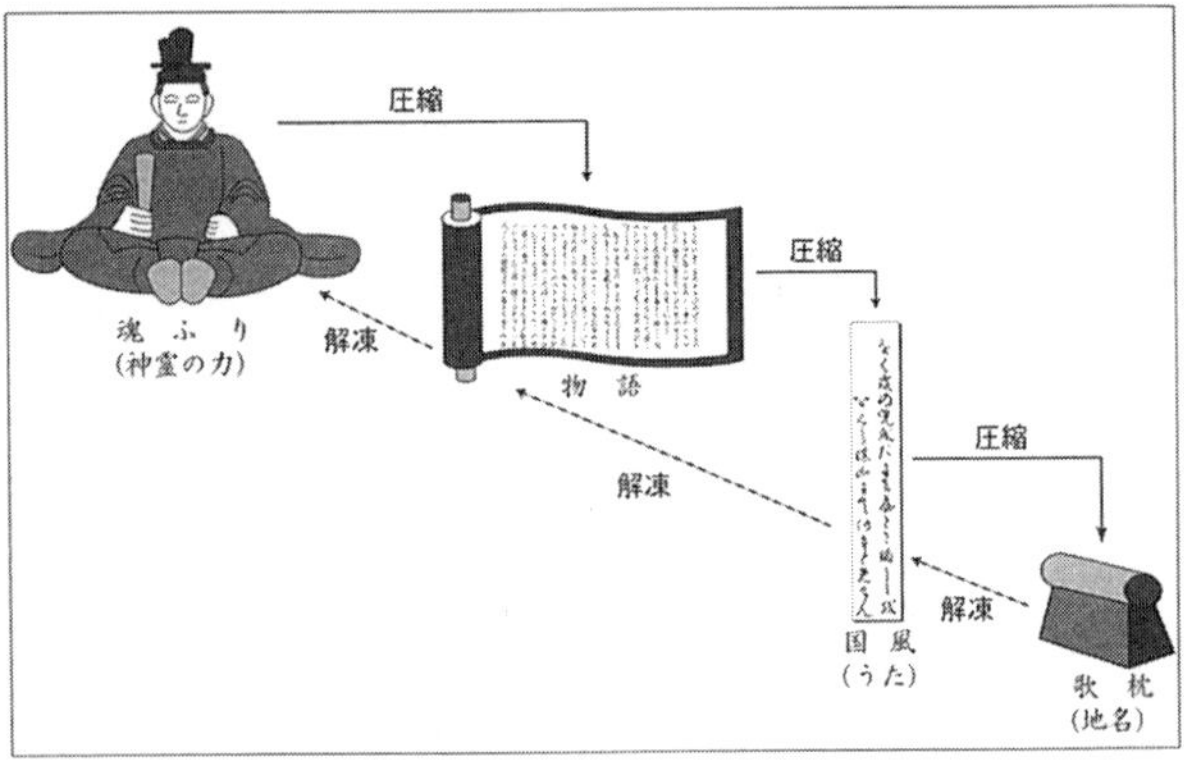

「魂ふり」が「歌枕」（地名）に圧縮される　　（イラスト　著者）

のが「地名」です。

最高に圧縮化された「ふり」は、より大きな力を秘めるようになります。物語や霊魂や、そのほかさまざまな情報の集積所である「魂の宿る土地」は、それが圧縮されて「地名」となり、聖化されるのです。

そして、その聖化された「地名」が幾人もの歌の中で使われ、詠まれ続けたときに、それはさらなる大きな霊力をもつマジック・ワード「歌枕」となる。

『風土記《ふどき》』や『古事記《こじき》』中巻に地名起源説話や土地の伝承が多く載るのは、かの書こそ歌枕の書き上げの書、すなわち国々の霊力のインデックス本であるからです。ある地名＝歌枕を引くと、そこにその物語と神霊の顕現《けんげん》である神の名が出てくる。その地名は、神々の歌や神々の物語につながり、さらにそれはそのまま神々の霊力をも引き出す。まさにインデックスです。

折口はこれを「生命の指標（ライフ・インデキス）」と名づけました。ある歌枕（地名）を聞くと、それが具体化し、胸に広がる。そしてその「生命の指標（ライフ・インデキス）」たる「歌枕」を歌の中に読み込むという行為は、生命の指標をそのまま、その歌の中に活かしているということになるのです。そのときそれはただの歌を超えて「呪歌《じゅか》」となります。

これは広義の歌枕（地名）・狭義の歌枕（歌語）ともに、です。「能」ではそういう歌を詠まれた植物や蝶などの虫も人的生命を得たりもします。

かつて大和朝廷を脅かした古代の英雄アテルイは、東北地方の勇者です。彼の地方にはこのアテルイをはじめ、大和の貴族には想像もできないほどの強力な力をもった英雄たちがいました。その英雄の霊力を身につけたいと古代の人は思ったでしょう。そのためには、その「くにぶり」である「国魂＝東北の歌枕」を詠みこんだ歌を通して力を得るのが一番です。

多くの人が、東北の歌枕を詠みこんだ雅歌《がか》を歌ったり、あるいは実際に東北の歌枕を訪ねたりするのも宜《むべ》なるかな、です。

歌枕は、そこを訪れる人に「歌枕パワー」や「詩魂エネルギー」を与える呪術的アイテムなのです。

歌枕は幻想の風景を生み出す

さて、古代より綿々と連なる歴史や物語を内在し、さらには「生命の指標（ライフ・インデキス）」たる「歌枕」にはさまざまな働きがあります。

ひとつは、その地がいま目の前に見える景色だけでなく、古代から綿々と連なる幻影をも併せ持つようになります。歌人たちが「歌枕」の景色の前に立ったとき、そこに見える実景はむしろ背景となり、幻影として立ち上がる古代からの景色である「真《しん》景《けい》」が彼の風景を占めることすらあるのです。

たとえば芭蕉は塩竈《しおがま》に行きました。奥州、宮城県の歌枕です。

芭蕉が実景として目にしたものは神社、塩竈の明神です。それも素晴らしいものだった。

「宮柱《みやばしら》ふとしく、彩椽《さいてん》きらびやかに、石の階《きざはし》九仞《きゅうじん》に重り、朝日あけの玉がきをかゝやかす」

芭蕉は目前の塩竈明神の威容に感嘆しています。

しかし同時に彼の眼前には、その宮に宿る神霊の姿や、その宮を五〇〇年前に寄進した「和泉三郎《いずみのさぶろう》」の幻影も現存していた。『おくのほそ道』には言及されていませんが、能『融《とおる》』のシテである源融《みなもとのとおる》の姿も芭蕉の前に現れていたに違いありません。

これを「和泉三郎を追想した」と言い切る人は詩人ではありません。

能の舞台を観て、実際に海の景色や波の音、潮の香りまでも感じる人がいます。ふだんバラバラに働いている感覚器官が能を観ることによってつながる。聴覚が視覚につながり、音が像としてそこに立ち上がる。このような現象を「共感覚《きょうかんかく》」と呼びますが、能の演技は、観客を共感覚の世界に誘うのです。

そして「歌枕」も同じく共感覚を生み出します。

傑出した詩人であった芭蕉には和泉三郎が「見えた」に違いないし、それこそが装置としての「歌枕」の力なのです。

芭蕉は、塩竈では素晴らしい景色を目にすることができましたが、しかし、実際には見つけられなかった歌枕もたくさんありますし、あるいは思ったほどのものでなかったものも多かった。それでもかまわない。彼の前には古代の景色が現存として立ち現れるからです。

これは極言すれば、実景としての歌枕がそこになくてもかまわないということになります。

芭蕉がいうように、「むかしよりよみ置ける歌枕、おほく語り伝ふといへども、山崩れ川流れて道あらたまり、石は埋《うず》もれて土にかくれ、木は老て若木にかはれば、時移り代《よ》変じて、其の跡たしかならぬ事のみ（壺の碑）」多いのが歌枕の常ですが、それは問題ではない。歌枕をうちに含むさまざまな「歌」と、その物語を知って、そこに立てば、実景ならぬ「真景《しんけい》」は立ち現れてくるのです。

歌枕は感情を宿す

さて、歌枕としての地名は、その名にちなんだ感情や物語をも持つようになります。たとえば『おくのほそ道』の中でも重要な「松島」。

この歌枕は「松」という音から「待つ」がイメージされ、そしてそれが掛詞《かけことば》として使われることによって、松島が詠われる歌はだいたいが人を待つ恋の歌になることが多い。失恋の歌か、苦しい恋の歌という風に相場が決まる。

しかも、人を待つのは夕暮れなので時刻も夕方以降と限定される。

さらに松島にある雄島の磯で漁をする「海人《あま》」もよく詠われ、その海人の袖《そで》が海水で濡れることから「涙」も連想され、それが失恋や苦しい恋をより強調します。

そしてそのような歌が、多くの歌人によってたくさん詠まれることによって、その感情は増幅され、「松島」と聞いただけで自然に胸がキュッとなる、そんな力も歌枕は持っています。

しかもこれは松島の実景とは何の関係もない。ただ、その「松＝待つ」という語からの連想と、そしてそれを歌い続けた歌人たちの営為によって、このようなことが起こるのです。

さて、歌枕についてさまざま書いてきました。このほかにも歌枕については書きたいことはたくさんありますが、それはまたの機会に譲ることにして、いま話したことをまとめると以下になります。

・呪術としての歌枕。まくら＝神霊の宿るところ
・「歌枕」パワー・「詩魂」エネルギーを人々に与える
・「生命の指標（ライフ・インデキス）」としての歌枕
・歌枕は幻想の風景を生み出す
・歌枕は感情を宿す

芭蕉の旅が、東北の歌枕を探訪するということはすなわち、奥州に伝わる古代の物語を巡る旅であり、そして古代の人々と、その霊魂に出会う旅であったということを意味するのです。そして何より「詩魂」エネルギーが弱まってしまった芭蕉に、そのエネルギーを注入してくれる聖地でもあったのです。

西行を慕う旅

さて、旅の動機の第三は能因・西行という先人の跡を慕うというものでした。

このふたり、ことに西行に対する芭蕉の敬愛の情は非常に深く、芭蕉の旅は、『野ざらし紀行』も『笈の小文《おいこぶみ》』も西行を追慕する旅でした。西行への追慕、また西行からの影響については多くの先人の著作があり、それに加えることはなにもありませんので、ここであえてそれを繰り返すことはしません。「本当に芭蕉は西行を敬愛していたのか」という疑問をお持ちの方は、ぜひ参考文献をお読みください。

その中から、本書との関係でぜひ知っておいていただきたいことをふたつだけ紹介します。

ひとつは芭蕉があこがれ、そして影響を受けた西行は「フィクションとしての西行」だということです。

『芭蕉のうちなる西行』（角川書店）の中で目崎徳衛氏は、次のように書いています。

芭蕉の西行敬慕は、一足跳びに史上の西行をつかまえたわけではなく、謡曲や連歌師の著作にあらわれた中世の西行伝説を媒介としている（同書一六ページ）。

芭蕉の知っていた西行は、最新の歴史学が教えてくれる史実上の西行ではなく、『撰集抄《せんじゅうしょう》』や『西行物語』、そして能（謡曲《ようきょく》）などに描かれていたフィクションとしての西行なのです。

東北のルートで芭蕉は、西行の奥州旅行の跡を慕っていますが、本来は歌枕ではない「遊行柳《ゆぎょうやなぎ》」も西行がそこに立ち寄って歌を詠んだというだけで、歌枕以上の扱いをしています。遊行柳の前に立ったとき芭蕉が思い浮かべたのは、能『遊行柳』の舞台であり、『西行物語』に描かれた絵なのです。

芭蕉の西行へのあこがれとして紹介したいもうひとつのことは、芭蕉が西行のコスプレをしたということです。

これは深沢眞二氏が指摘されています（『おくのほそ道大全』笠間書院）。

芭蕉の姿で思い出すのは僧の姿です。

門人の許六《きょりく》が描いた、芭蕉と曾良の旅姿の絵（次ページ）があります。この絵は芭蕉の生前に描かれた絵で、芭蕉の絵姿としてはもっとも信頼のおけるものだといわれています。

これも僧形《そうぎょう》です。

が、むろん芭蕉はお坊さんではありません。それなのに僧形なのです。

さらに笠を持つ。しかも、前に持っている。許六の絵だけでなく、多くの絵が笠を

許六筆「奥の細道行脚之図」
天理大学附属天理図書館蔵

前に持っている。

「笠を前に持つ」ということは「これは西行だ」ということを示します。たとえば、神さまが稲妻を持っていれば、「ああ、これはゼウスだな」ということがわかるでしょ。それと同じように笠を前で持っていれば、西行なのです。

西行にあこがれた芭蕉は、西行のコスプレまでしていた。

ちなみに芭蕉が亡くなったのは一六九四年で、西行が亡くなったのが、一一九〇年です。芭蕉にとって西行は、五〇〇年前の人なのです。私たちにとって、芭蕉は三〇〇年前の人です。私たちが芭蕉を昔の人だと感じる以上に、芭蕉にとって西行は昔の人です。しかも当時は、今よりずっと情報が手に入らない。それなのに芭蕉は西行のコスプレまでした。いや、しなければならなかった。

それは西行のした大切な仕事と関係があります。それは崇徳院《すとくいん》の怨霊の鎮魂《ちんこん》です。

怨霊と鎮魂

西行のしたもっとも重要な仕事のひとつに崇徳院の怨霊の鎮魂があります。現代では鎮魂という言葉はあまり聞かなくなりましたが、しかし慰霊祭《いれいさい》という形で今でも行なわれています。

慰霊祭という語に含まれる「慰める」という言葉は、なんとなく柔らかい。しかし、私たち日本人にとって死者は、そんなに甘い存在ではなかった。いや、おそらく今でもそんなに甘い存在ではない。

特に自分の意に染まぬ末路を辿った死者や、この世に思いを残して旅立った亡者は「怨霊」となってこの世をたたります。

受験の神さまである菅原道真《すがわらのみちざね》をはじめ、歴史上には怨霊化した人物がたくさんいます。平将門など（一説には聖徳太子も）が怨霊としては有名ですが、なんといっても日本最大の怨霊は「崇徳院」です。

孝明天皇は、幕末の混乱を鎮めるため、崇徳院の神霊を京都に奉還し、白峯社を創建することを決め、明治天皇が讃岐《さぬき》（香川県）に勅使を遣わして、崇徳院の御霊を京都へお招きして白峯神宮を創建しました。また、昭和天皇は東京オリンピックの成功を祈願するために、やはり讃岐に勅使を遣わして崇徳院を祀ったといわれています

（百年忌のためという説もあり）。

日本最大の怨霊、崇徳上皇

怨霊とは、非業《ひごう》の死を遂げた人の怨念が残り、死後、生きている人にさまざまな災いを与えるものですが、怨霊が貴人である場合はその力がより強くなります。ましてや天皇（上皇も）であるなら、その力は絶大でしょう。

崇徳院の怨霊は、『おくのほそ道』とは直接の関係はないように思えますが、しかし鎮魂の旅としての『おくのほそ道』を考える上では大切な事項ですので、ご存知ない方のために簡単にお話ししておきましょう。

崇徳天皇は平安時代末期の人、西行や平清盛らとほぼ時代を同じくし、源頼朝・義経らとも時代をともにします。

崇徳天皇がなぜ怨霊になったか。萌芽はその出生にまでさかのぼります。以下、ちょっと人間関係が複雑になりますので左の系図でも見ながら、じっくりとお読みください（以下、正史以外の「お話」も含まれます）。

崇徳院が怨霊になる最初のきっかけを作ったのは白河天皇です。崇徳天皇の曽祖父（ひいおじいさん）に当たります。

白河天皇は、最愛の中宮を亡くしてからは決まった中宮をもたずに、祇園女御《ぎおんにょうご》という女性を寵愛しました。彼女はおそらくは身分が低かったと思われるのですが、そのあまりの寵愛ぶりによって「女御」という后の最高位の称号をもって呼ばれていました。

さて、この祇園女御、子がなかったために、かわいい女の子を養い育てていた。その子が藤原璋子、後に待賢門院《たいけんもんいん》となる女性です。「璋子」、音で「しょうし」と読んでもいいし、「たまこ」と訓じてもいい。まだまだ幼い、この璋子ちゃんがキーとなる女性です。よく覚えておいてください。

祇園女御の養女だった璋子ちゃんは、いつの間にか白河天皇の養女になっており、

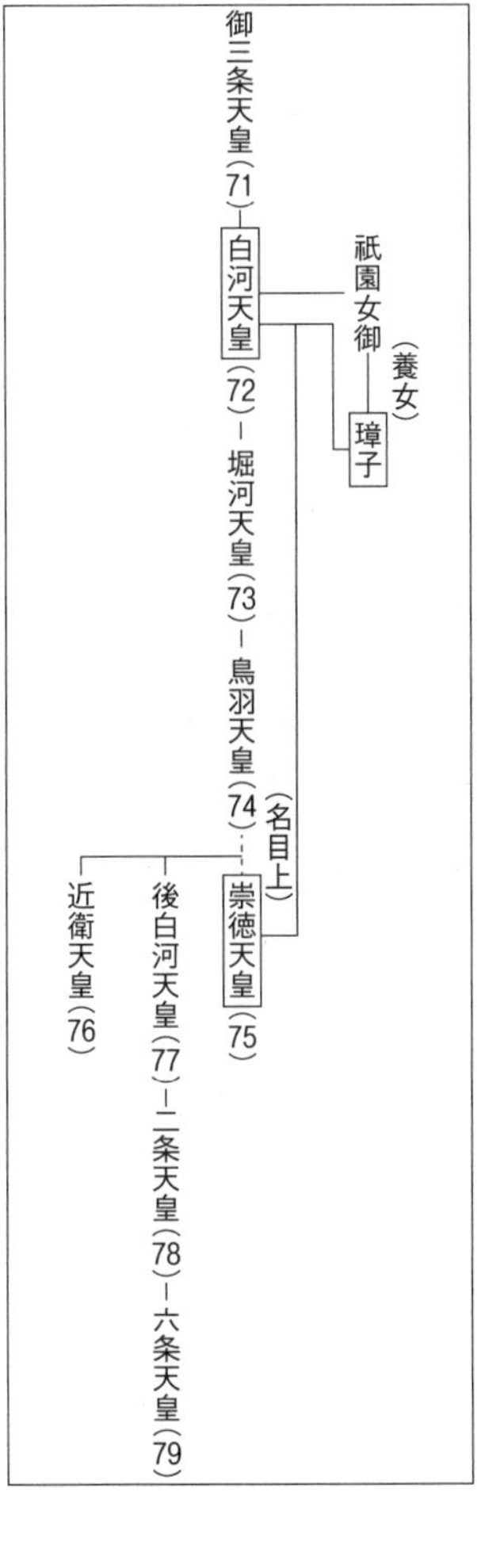

歌川国芳筆「百人一首之内　崇徳院」

白河天皇五四歳のとき、璋子ちゃん五歳の「着袴《ちゃっこ》の儀《ぎ》」が行なわれました。そのころ藤原忠実《ふじわらのただざね》という貴族が白河天皇に会いに来たとき、ちょうど璋子ちゃんが白河天皇の胸にちっちゃな足を入れていたために会うのを拒否されたという話も残っています。

　おじいちゃんは孫のような璋子ちゃんをとても可愛がっていたのです。

　ところが、五〇歳近く年の違うこの二人が、いつの間にか男女の仲になった。まあ、これだけなら今でもたまにある話です。

　しかし問題は、白河上皇（もうすでに天皇は引退）が、この璋子ちゃんを本当に大好きだったことにあった。

「さすがにこれだけ年が離れているので、添い遂げることはできないだろう。どこかに嫁にやらなければならない」

　そこで上皇は考えた。

「どうせ嫁に出すのならば、この世でもっとも素晴らしい婿のところに嫁にやろう」

と。

　ちなみにこの璋子ちゃんはその当時、白河上皇だけでなく何人かの男性と関係を持っていたのですが、それは当時の倫理観からすると、そんなに珍しいことではなかった。だから白河上皇が、自分の愛妾である璋子ちゃんを嫁に出そうというのもそんなに驚くことではないのです。


　さて、白河上皇はいろいろ考えた末、「この世でもっとも素晴らしい婿」というのは、やはり天皇だろう、ということで、あろうことか自分の孫、鳥羽天皇に嫁がせることにしたのです。愛する璋子ちゃんを自分の孫の嫁、中宮《ちゅうぐう》にした。

　子ではなく、孫ですよ。

　ひどい言い方をすれば、白河じいちゃんは、自分の若い愛人を孫に、その正妻として押し付けたのです（以下、璋子ちゃんから璋子さんに）。

　なんともすごいことをする人ですが、さらに白河じいちゃんと璋子さんとの関係は、彼女が鳥羽天皇の中宮になってからも続き、そしてなんと子どもまで作ってしまった。

それで生まれたのが顕仁《あきひと》皇子、すなわち後の崇徳《すとく》天皇なのです（以下、顕仁皇子と書くべきところ、わかりやすく「崇徳くん」でいきます）。

すなわち崇徳くんは、お父さんのおじいちゃんの子。崇徳くんからみれば、ひいおじいちゃんが本当の「お父さん」なのです（複雑ですね）。

崇徳くんを生んだ璋子さんは、名目上は中宮として、鳥羽天皇と正式な婚姻関係にありますから、いくらおじいちゃんの子とはいえ、彼女の子である崇徳くんは鳥羽天皇の第一皇子として認知されました（さらに複雑です）。

が、その出生の秘密は衆人の知るところとなり、幼い崇徳くんは「叔父子《おじご》（子どもでありながら、本当は叔父さん）」と呼ばれてすらいたのです。

「叔父子、叔父子」と呼ばれて育った子はどうなるでしょう。トラウマなんてもんではない。むろん父である鳥羽天皇からも忌み嫌われ続けたでしょう。

しかし、当時は院政時代。天皇よりも、引退した上皇の方が力を持っていた。いくら父である鳥羽天皇が崇徳くんを嫌っても何の力もありません。上皇である白河のおじいちゃんは、孫の鳥羽天皇の気持ちなどまったく無視して、鳥羽天皇をさっさと引退させて鳥羽上皇とし、まだ幼い五歳の崇徳くんを天皇にしたのです。

さて、そんなことをしているうちに、おじいちゃんの白河上皇が亡くなります。そうなると俄然《がぜん》、ちからを発揮するのが鳥羽上皇。

まずは大嫌いな我が子（本当はお祖父さんの子）である崇徳天皇を二二歳という若さで強制的に退位させ、崇徳上皇、すなわち崇徳院にします。さらに崇徳院に上皇としての力を発揮できないようにするために、「皇太弟」の詔《みことのり》を出しました。

この詔についての詳細は省略しますが、しかしこれによって崇徳院は上皇としての力を発揮できなくなるだけでなく、本人が再び天皇として復位することも、また崇徳院の子どもが次の天皇になることも不可能になってしまいました。

それだけでも崇徳院はメラメラしていたのに、次の次の天皇になったのは後白河天皇。後白河天皇の母は、崇徳院と同じ璋子さん。でも父親は鳥羽天皇。世間的にもちゃんとした夫婦の子です。お母さんは同じで、お父さんが違うという複雑な関係です。

歴史的事件でよく問題になるのは異母兄弟同士の確執ですが、こちらは同母・異父兄弟ですから、問題はより深刻になる。仲の悪いことは当たり前。

お父さんの鳥羽上皇が亡くなるとすぐに、崇徳院は、異父兄弟である後白河天皇に対して兵を挙げるのです。この挙兵には、それをそそのかした者がいるという噂もあり、それが後で出てくる「信西《しんぜい》」という人です。この「信西」という名も頭の隅に入れておいてください。

さて、崇徳院も後白河天皇も、ともに源平両家の武将を味方につけます。

崇徳院━┳源氏━源為義、為朝の親子
　　　　┗平氏━平忠正

後白河天皇━┳源氏━源義朝（為義の長男で、頼朝、義経の父親）
　　　　　　┗平氏━平清盛

もうこうなればどっちが勝ったかは一目瞭然。なんといっても後白河天皇には源義朝も平清盛もついているわけですから。結局、崇徳院側は散々な敗北を喫し、首謀者たる崇徳院は讃岐国《さぬきのくに》（香川県）直島《なおしま》に流されてしまうのです。

その後、四国に移された崇徳院は憤懣《ふんまん》やるかたない。

しかし西行のすすめもあってその憤懣をぐっと抑え、後生菩提《ごしょうぼだい》のために三年かけて五部の大乗経《だいじょうきょう》（華厳経・大集経・大品般若経・法華経・涅槃経）の写経をした。ただ、その方法がちょっとまずい。自分の血で写経《しゃきょう》をしたのです。むろん崇徳院に悪気はなかったのですが。

そしてそれを都に送る。

ところが都はそれを受け取らない。拒否をした張本人は、さきの戦いを仕掛けたという噂のある信西です。信西は政治的な策略もあって、その受け取りを拒否し、それどころか血書の大乗経を崇徳院に送り返してしまう。

激怒した崇徳院は、血の写経に新たに血をもって天皇家を呪う言葉を書き付けます。

「われ日本国の大魔縁となり皇を取って民とし、民を皇となさん」

そう祈誓した崇徳院は、御誓状を書き終わってのち、髪と爪を伸ばし放題にして、生きながら天狗《てんぐ》となったといわれています。その後、崇徳院は八年間生き続け、最後は舌を噛み切って死んだとも、あるいは暗殺されたともいわれています。さきの呪いの言葉も、噛み切った舌からの血で書いたという話も伝わっているくらいです。

その真相が奈辺にあるにしろ、非業の死を遂げた崇徳院は、亡くなってからは朝廷に祟《たた》りをなす大怨霊となったのです。

その怨霊の力はすぐに発揮され、後白河を中心とする朝廷ではさまざまな内紛が起こり、ついには後白河についた源平同士の争いとなってそれはピークに達しました。これが平治《へいじ》の乱であり、この平治の乱で、血の大乗経の受け取りを拒否した信西は土中に身を埋めての自害と、さらにはその屍骸《しがい》を掘り起こして、京の西の獄門に首が晒《さら》されます。ちょっと前までの陰の最高実力者が悲惨な末路を辿るのです。

この乱の後、平清盛が「侍《さむらい》」という卑賤の出ながらも太政大臣となり、摂関家をもしのぐ勢いを有し、さらに後年には清盛の娘、建礼門院徳子《けんれいもんいんとくこ》が安徳天皇を生むことは周知の通り。

そして、それはやがて青葉の笛の平敦盛《あつもり》や源義経などが出てくる『平家物語』となって語られる有名な源平合戦（治承・寿永の乱）に発展し、ついにはその結果、平家は滅び、正統な天皇である安徳天皇と三種の神器のひとつ「天叢雲剣《あめのむらくものつるぎ》」をともに失うという、天皇家にとってはなんとも痛い目にあうのです。

それは先のことながら、平清盛が太政大臣になったとき、人々、特に宮中の人々は崇徳院の呪い「皇を取って民とし、民を皇となさん」を思い浮かべたことでしょう。

西行による崇徳院の鎮魂

そこで、この日本最大の崇徳院の鎮魂を仰せつかったのが西行法師でした。

崇徳院鎮魂のための讃岐行は、西行の一生の中でももっとも重要な出来事のひとつであり、西行の自著と考えられていた『撰集抄《せんじゆうしよう》』の中でも崇徳院鎮魂を語った「讃州白峯之事」の章は出色です。

現代では『撰集抄』の作者は西行でないことはほぼ確実とされていますが、しかし少なくとも芭蕉の時代の人々は『撰集抄』は西行の自著と信じていましたから、芭蕉を読もうとする私たちも現代の最先端の研究よりも、『撰集抄』などから、西行による崇徳院鎮魂のさまを見るといいでしょう。

『撰集抄』は、諸国行脚の西行による遊行《ゆぎょう》・漂泊《ひょうはく》と鎮魂の物語です。漂泊の西行が、さまざまなことがら、人物、霊などと出会っていく説話集です。詳しくは第2章でお話ししますが、「能」もこれと同じく、漂泊の旅人（ワキ）が神霊（シテ）と出会いその鎮魂をするというのが基本構造です。

ちなみに西行が崇徳院を鎮魂するという能があります。『松山天狗』という題名です。この能では西行がワキで、残恨のシテ（崇徳院）を鎮魂するという構造になっています。

崇徳院と西行は、ほぼ同時代の人です。崇徳院は、西行の一歳年下なだけです。そしてともに和歌を愛することから、生前より親交がありました。当時の朝廷では崇徳院を中心とした、崇徳歌壇のようなものが開かれていて、西行もその一員でした。

院の亡きあと、西行は例の血で書かれた大乗経典を、崇徳院の第二皇子である元性を通して見たようです。そのときに元性から、父、崇徳院の鎮魂を頼まれたのではないかともいわれています。

『撰集抄』によれば「西国はるばる修行仕り待《はべ》りし次《ついで》」と書かれていますが、しかし西行の讃岐行きは再び生きて帰れるかどうかもわからないという覚悟をもった、決死の旅であったともいわれています。

これなども『おくのほそ道』の「前途《せんど》三千里のおもひ胸にふさがりて、幻のちまたに離別の泪《なみだ》をそゝぐ（旅立ちの章）」や「若生《もしいき》て帰らばと定《さだめ》なき頼《たのみ》の末をかけ（草加）」などという文を思い出します。

さて、讃岐の崇徳院の御陵に着いた西行は何度も涙を流しています。

まずは崇徳院のお墓の前で、意識がなくなるほど涙にかきくれる（今さらかきくらされて物も覚えず）。次に住居跡に行き、ことに激しき峰の松風の音を聞けば、そぞろに涙を落とす（そぞろに泪を落とし待りき）。それから崇徳院のことを思って、涙が漏れ出でくる（泪のもれ出で侍りしかば）。

これは「かわいそう」という、上から目線の涙とは違います。同情の涙でもない。伝・西行の歌があります。

「なにごとの　おはしますかは　知らねども　かたじけなさに　涙こぼるる」

この感涙と同じく自然にこぼれる涙です。そこにおわします崇徳院の霊と、西行自身の魂が共振して自然に涙が溢れてくる。

死者の霊と生者の魂とが共振したそのとき、生ける西行は崇徳院の苦しみや無念を、身をもって感じる。想像ではない。西行自身も崇徳院と同じく苦しみ、同じく無念さに煩悶した。

その「共苦《きょうく》」の涙なのです。

そして能のワキは、よくこの「共苦」の涙を流します。能のワキとは「共苦」する人なのです。他人の苦しみに感染して自分も苦しみ、悲しみを引き受けて自分も悲しむ。それによって初めて鎮魂は可能になるのです。

崇徳院の旧跡の前で涙する西行の前に崇徳院の霊が現れる。その霊に対して西行は歌を歌いかけます。


「よしや君　昔の玉の　床《ゆか》とても　かからん後は　何にかはせん」


この歌は世の無常《むじょう》を崇徳院に説き、「もういいでしょう」と院に申し上げた歌ですが、現代語に直して理解をすることは、本当はやめたほうがいい。歌の中には呪術言語としての「歌枕（歌語）」の霊力が宿っています。その霊力を崇徳院の霊に向けて発する、それが西行の歌だからです。

この一見、鎮魂とは思えない歌。しかし、能『松山天狗』の中では、それを聞いた老人は「さても西行ただ今の詠歌の言葉、肝に銘じて面白さに、老《おい》の袂《たもと》をしぼるなり」と謡う。

「面白《おもしろ》」とは、能を大成した世阿弥《ぜあみ》がもっとも大切にしたことのひとつです。世阿弥は天岩戸《あまのいわと》神話で岩戸が開き、そこから漏れた光によって神々の顔がはじめて輝くさまを「面白」と表現しました。神々の顔（面）が明るく（白）になったのです。

その直前の状態、すなわち天照大神《あまてらすおおみかみ》の岩戸隠れによって作られた暗闇を世阿弥は「言語を絶して、心行所滅《しんぎょうしょめつ》」と表現しました。この暗闇は光だけの暗闇ではありません。あらゆる感覚器官が停止し、精神活動も筋肉運動もすべて停止した「虚無《きょむ》」の状態。時間も動きを止め、時空が「無」となるような完全な闇。

そんな真闇を破って訪れた「光」が「面白」なのです。

西行の「よしや君」の歌をきいた崇徳院は、それまでの無明の闇から一時的にしろ、脱することができた。能『松山天狗』の作者は『撰集抄』の描写から、そのように感じたのでしょう。

この歌を歌ったあと『撰集抄』は、その描写を一転します。ワキである西行の姿は消え、ときは昔に遡り、崇徳院と後白河天皇との戦い、すなわち保元《ほうげん》の乱の描写になります。しかもかなりのスペースが費やされる。

それもまさに能の手法。

非業《ひごう》の魂を鎮めるためには、その人のことを（あるいはその行跡を）できるだけ詳しく、そして何度も何度も語ることが求められるのです。

ちなみに多くの絵巻物は、鎮魂のために作られたという人もいます。

崇徳院を最後まで悩ませ、結局本人も悲惨な末路を辿った信西入道は『平治物語絵詞《へいじものがたりえことば》』という絵巻物に登場します。

『平治物語絵詞』の信西巻に現れる信西は、その姿がすべて悲惨です。すなわち「土中で自害する信西」、「土中から掘り起こされ、首を切られる信西」、「長刀に突き刺されて晒《さら》される信西の首」、「それを見る都人から、嘲笑され、揶揄《やゆ》される信西の首」、「獄門にかけられ、晒される信西の首」。執拗に悲惨な姿が繰り返されます。

あたかも崇徳院に対して「あなたを痛めつけた信西は、ほれ、この通り、やはり悲惨な目に遭いましたので、どうぞお気持ちをお鎮めください」と懇願しているようです。

平泉を頂点とした鎮魂の旅

さて、崇徳院の話で、かなりの道草を喰いましたので、ここで一度『おくのほそ道』に戻り、そのルートを確認しておきましょう。

おくのほそ道は全行程、一五〇日、全長二四〇〇キロ（六〇〇里）にも及ぶ壮大な旅です。日本列島の全長がおよそ三〇〇〇キロといいますから、日本列島縦断にも及ばんとする距離です。いくら江戸時代の人が歩く旅をよくしていたからといって、これほど長い旅をする人はめったにいません。しかも日光を過ぎてしまえば道の整備も充分とはいえないような東北への旅。これはすごい（次ページ地図は、『増補版　社会人のための国語百科』（大修館書店）を参考に作図した）。

さて、この全行程を「平泉」を頂点とした前後の二段に分けられるだろうと、尾形仂《つとむ》氏は指摘しています。

芭蕉自筆本で見ても、また写本である西村本で見ても「平泉」はちょうど全ページの真ん中に当たります。

そしてすでに述べたように『おくのほそ道』の旅立ちの句は「行春《ゆくはる》や鳥啼魚《とりなきうお》の目は泪《なみだ》」であり、最後の句は「蛤《はまぐり》のふたみにわかれ行秋《ゆくあき》ぞ」です。「行春」からはじまって「行秋」で終わる。同じ「行く」春からはじまり秋に終わる壮大な『おくのほそ道』の旅は、平泉を中心にちょうど二つ折りにするとぴったりの前後二段に分けられるというのです。

さらに前段は、行路のつらさや艱難《かんなん》を描いているものが多いのに対して、後段ではそのような描写はかげを潜め、かわって旧知・未知の俳人たちや、無名の人々との出会いや別れの描写が目立つようになる。前半の特徴が、つらさ、まじめさ、暗さなの

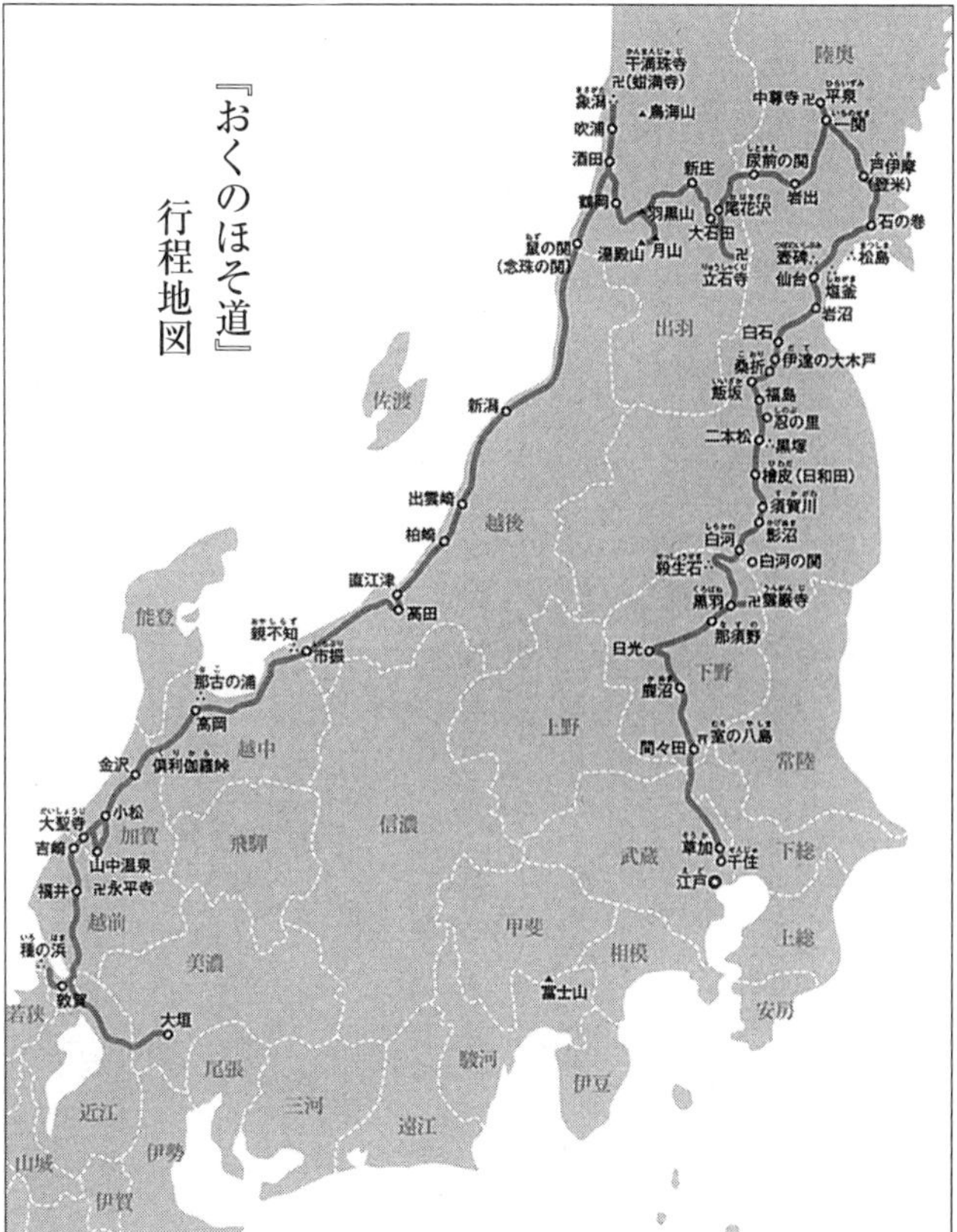
『おくのほそ道』行程地図
陸奥
干満珠寺
卍(蚶満寺)
象潟
鳥海山
吹浦
酒田
中尊寺
平泉
一関
尿前の関
岩出
新庄
戸伊摩(登米)
鶴岡
羽黒山
尾花沢
大石田
石の巻
鼠の関(念珠の関)
湯殿山
月山
立石寺
壺碑
仙台
松島
塩釜
岩沼
出羽
白石
桑折
伊達の大木戸
佐渡
新潟
飯坂
福島
忍の里
二本松
黒塚
檜皮(日和田)
出雲崎
越後
須賀川
柏崎
白河
影沼
白河の関
殺生石
直江津
高田
黒羽
雲巌寺
能登
親不知
市振
日光
那須野
那古の浦
下野
鹿沼
高岡
上野
室の八島
間々田
越中
金沢
倶利伽羅峠
常陸
大聖寺
小松
加賀
飛騨
信濃
吉崎
山中温泉
武蔵
草加
千住
下総
福井
永平寺
江戸
越前
甲斐
上総
種の浜
美濃
相模
富士山
若狭
敦賀
大垣
安房
尾張
駿河
伊豆
近江
三河
遠江
山城
伊勢
伊賀

に対して、後半ではそれが気楽さ、軽さ、明るさ、すなわち後年の芭蕉の境地である〝軽み〟に変わる。それまでの芭蕉の境地が、平泉を境に逆転するがごとくにがらっと変わる。が、その底に流れているものは一貫している。

すなわち『おくのほそ道』という作品は、「行春（深川）」と「行秋（大垣）」の二点を結ぶ線を底辺とし、「平泉」を頂点とする三角形の構図を通して、逆転の相に身をゆだねることによって永遠なるものにつながろうとする、俳人芭蕉の人生観・芸術観を総合する〝不易流行《ふえきりゆうこう》〟の理念を大きく語りかけていると見ることができる、そう氏はいいます。

そしてその頂点、すなわち芭蕉の境地の折り返し点の「平泉」は、奥州藤原氏のかつての繁栄を残した地であり、源義経終焉の地でもあるのです。

そして、この義経こそ、実は崇徳院にも勝るとも劣らない怨霊になり得る、非業の死を遂げたヒーローなのです。

怨霊、義経

源義経、幼名、牛若丸は日本人ならば知らない人がいないほどの悲劇のヒーローです。兄、頼朝との確執による悲劇的な最後は「判官《ほうがん》びいき」という語を生み出したほど日本人には愛されていますが、なにも日本人の判官びいき体質によって義経の人気があるわけではなく、彼の物語が語り続けられているからの人気であり、私たちが義経を好きだからこその判官びいきなのです。

義経の物語は、『吾妻鏡《あづまかがみ》』や『源平盛衰記』、それを脚色したフィクションの義経物語である『義経記《ぎけいき》』から始まり、室町時代には『安宅《あたか》』や『八島《やしま》（屋島）』あるいは『船弁慶《ふなべんけい》』などの能として演じられましたし、江戸時代にそれらを庶民的芸能に脚色した歌舞伎『勧進帳《かんじんちょう》』や『義経千本桜』などとなって庶民に愛されました（芭蕉の時代には『勧進帳』も『義経千本桜』もまだありません）。そして、明治・大正・昭和・平成と近現代の世になっても子供向けの絵本やさまざまな時代劇のヒーローとして活躍するさまは、とても怨霊になんかなりそうにないと思われますが、ところがどっこいそうではない。

能『八島』　シテ：佐々木多門
© 石田裕

たとえば能『八島』に使う面をご覧ください。これが義経の顔です。ちょっとイメージ違うな、と感じる人も多いでしょ。かなり怖いでしょ。

これは「平太《へいた》」という面で、義経以外には初代の征夷大将軍である坂上田村麻呂や、梶原源太景季《かげすえ》などの役に使います。

坂上田村麻呂は非業の死を遂げませんでしたが、しかし彼の東北経営の方針は都の方針とかなりの食い違いがあり、朝廷に対してはかなりの恨みがあった。また、梶原源太景季は、頼朝存命のころは鎌倉随一の御家人としてその権勢をほしいままにしましたが、最後は一族そろって山中で自害をするというような非業の死を遂げます。

ちなみにこの「平太」の面の眼を金に変えると「怪士《あやかし》」という怪異な存在の霊に使用する面になります。怪士は、能『松山天狗』に登場する崇徳院の霊の面なのです。

義経と崇徳院は、中世の人々にとってはかなり似た存在に思われていたのです。

義経も、本来ならば怪士のような怨霊になり得る可能性が大だった。しかし、その物語が語り続けられたことによって、怨霊にはならなかった。微に入り細に入り、何度も何度も語られることによって鎮魂され、非業の死を遂げた義経の魂の怨霊化を避けることができたのです。

義経は武家にとってはもっとも恐ろしい怨霊です。それは崇徳院が、天皇家にとってもっとも恐ろしい怨霊であったことと対応します。

崇徳院と白河天皇による戦い「保元の乱」と、それに続く「平治の乱」によって政治の実権は、貴族から武家に移りましたが、しかし完全に武士の世になったのは源頼朝が鎌倉に幕府を開いた「鎌倉時代」からです。その鎌倉の代を創りあげるのにもっとも功績のあったのは義経です。

革命においてもっとも功績のあった者は排除される、これはひとつの法則です。明治維新における西郷隆盛、ロシア革命におけるトロツキー、中国革命における林彪《りんぴょう》・劉少奇など、その例は挙げればキリがありません。

義経は、最大の功績があったからこそ、もっとも非業の死を遂げた。

芭蕉による義経鎮魂の旅

そして、その義経の鎮魂をしたのが芭蕉でした。西行が崇徳院の鎮魂をしたように、芭蕉は義経の鎮魂をしたのです。

『おくのほそ道』を読んでいくと、あるところから義経の旧跡の描写が急に増えるところがあることに気づきます。それは飯塚の「佐藤庄司《さとうしょうじ》が旧跡」です。これ以降、義経と奥州藤原氏滅亡の旧跡が多く現れるようになるのです。

そしてこの佐藤庄司こと元治（基治）は、義経の家臣、継信《つぐのぶ》・忠信《ただのぶ》兄弟の父であるとともに西行の遠縁に当たります。

芭蕉が西行にあこがれていたことはすでに述べました。芭蕉の『おくのほそ道』への旅は、西行の陸奥行＝平泉行の跡をほぼ忠実に追っているので、芭蕉の東北行は西行にあこがれた芭蕉にとっては当たり前のことのように思われがちです。

しかし、それだけではないでしょう。

俗名を佐藤義清《のりきよ》（憲清などとも）といった西行は、佐藤元治の佐藤氏と遠縁に当たるだけでなく、その祖先が平泉の奥州藤原氏とも血縁があった。そして義経は、鞍馬寺に預けられたあと平泉で、西行とも関係のある奥州藤原氏の当主藤原秀衡《ふじわらのひでひら》の庇護を受けました。西行が義経と面識があったかどうかはわかりませんが、その名を聞き知っていたことは確かでしょう。

西行が東大寺勧進《かんじん》のために二度目の奥州下りをしたのが文治二年（一一八六年）。藤原秀衡に会って砂金を得て勧進の目的を果たした西行は一〇月に奥州をあとにするのですが、その秀衡を頼って義経が平泉に下るのが文治三年二月。

残念ながらニアミスです。

そして義経が平泉で自害をしたのが、その二年後の文治五年（一一六九年）の閏《うるう》四月三〇日で、そののち奥州藤原氏も頼朝に攻められ滅亡します。

本来ならば西行が三度の奥州行を計画し、自ら義経や奥州藤原氏の跡を弔いたかったでしょう。しかし、もうすでに七二歳。その翌年に西行は入滅します。

西行の果たせなかった鎮魂を、西行に代わって芭蕉が自ら引き受けた。『撰集抄』と『おくのほそ道』の描写をあわせて読むと、そんなことも考えてしまいます。

さて、実はもうひとつ芭蕉が義経の鎮魂をした理由があるのですが、それはあとがきで扱うことにしましょう。

さて、芭蕉の『おくのほそ道』行は、俳諧の宗匠としての生活によって失われた「気（生命力）」＝「詩魂」を取り戻したいという漂泊の欲求に突き動かされてのものでした。その「気（生命力）」をもらえるのは、歌人たちの霊力の蓄積地である「歌枕」です。彼は、歌枕をたくさん訪ねることによって「歌枕」パワーと「詩魂」エネルギーを注入してもらい、元気力を取り戻します。

そして、その「詩魂」エネルギー満タン・ボディですべきこと、それは義経の怨霊への鎮魂だった。

それが『おくのほそ道』の前半、すなわち東北、平泉への旅だったのです。

第2章　謎を解く「ワキ」

——芭蕉はなぜ「コスプレ」をしたのか

さて、次章からいよいよ『おくのほそ道』東北の旅（平泉まで）を読んでいきますが、私たちが『おくのほそ道』を読むときに心得ておくべきことがいくつかあります。それを要約すれば以下の三点です。

（1）「術語《じゅつご》」を解読しながら読む
（2）俳諧的ユーモアやジョークでは一緒に笑う
（3）能（謡曲）がベースになっていることを常に念頭に置く

以下、これらについてお話をしていきましょう。
まずは「術語《コード》」を解読しながら読むことについて。
私たちは『おくのほそ道』を読むときには、本文中に隠されている暗号のような

「術語《コード》」を解読しながら読み進まなければならない。それは『おくのほそ道』が、本来、極めて少数の読者のみを意識して書かれた本であることと関係しています。
※本書で使う「術語」とは、読み解かれるべきコードをいい、三章以下では強調太字で示します。

少数読者に向けた本

現代わたしたちが目にしている『おくのほそ道』が、芭蕉が歩いた実際の旅と違うことは同行者、曾良の随行日記（以下、旅日記）からも明らかです。『おくのほそ道』は旅が終わってから二年間かけて推敲に推敲を重ねて書かれた本なのであり、旅の事実を記した日記のような本ではありません。

しかもかなり特殊な本なのです。

そこで『おくのほそ道』という本の特徴についてお話ししておきましょう。

まず現代人が忘れやすいのは『おくのほそ道』が少数読者だけに向けて書かれていた本であったという事実です。決して万人向けに書かれている本でもなければ、誰が読んでもわかる本だというわけではない。

岩波文庫版の『おくのほそ道』は本文だけで六〇ページほど。文体も江戸時代のものだし、こんな読みやすい古典はないと思って読み始める。が、そうすると痛い目にあいます。

芭蕉の紀行文は、『野ざらし紀行』からはじまって『おくのほそ道』にいたるまで、全部で五つあります。その旅を年代順に挙げていけば以下のようになります。

『野ざらし紀行』：貞享元年（一六八四年）、四一歳
『鹿島詣《かしまもうで》』：貞享四年（一六八七年）、四四歳
『笈《おい》の小文《こぶみ》』：同
『更級紀行《さらしなきこう》』：貞享五年（一六八八年）、四五歳
『おくのほそ道』：元禄二年（一六八九年）、四六歳

芭蕉といえば紀行文と思われていますが、その執筆年を見るとこれらの本が書かれたのは、すべて彼の後半生に集中していることがわかるでしょう。

ちなみに芭蕉は五一歳で亡くなっていますが（寛永二一年（一六四四年）―元禄七年一〇月一二日（一六九四年一一月二八日））、『野ざらし紀行』ですら、死の約一〇年前の作です。

そして、これらの紀行文は、芭蕉が生きているうちは、出版刊行されなかった。当

時は、すでに印刷・出版して流通するのが一般的だったにもかかわらず、です。
これは重要です。

では、どうやって流布していたかというと、写本です。たとえば『おくのほそ道』でいえば、芭蕉が書いたものを、彼の弟子で、字の上手な素龍《そりゅう》が書き写し、写本として流布していたのです。ということは読んでいたのはごく少数。世の中にはほとんど出回っていなかったといっても過言ではありません。

芭蕉は、当時すでに有名でした。連句集などは印刷され、出版刊行されていました。それなのに、その紀行文は印刷ではなく写本だった。それはなぜでしょうか。

その理由は、二つあります。

ひとつは、『おくのほそ道』を含めて芭蕉の紀行文自体が、誰もがわかる本ではなかったということ。もうひとつは、『おくのほそ道』が未完成な本であることです。

誰が読んでもわかる本ではないといっても、そこは芭蕉のすごさ、誰が読んでもある程度は面白い。現代人の私たちが、ふつうに読んでもある程度は面白い。芭蕉は普遍性も大事にする人なので、そのように書きます。

が、本当の楽しみを見つけられる人、つまり芭蕉の期待する読み方をしてくれるのは極めて限られた人たちなのです。

彼らは、まるで暗号のように散りばめられた「術語《じゅつご》（コード）」を見つけ出し、それを解いていく。そんなことができる限られた読者を対象に書かれた本だから印刷をして刊行する必要はなかった。少数でよかったのです。

その少数の読者とは、具体的には芭蕉一門のことです。蕉門《しょうもん》は江戸、尾張、近江など、全国にいました。そんな芭蕉一門は句を作ることはもちろん、『万葉集《まんようしゅう》』から『新古今《しんこきん》』に連なる勅撰和歌集《ちょくせんわかしゅう》や『伊勢《いせ》物語』・『源氏物語』などの物語、そして何より能楽《のうがく》などの古典の伝統を共有している人たちなのです。

芭蕉の紀行文は、そのような人だけが、本当に楽しめた本なのです。そして『おくのほそ道』はその特徴がさらに先鋭的になっています。すなわち『おくのほそ道』の中には、読み解かれるべき「術語」が非常に多いし、そして難しい（が、楽しい）。

彼らが『おくのほそ道』の中からどんな「術語」を探し出し、そしてそれをどのように楽しみながら解いていったかについては次章以降、本文を読みながら見ていきましょう。

みんなで作り上げる未完成の物語

さて、『おくのほそ道』が出版刊行されなかったもうひとつの理由は、それがそのままでは未完成な本であったからです。すなわち読者とともに作り上げていく本なのです。そして、それを一緒に作り上げることができた人も限られていた。

芭蕉は『おくのほそ道』を意図的に未完成にした。すなわち芭蕉の紀行文の多くは、芭蕉が蕉門の人たちと一緒に作り上げていく、そのようなことが企図されて作られています。

作り上げるといっても、ひとつの完成形を目指すわけではありません。たとえば『おくのほそ道』という素材をもとにして、いろんなバリエーションを作る。今日のこのメンバーによる〝おくのほそ道〟、または一年前のこのメンバーの〝おくのほそ道〟と、いろんな完成形ができるのです。

写本の『おくのほそ道』を芭蕉は携帯して旅をしています。芭蕉が、自身の書いた『おくのほそ道』を芭蕉一門の人たちに見せ、節をつけて朗誦《ろうしょう》し、それをもとにわいわいと語り合う。すなわち『おくのほそ道』の初期の形態は、芭蕉本人と一緒に、みんなで作り上げていく本だったのです。

では、みんなで何を作っていくのか。ひとつは連句、もうひとつはこの物語そのものです。

『おくのほそ道』の中には、たくさんの俳句が載っています。有名なところでは以下のようなものがあります。きいたことがあるものが多いでしょ。

閑《しずけ》さや　岩にしみ入る　蟬の声
あらたうと　佐渡によこたふ　天河
五月雨を　集めて早し　最上川
夏草や　兵どもが　夢の跡
一家に　遊女もねたり　萩と月
むざんやな　甲の下の　きりぎりす

が、この俳句というものが曲者《くせもの》で、これは私たち現代人が考えるような「俳句」ではありません。そうではなく、連句の初句である「発句《ほっく》」として載せられているのです。つまり、この発句をもとにして、みんなで連句を作る。そんな楽しみをするための最初の一歩なのです。

いま私たちが俳句といってイメージするものは、明治時代に正岡子規《まさおかしき》が確立したものです。江戸時代にも俳句という言葉はあるし、歌合《うたあわ》せならぬ発句合せなどもありました。現代の俳句のように五七五で独立した句として作られたり、鑑賞されたりもしたようですが、しかしそれよりも連句のための第一句、すなわち発句としての役割の方が大きかったようです。

連句（正しくは俳諧《はいかい》の連歌《れんが》）というのは、数人でひとつの作品を作っていく詩作の方法です。

最初に五七五を詠みます。これを「発句」といい、これが独立して俳句になりますが、連句の場合はその発句に七七（脇句《わきく》）とつけて、発句の五七五と脇句の七七で新しい世界を作ります。

さらにこの七七にあらたに五七五（第三句）をつけ、新しい五七五（第三句）とさきほどの七七（脇句）で、またまた新しい世界を……と、こんな風にそこにいる人たち（座《ざ》）でひとつの作

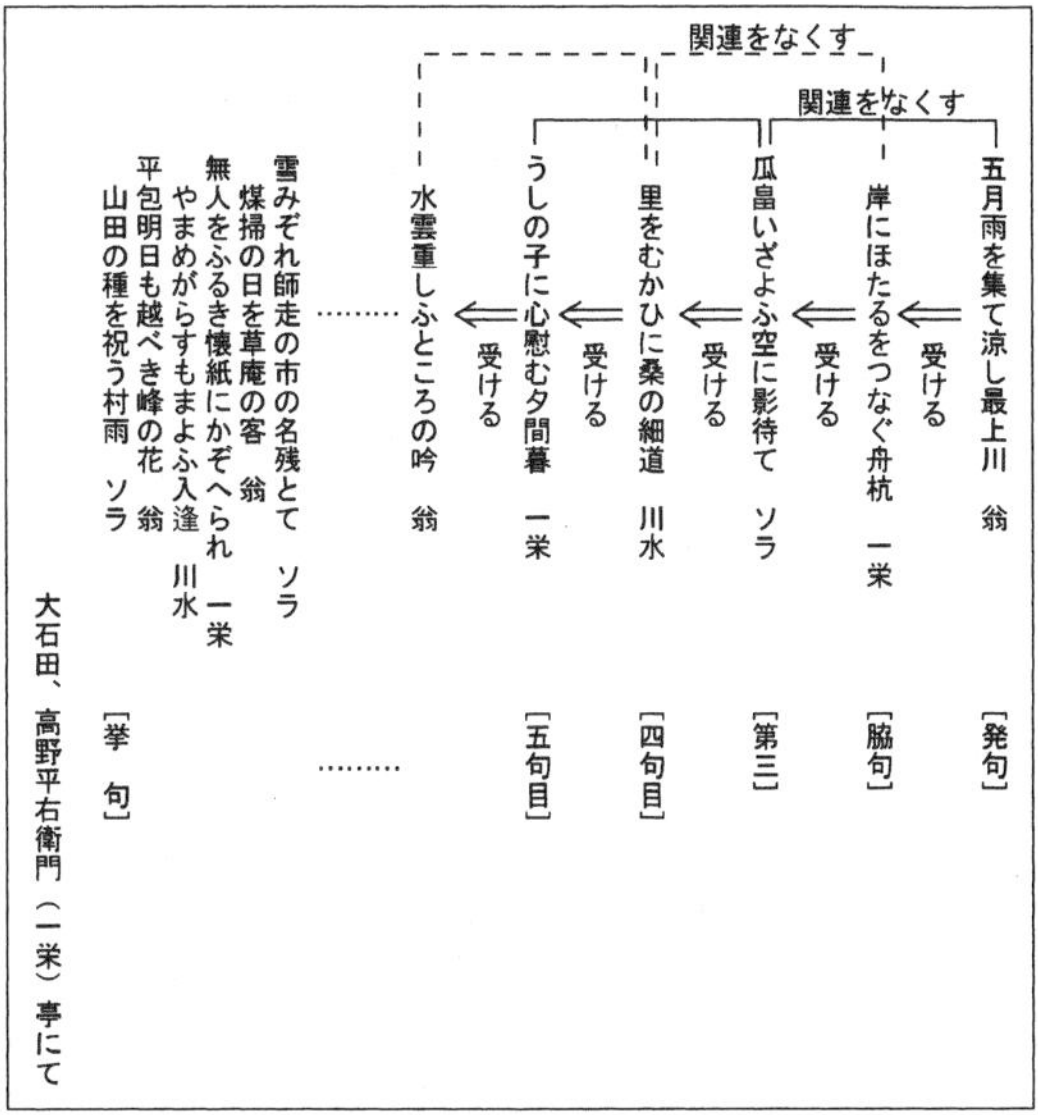

関連をなくす
関連をなくす
五月雨を集て涼し最上川　翁　［発句］
受ける
岸にほたるをつなぐ舟杭　一栄　［脇句］
受ける
瓜畠いざよふ空に影待て　ソラ　［第三］
受ける
里をむかひに桑の細道　川水　［四句目］
受ける
うしの子に心慰む夕間暮　一栄　［五句目］
受ける
水雲重しふところの吟　翁
………
雪みぞれ師走の市の名残とて　ソラ
煤掃の日を草庵の客　翁
無人をふるき懐紙にかぞへられ　一栄
やまめがらすもまよふ入逢　川水
平包明日も越べき峰の花　翁
山田の種を祝う村雨　ソラ　［挙　句］
大石田、高野平右衛門（一栄）亭にて

連句の仕組み

品を作っていく詩作の方法を「連句」といいます。
連句について詳しい話は連句に関する本をお読みいただければと思いますが、ここではひとつ例を示しましょう（前ページの図を参照）。
発句は『おくのほそ道』にも出てくる句です。発句を詠むのは芭蕉です。

五月雨を　あつめて涼し　最上川　翁

『おくのほそ道』所載の句は「あつめて早し」ですが、ここでは「涼し」になっていますね。さすが芭蕉で、この句だけでひとつの世界ができあがっています。あまり完成された世界ですと、次の脇句がつけにくい。しかし『おくのほそ道』所収の「早し」よりは「涼し」の方が、動きがない分、まだ付けやすい。さて、この発句に七七の脇句をつけたのが出羽国《でわのくに》の高野《たかの》一栄《いちえい》です。このような脇句をつけました。

岸にほたるを　つなぐ舟杭《ふなぐい》　一栄

芭蕉の句では明確にされなかった時刻が「ほたる」が出ることによって夜に限定されました。しかも人工物である「舟杭」が出ることによって人影も見えてきそうです。

このようにして、先ほどの芭蕉の発句とともに、新しい世界ができあがります。

五月雨を　あつめて涼し　最上川　翁
　岸にほたるを　つなぐ舟杭　一栄

このようになります。
さて、一栄の七七（脇句）に芭蕉の同行者である曾良が第三句（五七五）を付けました。

瓜畠《うりばたけ》　いざよふ空に　影待《まち》て　ソラ

今度は「いざよふ空」に影を待つ人の姿がはっきりと見えました。しかも、場所も最上川が瓜畠に変わっている。芭蕉の「五月雨を」云々の世界がどこかに消えてしまいます。
このように第三句は最初の句（発句）とは、わざと関係のない句を詠むことが求められます。これによって先ほどの一栄の脇句と曾良の第三句で、またまたまったく新しい世界ができあがるのです。

瓜畠　いざよふ空に　影待て　　ソラ
　岸にほたるを　つなぐ舟杭　　一栄

さまざまなルールを踏まえながら、このようにして三十六句（挙句《あげく》の果ての「挙句」）まで詠んでいく詩作の方法を「連句」といいます（もっと長く続けることもあるし、短いこともある）。

『おくのほそ道』に限らず芭蕉の紀行文に載る「俳句」は、このようにみんなで連句をするための発句です。芭蕉や曾良の句は俳句として読んでも、もちろん、ひとつの完成した作品になっています。でも、それだけではないのです。

『おくのほそ道』の読者は、そこに書かれた句をもとに、みんなでわいわいと連句をして遊ぶ。そのきっかけとなるのが、たとえば「五月雨を」の句であり、「閑《しず》さや岩にしみ入る蟬の声」の句なのです。

たとえて言えば、『おくのほそ道』に載っている句はパソコンやスマホの画面上のアイコンのようなもの。クリックするとアプリケーションが立ち上がるのと同様に、これをアイコンとして連句ができあがる。

画面上でアイコンだけ眺めてもその本当のよさがわからない。同じように、発句だけを鑑賞しても、それを元に連句をしなければ『おくのほそ道』をはじめとする芭蕉の紀行文の本当の楽しさはわからない。

みんなで連句をして、一緒に作り上げてはじめて本当の楽しさが生まれるのです。

俳諧的ユーモアとジョークに溢れたフィクションの旅

さて、未完成な芭蕉の紀行文はみんなで作り上げることが期待されていて、そのひとつが連句ですが、もうひとつ、みんなで作り上げていくものがある。それは、紀行文の物語自体なのです。

彼の紀行文には、読者によるツッコミを期待した、さまざまなボケが入っています。たとえば『おくのほそ道』の那須《なす》の段（一六八ページ参照）。

那須といえば殺生石《せっしょうせき》、遊行柳《ゆぎょうやなぎ》という有名な歌枕や名所旧跡があります。特に遊行柳は芭蕉が大好きな西行ゆかりの旧跡ですし、能にもなっています。

さて、その那須で彼は「直道《すぐみち》（まっすぐな道、近道）」を行こうとします。

まず、これがボケです。おそらく当時の蕉門の人たちは「何いうてんねん」とツッコミを入れたはずです。なぜなら能『遊行柳』でも、楽な道を行こうとする旅人、ワキに対してシテは「そんなことをしてはいけない」と呼びかけるからです。

西行のコスプレをした芭蕉が「直道」なんか行ってはいけないのです。

後述するように芭蕉と能の関係は非常に強い。また作品を読めば、能に親しんでいたのは芭蕉だけでなく、芭蕉一門ほぼ全員だということがわかります。

いいや、芭蕉一門だけではありません。「写生」を重視した正岡子規だって一〇代に新作能を作り、またその死の床では友人、門人たちにずっと能の謡を謡わせていたくらいの能好き。子規にとって能は血であり肉であった。彼がことさら「能、能」と言わなかったのは、それが当然のベースとしてあったからなのです。

TRPGとしての『おくのほそ道』

さて、『おくのほそ道』の中にはこのように能をベースにしたボケはたくさんありますが、『おくのほそ道』の中のユーモアはボケとツッコミだけではありません。「俳諧《はいかい》」という言葉自体がユーモアを表します。俳諧の「諧」は諧謔《かいぎゃく》の諧です。現実の旅、あるいは現実の生活を「俳諧」というフィルターを通すことによってユーモアに変えてしまう。『おくのほそ道』の中には、さまざまな俳諧的ユーモアや俳諧的ジョークがたくさんあるのです。そして、その俳諧的ユーモアを活かすためには、現実の旅の「事実」を曲げてしまうこともよくあります。

つまり『おくのほそ道』はいわゆる紀行文ではなく、フィクションの旅、虚構の旅なのです。

「そんなこと言ったって、芭蕉は曾良とちゃんと旅をしているじゃないか」と思われるでしょうが、旅の小説を書くために実際に旅をするということは現代でもあります。芭蕉はフィクションとしての『おくのほそ道』を書くための取材として、実際に旅をした。そう考えることもできるのではないでしょうか。

『おくのほそ道』の旅がフィクションであるということは、前にも書いたように同行の曾良の旅日記を見れば一目瞭然です。旅日記の記述と『おくのほそ道』の記述が、全然あわないところが多々あるのです。

そして、どうせその旅がフィクションならば、私たちはさらにもう一歩突っ込んで、**『おくのほそ道』の旅をしているのは松尾芭蕉ではない**という前提で読むことも可能になります。では、旅をするのは誰かというと、読者自身、つまり自分です。

自分が曾良という同行者を連れて、幻の東北を行く。現実にそこにある東北ではなく、幻影としての東北を旅する。能の物語に入っていくような旅なのです。

そして、そういう読みも、芭蕉は門人たちとしていたと思うのです。

すなわち『おくのほそ道』は、芭蕉の提示する「幻の東北」という幻想世界に入っていくための手引き書として読者自らが使い、みんなで芭蕉になり切って『おくのほそ道』を旅するのです。

これは（ちょっとマニアックな用語になるのですが）、芭蕉をゲームマスターにしたテーブルトーク・ロールプレイング・ゲーム（以下、ＴＲＰＧ）なのです。

ＴＲＰＧとは、みんなでわいわいと遊ぶ「ロールプレイング・ゲーム」です。ロールプレイング・ゲームというとドラゴン・クエスト（ドラクエ）やファイナル・ファンタジー（ＦＦ）などを思い浮かべる人が多いでしょう。自分が何かの「役」になって、冒険をしたり、敵と戦ったりするゲームです。

ただ、ドラクエやＦＦが一人でするのに対し、ＴＲＰＧはみんなで集まって行ないます。またネトゲー（ネットゲーム）と違うのは、実際に集まって対面で行なうことにあります。

実際にどのようにして遊ぶかを説明しましょう。

ゲームに参加するのは、数人の参加者とひとりのゲームマスターです。最初に参加者がおのおのの役割《ロール》を決めます。その役割はさいころをふったり、あるいはカードを引いたりして決められます。たとえば門倉直人氏の『ローズ・トゥ・ロード』（エンターブレイン）というゲームでは、人間族、巨人族、小人族、妖精族などなど。役割によって、基本の身体値や能力値が決まっていて、それもさいころやカードによって同時に決まります。

ゲームマスターと呼ばれるひとりは、この役割決めには参加しませんが、しかしゲーム全体のシナリオと、そしてゲーム世界の地図を持っています。

役割が決まったところでゲームが始まります。

ゲームマスターが最初のシナリオを朗読します。

「旅の仲間たちが全員、眠っている。すると、急に、全員が悪夢にうなされて目を覚まそうとした。気がつくと全員が魔法陣の真ん中に立っていた。魔法陣の横には松明があります。さて、（選択肢が書かれていて）どの選択をしますか」

どのような選択をするか、それをみんなで話し合って考える。が、そのとき、普段の自分として考えたり、発言したりしてはいけない。戦士の役割が与えられていたら、戦士として考え、発言する。普段は、あまりしゃべらず、人の意見に従う人でも、戦士の役割を与えられたら、大胆な行動をしなければならない。役割を演じながら、旅をしていくのです。

もっとも大事なのはゲームマスターです。彼に物語の構成力があり、人々をさばくのが上手で、しかもトークもうまいと、参加者は知らず知らずのうちにファンタジー（幻想）の世界に入って行き、現実以上の体験をするようになったり、いままで見たこともなかった自分の性格の違う面に気づいたりもするのです。

さて、TRPGの説明が長くなりましたが、私は『おくのほそ道』も、このようにして遊ばれたTRPGだと思うのです。

ゲームマスターは松尾芭蕉。参加するのは蕉門の人たち。

彼らは、自分がまだ行ったことのない東北を、松尾芭蕉のトークとともに旅する。TRPGでは怪物の巣食うダンジョンに迷い込み、怪物たちと遭遇する代わりに、『おくのほそ道』では、能の旅人のように道に迷い、行く先々で詩人の魂や亡き人の霊と出会う。怪物と戦う代わりに、詩人の魂と交流をし、怨霊を鎮魂し、四季の景色を愛でて、名所を一見する。そしてゲームの参加者は芭蕉や曾良の詠んだ発句をベースに連句をする。

そんなTRPGをしていたのではないかと思うのです。

参加者全員が古典の伝統を共有していれば、現地に行かずに、その場で非常に豊潤な旅ができるのです。

さて、TRPGのもっともマニアックなやり方は、コスプレをしながらすることです。王の役割の人は王様の恰好をし、戦士は武具を身につける。

『おくのほそ道』では、芭蕉自身がコスプレをしていることは前述したとおりです。しかも芭蕉の旅は能の旅なのですから、ちょっと複雑です。

旅の僧である西行に扮した芭蕉が、能という虚構の世界に入ってワキ僧として旅をする。そして、それを読者が追体験をしながら、まったく新しい個々人の旅を作って行く、それが『おくのほそ道』なのです。

能の謡と芭蕉の句

さて、いままで「能」についての話を前提もなしにいろいろ書いてきましたが、ここで能と芭蕉についてお話ししておきましょう。『おくのほそ道』の旅、いや芭蕉の旅それ自体を解く鍵は「能」にあります。

最初に一幅の絵をご覧いただきましょう。

荒涼たる秋の野に旅の僧がひとりたたずんでいます。風に翻る墨染の衣を着し、背中には笠を負っています。よく見れば僧は髪が伸びている。長路の旅で伸びたのか、あるいは俗の身ながら僧形の姿で旅する風流人なのか。絵からだけではっきりしません。

絵の左下にある署名をみると絵を描いたのは松尾芭蕉の門下である「たうたう《とうどう》（東藤）」という人であることがわかる。芭蕉と同じく、やはり俳諧を楽しむ人です。

その画の横には「旅人と我が名呼ばれむはつしぐれ」の句が書かれています。

能『梅枝』と芭蕉の句が一体として描かれる

文字の右横には「はせを《ばしょう》（芭蕉）」という署名と、そして左には芭蕉の俳号である「桃青」の印もみえます。これらから「旅人と我が名呼ばれむはつしぐれ」の句をこの絵に書いたのは芭蕉本人であるということが知れます。芭蕉自筆の書です。

弟子である東藤の絵に、芭蕉自筆の書というすごい絵です。

芭蕉というと、いまでも「旅人」のイメージが強いのですが、それを決定的にしたのが、この「旅人と我が名呼ばれむはつしぐれ」の句です。この句は、芭蕉が『笈《おい》の小《こ》文《ぶみ》』の旅に出立するときに、やはり門人である宝井《たからい》其角《かく》の家で催された餞別連句会で芭蕉が詠んだ発句です。

となれば、この秋の野に立つ僧形の男は、むろん芭蕉自身ということになるでしょう。旅する芭蕉の絵姿です。しかも同時代の門人が描いていますし、本人の書も添えられているので、これも実際の芭蕉にかなり似た姿なのでしょう。

が、この絵で注目したいのは、その句の右にしたためられた四行の書です。こう読めます。

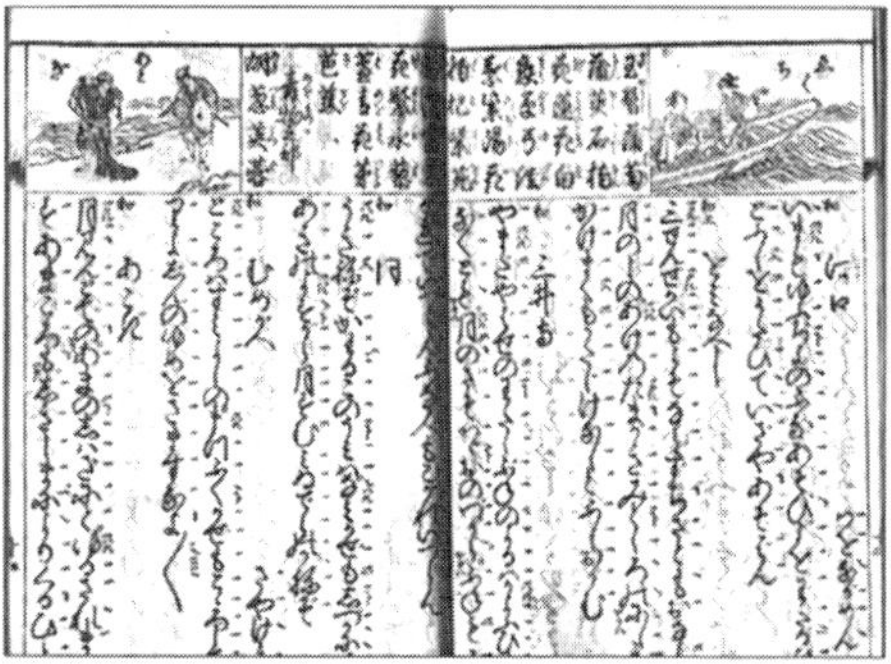

江戸時代の能の謡本（小謡本）

はやこなたへといふ露の
むぐらの宿はうれたくとも
袖かたしきて御とまり
あれやたびびと（旅人）

この四行。どうもただの文章ではなさそうです。よくよく眺めてみると、文字の横には点が振ってあります。能の歌である「謡《うたい》」の稽古をしたことのある人ならば、この点が能の節（メロディ）や拍子（リズム）をあらわす「ゴマ点」と呼ばれる符号であることがわかるでしょう。

となると、この四行の文は、どうも能の詞章《ししょう》らしい。

また、行頭右上には小さく書いてある「下同」の文字や二行目の右下にあるヤヲハという文字も、これが能の謡であることを示します（右上の「下同」という文字は、下《さげ》歌《うた》という謡であることを示します）。

能に詳しい人ならば、これが能『梅枝《うめがえ》』の中の一節であると気づくでしょう。『梅枝』という能が、どういう物語なのかはあとでお話ししますが、「旅人と我が名呼ばれむはつしぐれ」の句の前に能『梅枝』の謡が添えられているということに注目したいのです。

これは「旅人と我が名呼ばれむはつしぐれ」の句と『梅枝』の能とは切っても切れない関係にあり、この句を読むときには、まずこの能の謡を謡い、そのままその調子にのって「旅人と我が名呼ばれむはつしぐれ」と吟ずることが求められているかのようでもあります。

俳諧は「能」を詠みこむ

さて、四行の謡をもう一度見てみましょう。

謡の最後の句は「御泊りあれや旅人（どうぞ、お泊り下さい。旅の人）」となっています。そして、芭蕉の句の最初も「旅人と」です。

謡の最後が「旅人」、そして句の最初が「旅人」です。

この前後の呼応は『おくのほそ道』の句が旅立ちは「行春《ゆくはる》」で始まり、最後は「行《ゆく》秋《あき》」で終わる呼応を思い出させます（六〇ページ）。

行春や　鳥啼　魚の目は泪
蛤の　ふたみにわかれ　行秋ぞ

芭蕉は、このような遊びが好きだったのでしょう。

『おくのほそ道』が「行春」と「行秋」の呼応によって永劫回帰《えいごうかいき》の可能性を秘めるのと同じように、この句も能『梅枝』の謡を「御泊りあれや旅人」と謡いおさめ、そして「旅人と我が名呼ばれむ」と続けて謡う、そのときはじめてこの句と、能の謡との呼応が生み出す「幻想世界の旅人」としての芭蕉が浮かび上がってくるのです。

もともと節のついていたはずの詞句、現代風の朗読などをしては魅力半減です。弟子である土芳《どほう》も「わざわざ謡を前書とする作意に出た、師、芭蕉の心の出所を味わうべし」と『赤冊子』に書き、謡が添えられている意味を強調しています。

これに節をつけて謡ってみると「我が名呼ばれむ」の「む」の強さがぐっと引き立ちます。文法的な解釈では「旅人と呼ばれることになるだろう」という推量が正しいでしょう。しかし、謡ってみると、この「む」には強い願望や意志を感じるのです。決心といってもいいくらいの強い願望です。

さて、謡の「旅人」で終わり、句の「旅人」で始まるということは、「旅人と我が名呼ばれむ」の句における「旅人」には『梅枝』の謡の中の旅人が意識されているし、そしてそうであるならば絵の中の秋の荒野を行く旅僧は、能『梅枝』の世界の中に迷い込んでしまった松尾芭蕉その人のようにも見えます。

芭蕉が、能に早くから親しんでいたことは、彼が二〇歳のときの句をみれば明らかです。

月ぞしるべ　こなたへ入《いら》せ　旅の宿（佐夜中山集）

これは能『鞍馬天狗』の中の「花ぞしるべなる、こなたへ入らせ給へや」を典拠にしています。芭蕉が若い頃属していた談林《だんりん》俳諧は、このように能の詞章によるものが多く、次のような句もあります。

ほととぎす　いかに鬼神も　たしかに聞け（西山宗因）

これは能『田村《たむら》』のシテの謡「いかに鬼神もたしかに聞くらん」が典拠であることは謡を稽古した人ならば誰が見てもわかります。

また、門人である宝井其角は「謡は俳諧の源氏」といいます。

これは藤原俊成《ふじわらのしゅんぜい》の「源氏読まぬ歌詠みは遺恨のことなり」がもとになっています。「和歌を詠む人は源氏を読まなければダメだし、俳諧をする人は『謡（能のセリフ・歌謡）』を稽古しなければダメだ」というのです。

ですから、芭蕉一門の人々は当然、能に親しんでいたわけで、わざわざ能『梅枝』の前書がなくても、芭蕉の「旅人と我が名呼ばれむ」の句を聞いたとき、その脳裏には能『梅枝』の舞台が浮かんだに相違ないし、そしてこの句を吟《ぎん》ずる時には能の謡で謡ったと思うのです。

ちなみに当時は、能はすでに武士のためのものになっていました。武士以外の人が、本職の能楽師による演能を観る機会はめったにありませんでした。しかし、能のセリフや歌謡である「謡《うたい》」はすでに流行していましたし、能の絵本のようなものもかなり出回っていました。また、神社や辻などでは「手猿楽師」と呼ばれる半玄人の能楽師による演能があり、それは本職の能楽師の演能を凌駕するほどだったともいわれています。

芭蕉が、どのくらい実際に能を観たかはわかりません。しかし血肉になるほど謡を謡っていたであろうし、能の絵や辻能、神事能なども観ていたでしょう。

※「謡」という語はあまり馴染みのない方もいらっしゃるので、本書では「謡」と書くべきところも以下、「能」としますので、どうぞご容赦願います。

芭蕉は能の旅がしたかった

「旅人」というキーワードを介在して「能」と芭蕉の句は密接な関係にあります。そして、この句は旅人としての芭蕉を決定づけた句です。

すなわち芭蕉にとっての「旅」とは「能の旅」であり、「旅人」とは「能の旅人」なのです。

これは多くの学者の方がすでに指摘されていて、たとえば尾形仂《つとむ》氏は、『おくのほそ道』における芭蕉を「能のワキ僧に擬する姿」として、次のように書かれています。

そうした擬態は、この旅における自己の役割を、能のワキ僧と同じく、陸奥《みちのく》を遍歴して、辺土の歌枕に刻まれた古人の詩魂と邂逅し、その物語ることばに耳を傾け、静かに回向の一句を手向けて回る巡礼者にあることに認めていたことを物語るものであるだろう（『おくのほそ道評釈』傍点安田）。

私もむろんこれには大賛成ですが、しかし『おくのほそ道』を愛好する現代人は「芭蕉の旅＝能の旅」というイメージを持っている人は少ないようですし、そういわれても「ワキ僧って何？」、「能の旅って何？」と全然イメージがわかない人も多いでしょう。

そこで、能の旅人である「ワキ僧」とは何か、そして「能の旅」とはどういうものなのか、それを旅中の芭蕉が幻影の中に迷い込んだ能『梅枝』の世界を見ながらお話しすることにしましょう。

能におけるワキ僧　著者　©森田拾史郎

能『梅枝』は、旅の僧と、その従僧の諸国遊行から始まります。

ちなみに能では「ワキ」と呼ばれる役者が、このような旅人の役をします。それがお坊さんの場合は「ワキ僧」といいます。それに対する主役が「シテ」。このシテとワキはこれから何度も出てきますので、覚えておいてください。

廻国行脚の身延山《みのぶさん》の僧（ワキ）たちが、津の国、住吉《すみよし》（いまの大阪府）に行きかかったところに突然のむら雨《さめ》が降って来る。

この突然の気象の変化から能『梅枝』は始まります。

雨に降り籠められた僧たちは、雨中に庵を見つけます。僧は宿を借りようと戸をたたきますが、庵の中から現れた女主人は、宿を断ります。

この女主人が「シテ」です。シテである女主人はいいます。

「このように軒も傾き雑草も生え、土間に筵《むしろ》を敷いただけの賤しい家、あまりにむさくるしいので（さながら傾く軒の草、埴生の小家のいぶせくて）」

そう言って彼女は断ります。

しかし、旅人は修行をなりわいとする僧侶。家がみすぼらしいなどということは気にしない。「せめて一夜の宿りを」と強いると女も折れて、それならばと、この絵にある「はやこなたへと」の謡になるのです。

もう一度、さきほどの絵に描かれた謡とその現代語訳を示しましょう。

はやこなたへといふ露の
むぐらの宿はうれたくとも
袖をかたしきて御とまり
あれやたびびと（旅人）

「さあ、こなたへ」と言いながら
「野草の生い茂る見苦しい家、
憂わしくはありますが
お泊り下さい」と招き入れる

この謡に合わせて僧を家に招じ入れ「御《お》泊りあれや旅人」となるのです。

僧が招き入れられた庵《いおり》には古びた太鼓がありました。太鼓といってもそんじょそこらにある太鼓ではない。雅楽《ががく》に使う火炎太鼓《かえんだいこ》です。金や朱色、黒の漆も美しい、美麗な太鼓。それに、これまた美しい舞の衣裳までもがある。賤しい家にはまったく似つかわしくない。

僧が不審に思っていると、「これは形見の太鼓と衣裳です」といい、その太鼓にまつわる古い伝説を女は語りはじめます。

昔、この地方には二人の太鼓の伶人《れいじん》（演奏者）がいた。ひとりはここ、住吉に住む

「富士」という伶人。もうひとりは天王寺に住む「浅間」。美しい火山の名を持つ二人の伶人です。

ある日、宮中で管絃《かんげん》の宴《うたげ》が催されると決まり、そのうちひとりだけが宮中で太鼓を打つ役を得ることができる。腕は互角。二人は都に上ったのですが、宮中の役を得たのは、この地、住吉に住む「富士」の方でした。

「浅間」はそれを恨みに思い「富士」を殺害したのです。

夫を殺された「富士」の妻は、太鼓を打って悲しみを慰めていたのですが、そのうちに亡くなりました。

「あなたは僧、どうぞ彼女の跡を弔ってください」と、そう語るのです。

女主人の語りのあまりの詳しさに、「その富士の妻のゆかりの人ですか」と僧が問えば、彼女はそれを否定する。しかし彼女は「何度もこの娑婆《しゃば》に戻ってきてしまう、この執心を助け給え」といいながら、かき消すように失せてしまいます。

「娑婆」とはこの世。「この世に何度も戻ってきてしまう」というからには彼女はあの世の人に違いない。また、「執心」という語も生きている人の使う言葉ではない。

彼女は、ゆかりの人どころではない。富士の妻の亡霊、その人だったのです。

亡き妻の霊を慰めようと、僧が夜もすがら勤行《ごんぎょう》をしていると、形見の舞の衣装を着た富士の妻の幽霊（後シテ）が現れ、懺悔《さんげ》の舞を舞い、夫を想うという「想夫恋《そうぶれん》」の楽《がく》の鼓を打つうちに、いつしか夜も明け、気がつけば幽霊の姿は消えて「面影ばかりや残るらん」と謡って曲は終わります。

幽霊の姿は消えても「面影」は、僧の心の中にいつまでも残るのです。絵の中の旅人、芭蕉が迷い込もうとしているのは、こんな能の世界だった。

この能、『梅枝』に限らず、能は、旅人が幽霊に出会うという物語がとても多い。『おくのほそ道』が、古人の「詩魂《しこん》」と出会う旅であるということはよく言われていますが、芭蕉が出会いたかったのは、現代人である私たちが考えるような抽象的な「詩魂」ではない。彼は本当に古人の霊と出会い、そして彼らと言葉を交わすことによって、その「詩魂」を生に感じたかったのです。

能の物語の基本構造

能『梅枝』を通して能の物語についてざっと見てみましたが、芭蕉は『おくのほそ道』でも、このような世界に迷い込みたかったのです。そして、実際に彼はその旅で何度も能のような幻の世界に迷い込んでいます。

ここで芭蕉の迷い込みたかった能の世界を、『梅枝』という具体的な物語を離れて、その構造を見ておきましょう。これから『おくのほそ道』を読むときの参考になるでしょう。

能の物語にはひとつの典型のようなものがあり、多くの作品がこの典型とそのバリエーションで作られています。

いま上演されている能の演目は二〇〇強ありますが、これを大別すると二種類になります。ひとつは生きている人が主人公の能、これを「現在能《げんざいのう》」と呼びます。もうひとつは死者、あるいは神、精霊などの「非・生者」が主人公の能です。こちらは「夢《む》幻能《げんのう》」と呼ばれます。能『梅枝』も夢幻能です。

というわけで、ここでお話ししたいのは後者、「夢幻能」についてです。

夢幻能は、ワキ、すなわち旅人の登場から始まります。その旅人の多くは僧、しかも無名の僧です。

彼らは自分のことを「一所不住《いっしょふじゅう》の僧」と名乗ります。「一所不住の僧」とは、ひとところに居住しないということ。釈迦《しゃか》の戒律に、僧は一所に三日以上滞在してはいけないというものがありますが、時代は日本の中世、多くの僧は寺に安住していました。そんな中、この僧はひとつところに安住しない漂泊の僧です。

芭蕉は『おくのほそ道』の序文で「そぞろ神（漂泊の神）に誘われて」と書きましたが、芭蕉もワキ僧と同じくやはり漂泊の人です。

また「諸国一見《しょこくいっけん》の僧」と名乗ることもあります。諸国の旧跡を一見する。これは

「歌枕見て参れ」という優雅な追放命令を受けて、都からの旅の途中、陸奥で客死《かくし》した当時、宮廷きっての人気者貴公子であった、藤原実方《ふじわらのさねかた》をも思い出させます。

実方ほどでなくとも能の旅人も、何らかの苦悩を抱えて旅をすることが多いのです。

さて、諸国一見の道すがら、旅人は「あるところ」に行きかかります。ここがだいたい「歌枕」です。そして、そこには木や花や岩や、何らかの自然物があることが多い。旅人はその自然物に向かって「うた」を謡います。あるいは韻文で語りかけます。するとそこに、どこからともなく土地の人が訪れ、旅人に声をかけるのです。この土地の人が「シテ」です。

ここで土地の人が現れず、一軒屋を見つけて、そこに宿を借りるというパターンもあることは、前に紹介した能『梅枝』の通りです。宿を借りた家が実は人を喰らう鬼の家だったという『黒塚《くろつか》（安達原《あだちがはら》）』という能もあります。また、ワキがシテに声をかけることもあります。

さて、声をかけられたにしろ、声をかけたにしろ、あるいは家に招じ入れられたにしろ、ここで、シテである土地の人と旅人（ワキ）との会話が始まり、その会話の中で土地の人が、やがて「昔話」を始めます。

能『梅枝』のように、ある事件の話をすることもありますし、『源氏物語』や『平家物語』の話をすることもあります。が、その物語があまりに真に迫っている。それどころか、物語の主語がいつの間にか、いま語っている土地の人に代わってしまい、自分の物語として語ることもある。

旅人は不審に思って「本当は、あなたは誰なのですか」と尋ねる。するとその人は自分がその物語の主人公であること、そしていまはこの世にはいない存在で、あなたに弔ってもらうために現れたのだということを告げて（あるいはほのめかして）、いつの間にか消えてしまうのです。

気がつけば辺りは暗くなっている。

不思議に思った旅人は、一晩中ずっと読経《どきょう》をしたり、あるいは法事をしたり、あるいは半睡半醒の眠りをしながら、その人の霊を弔っている。

すると霊は、今度は土地の人ではなく、たとえば光源氏だったり、和泉式部《いずみしきぶ》だったりという本来の姿（後シテ）で再び現れ、昔のことを語りつつ、舞を舞います。特にそれが戦いに取材した「修羅能《しゅらのう》」と呼ばれる演目群や、怨念《おんねん》系の能の場合では、死の契機となった戦闘や怨念を引き起こした出来事が現前されるがごとくに、かなり詳しく語り、舞われます。

旅人も、そして観客も、その幻影の世界に遊んでいるうちに気がつけば夜は明け、昔の人の姿も消え、元の場所にいるのでした。
世阿弥はそれを「序・破・急」の三段構成としました。

> 序……………ワキ（旅人）の登場、サシ、次第《しだい》、謡の一節
> 破一段………シテ（化身）の登場、一声、謡一節
> 二段…………ワキとシテの問答。それを引き継ぐ地謡《ぢうたい》による謡
> 三段…………シテ、地謡による語り。クセ（あるいは普通の謡）一節
> 　シテの本性が現れて、消える（中入り）
> 急……………ワキがシテを待つ
> 　シテ（本性）の登場
> 　シテの語りや舞
> 　退場
>
> 『能作書』（世阿弥）

欠落する旅人

さて、能の物語の構造をお話ししましたが、能の旅とはひとことでいえば……

ワキによる鎮魂の旅

であるといえます。

すなわち能をベースにした芭蕉の旅は、能の旅人である「ワキ」による鎮魂の旅なのです。

しかし、本来は不可視である亡霊を見ることができ、そして亡霊と出会い、さらにその鎮魂が、ワキだけに可能なのはなぜか。なぜ能の旅人が亡霊に出会えるか。それは本人が「ワキ」の人だからです。

「ワキ」とは本来、着物の横の部分を指します。着物の「ワキ」は、前半分（前みごろ）と後ろ半分（後ろみごろ）を分ける部分です。ワキという語は、この「分ける（分く）」の連用形であり、能の旅人であるワキは「分く」人、すなわちふたつの世界の**境界**に生きる人なのです。

私たちの生きる世界（この世）と亡霊の生きる世界（あの世）とは別世界です。本来、その両者が出会うことはない。だから普通の人は、能のワキのように名所旧跡に行っても亡霊と出会うことはない。

が、ワキは境界線上に生きる人です。この世とあの世の境（マージナル）に生きる旅人。だから彼は亡霊と出会うことができるのです。

では、なぜ彼はワキ、すなわち境界線上に生きる人になったか。

それは彼が「欠落した人」だからです。あるいは人生で大きな失敗をした人だからです。

たとえば能『敦盛《あつもり》』のワキは、蓮生《れんせい》法師（「れんしょう」とも）。

彼は、平家の若武者、敦盛を心ならずも討った武将、熊谷直実《くまがいなおざね》が出家した姿です。

かつては栄燿栄華をほしいままにした平家も、清盛が亡くなってからは衰退の一途をたどり、ついには源氏のつわものらによって都を追われることになります。都を追われた平家は、「舟に浮き、波に臥《ふ》す」というように、海上の船をその棲家とする文字通りの浮き草暮らしとなりました。

源氏軍との、昼の激しい戦いが終われば平家の武将たちは船に戻り、今様《いまよう》を謡い、かつ舞うという優雅な人々。そして能『敦盛』のシテ（主役）である少年武将の敦盛は、青葉の笛という笛を吹く。

一の谷の戦いで、味方がみな船に戻る中、敦盛はひとり遅れた。

そこにやって来たのが熊谷次郎直実です。敵同士、互いに太刀を抜いての戦いとなるのですが、剣よりも笛を愛する平家武者と連戦練磨の源氏の武将、結果は歴然。

数太刀交わしたのち、熊谷次郎は敦盛に近寄り、馬を並べて、むずと組み、互いに波打ち際にどうと落ちる。熊谷は敦盛を取って押さえ、その首を掻き切ろうと兜に手をかけた。

が、その顔を見て驚いた。

薄化粧をして鉄漿《おはぐろ》をしていた。しかも、まだ少年。

熊谷は名を尋ねるのですが、少年はその名を答えず、「この顔を見れば、誰でも私のことを知っているはずだ。早く首を取れ」といいます。

ちなみに熊谷が、その少年を平敦盛《あつもり》だとわかったのは、戦いの後の首実検《くびじっけん》の際。敦盛はそのとき、一七（満一六）歳。熊谷の息子と同じくらいの年齢の若武者です。

熊谷は思う。

「わが子が戦場で、ちょっとの怪我をしただけなのに悲しい思いをする。この子が討たれたと知ったら、その親はどんなにか悲しいだろう」

こんな少年を殺すのは忍びないと思い、敦盛を逃がそうと思ったのですが、後ろを見ると味方の武将たちが五〇騎ほどで駆け寄せてくる。

もし、自分が逃がしても、彼らに討たれるだろう。それならば、いっそ自分が彼を討ち、その菩提を弔おうと心に決めて、泣く泣くその首を掻くのです。

これ以降、熊谷は武将でいることがほとほとイヤになった。そんなとき法然上人に出会い、熊谷は出家をして蓮生法師になるのです。

実は史実はもう少し複雑なのですが、しかし少なくとも彼は、これからくる源氏の世の立役者のひとりとして、まさに順風満帆の人生を送ってきた。それがひとりの少年武将を心ならずも討ってしまったことによって、今まで自分が大切にしてきた人生を急に空虚なものに感じてしまった。

こころの中に大きな空洞が空いてしまい、彼は「欠落した人」になったのです。

能のワキには、このように何か具体的な事項によって欠落してしまう人もいれば、何かわからない漠然たる空虚さにおそわれて欠落してしまう人もいます。

また、なかにはその出自自体が欠落であるという人もいます。

芭蕉がそうなのです。

無用のもの、芭蕉

芭蕉は、一生出世を望むことができない「無用」の者の家系として生まれました。

芭蕉は、自分の故郷を「山家《やまが》」と呼びます。

山家とは、仏の慈悲も届かない所というイメージがあり、さらに山家の出身だということだけで立身出世の道は閉ざされました。

芭蕉の山家は伊賀《いが》上野。伊賀の忍法でも有名なところです。

平和な村だった伊賀上野を、織田信長の次男であった北畠信雄《きたばたけのぶかつ》が襲います。芭蕉の生まれる六五年前、天正七年（一五七九年）のことです。伊賀衆は一致団結してこれを撃退しました。

さすが忍者の里です。

が、信雄の父である信長は怒った。二年後の天正九年、信長は大軍を組織して伊賀殲滅《せんめつ》作戦を行ない、この戦いで伊賀軍は大敗を喫し、多くの伊賀衆は離散しました。天正伊賀の乱です。

彼らは信長の死後、伊賀に戻ってくるのですが、秀吉の命を受けた筒井《つつい》定次《さだつぐ》（順慶の養子）による執拗な残党狩りにあい、再び離散し、江戸時代に藤堂高虎《とうどうたかとら》が、離散していた伊賀の豪族たちを伊賀に住むことを許すまで、離散生活を続けました。

藤堂高虎に許され、故郷に戻った伊賀の人々は「無足人《むそくにん》」として取り立てられました。無足人とは半農半士《はんのうはんし》です。苗字帯刀《みょうじたいとう》は許されるが、禄は与えられないという無給の武士。すなわち財政的には恵まれない。しかも、敗残者の血を引くものとして、一生、出世は望むことはできないのです。

芭蕉はすなわち、貧乏な「無用の者」の家の者として生まれてきたのです。しかし生来、才能のあった芭蕉は世に出ることができそうなチャンスと何度か巡りあいます。が、すべて最後にはダメになる。

そんなことを繰り返しているうちに芭蕉は、立身出世をあきらめ、「士農工商《しのうこうしょう》という四民の枠の外で生きていこう」と決めるのです。すなわちプロの俳諧師《はいかいし》として生きていく決心をする。

「無用のもの」は「無用のもの」で生きていこう、そう決めるのです。

そのためにまず、俳諧の師匠である北村季吟《きたむらきぎん》から連歌《れんが》・俳諧の奥義書『埋木《うもれぎ》』の伝授を受け、これを手にして江戸に下ります。この「北村季吟」、あとでまた出てきます（「おわりに」にて）。

さて、二四歳の芭蕉（桃青《とうせい》）は、花のお江戸で俳諧の宗匠《そうしょう》、すなわち「職業俳人」として独立をしました。俳諧師といっても、その生活の糧のほとんどは、素人俳人たちの作を添削して、評点を付したりするということが中心です。

芭蕉は悶々とする。

当時の俳諧の宗匠は、ほとんど男芸者のような生活だったようです。『花見車』には、そんな俳諧の師匠の生活が描かれています。

俳諧の会というものは、本来ならば弟子から師匠に「俳諧の会を開きたいのですが、お出ましいただけますか」と求めるべきものである。ところが会がなければ宗匠は生活ができないものだから、宗匠の方から「そろそろどうですか」などと会をすすめる。会が終われば宗匠が「芸」すらする。その翌日には、宗匠の方から礼に赴き、「昨日は色々御馳走、ことに珍しき貴句を承り、かたじけなく存じ奉り」などとお世辞たっぷりの言辞を述べたりもする……。

むろん芭蕉がこうであったとは書かれてはいません。しかし、そんな男芸者みたいなまねをする宗匠になるなんて気はなかった。しかし、自分は「無用のもの」。この世界を離れて生きることはできない。

そんな葛藤が続いたある年、芭蕉はきっぱりと職業俳人をやめるという選択をしてしまいます。

それまで住んでいた日本橋を捨てて、深川《ふかがわ》に居を移したのです。職業俳人ならば商家の多い日本橋に住んでいるべき所を、当時は川向うの異界のような深川に居を移した。ここから後世、彼の生活のスタイルとなる「乞食《こつじき》」生活が開始されました。

門人から送られた芭蕉（日本バナナ）の木を庭に植え、「芭蕉」という名もこのころから使い始めました。

無用者、すなわち欠落した人間であることから一生懸命に脱却しようとした時期があり、次いでそれを受け入れる時期があり、そして深川隠棲に至り、「欠落」にこそ意味があるという逆転の価値づけをしたのです。

しかし、当時、俳句の世界、すなわち俳壇はしっかりと確立されたものとしてありました。そこからの糾弾はかなりあったようです。また、上田《うえだ》秋成《あきなり》等による物知り顔の識者からの批判もありました。

そして何よりも、まだまだ自らがこの生き方こそが正しいとは言い切れないし、信じ切れない。「乞食こそサイコー」と胸を張っていえるような確固たるものを得るために、芭蕉はもうひとつのことをする必要があったのです。それが旅です。

芭蕉は隠棲という生活形態を一歩進め、「旅を栖《すみか》にする」生活に入り、『野ざらし紀行』以下の紀行文を生み出したのです。

象徴的な「死」

「旅を栖にする」生活に入っても、芭蕉はなかなか絶対安心の境地に入ることはできなかった。『野ざらし紀行』や『笈の小文』などを読むと、その旅は真剣なものだった。しかし、それでも足りなかった。

芭蕉に必要だったのは、これまでの延長としての新境地ではなく、今までまったくふれたことのない新境地との出会いでした。

それは後に「風雅《ふうが》の誠《まこと》」となって結実する「誠」なるものとの出会いです。「風雅の誠」とは「松の事は松に習へ、竹の事は竹に習へ」の境地です。すなわち対象を観察するのではなく、対象と一体化すること。

そのためには「自己」があってはいけない。

むろん句を詠む「自分」は必要です。しかし、「自己」はあってはいけない。

これは世阿弥の「離見《りけん》の見《けん》」にも似た境地です。

能を演じるものは、まず演じる役になり切る必要がある。が、同時にその演じている自分を観察している「心眼《しんがん》」を持つ。舞台上で役に没入している自分と、そして同時に客席や自分の背後に影のように寄り添って観察する自分との両方が必要なのです。

しかも、それは分裂していてはいけない。没入している自分が五〇パーセント、観察している自分が五〇パーセントではダメです。ともに一〇〇パーセント、一〇〇パーセントである必要があるのです。

が、そのためにはまずは「自己」を捨てる必要がある。

「自己」を捨ててゼロの人間になることによって能のワキのように、生と死の世界の境界に生き、異界と出会い、古人の霊と出会い、日本伝統の「詩心《うたごころ》（詩魂）」と出会う必要があったのです。

むろん前に見たように、『笈の小文』のころから芭蕉は自身を、ワキ僧に擬してはいました。しかし、ワキ僧のマネではダメなのです。

本当に異界と出会い、古人の霊と出会い、さらには古人の魂を鎮めるためには、一度、死ぬ必要がある。それではじめて生と死の境界を生きるワキになれるのです。

むろん本当に死ぬのではなく象徴的な「死」です。

そこで『おくのほそ道』の旅は「死出」の旅から始まることになるのです。

四つのフェイズ

さて、これから『おくのほそ道』の東北への旅の本文を読んでいきますが、本書ではその旅を四つのフェイズに分けたいと思います。

もう一度、六一ページの地図をご覧ください。

平泉に至る太平洋ルートと、日本海ルートには大きな違いがあることに気づくでしょう。

太平洋ルートをよく見てみると、いくつかの寄り道があります。

最初の寄り道は「日光」です。鹿沼《かぬま》から黒羽《くろばね》（那須野）に行けばまっすぐなものを、日光に寄るためにそのルートは、キュッと楔形に入り込んだ鋭角的な寄り道ルートになります。

これは実際に歩いてみると、いい迷惑です。自動車で行けば、このくらいの回り道は大したことはないのですが、歩くとなると一度ルートから外れて、またルートに戻るというのは大変です。

なかなかつらい。

しかも、純粋に歌枕探訪《うたまくらたんぼう》と考えると、そのわりには、全体はきわめて効率的な逆Uの字を描いたルートになっています。

となると、この「**鋭角的寄り道**」はわざわざ寄ったのだろう、その「鋭角的寄り道」の地には何か秘密というか意図がありそうだ、と思うのです。

そこで本書では、深川芭蕉庵から平泉までのルートを、この「鋭角的寄り道」を中

平泉
一関
登米
松島
石巻
宮城野
仙台
塩竈
笠島
武隈の松
白石
鐙摺
飯塚
伊達の大木戸
福島
文字摺石
二本松
黒塚
日和田
浅香山
郡山
須賀川
那須湯本
殺生石
白河
矢吹
白河関址
高久
余瀬
蘆野
遊行柳
日光
裏見の滝
鉢石
玉入
黒羽
雲巌寺
鹿沼
室の八島
間々田
春日部
草加
千住
深川
死出の旅
深川～日光
中有の旅
日光～白河
再生の旅
白河～飯塚（飯坂？）
鎮魂の旅
飯塚～平泉
主な歌枕

『おくのほそ道』四つのフェイズ

心に以下の四つのフェイズに分けて読んでみることにしましょう。

（1）死出の旅：深川〜日光
（2）中有の旅：日光〜白河
（3）再生の旅：白河〜飯塚（飯坂）
（4）鎮魂の旅：飯塚〜平泉

『おくのほそ道』の旅への動機は、複雑です。

源義経を鎮魂するという大義も持ちつつ、同時に自分自身の深い欲求にも突き動かされていた。

また、非常に真剣で、そして深刻な動機と、同時にどんな状況をも笑っちゃう「俳諧的ユーモア」。それらをあわせもち、さらには読者の積極的参加を期待する本、それが『おくのほそ道』なのです。

なかなか手ごわい本ですが、それでは、『おくのほそ道』の旅を始めましょう。

第3章　死出の旅
――現実との別れ、異界との出会い

元禄二年（一六八九年）、旧暦三月二七日の払暁、芭蕉は門人、曾良を伴って「深《ふか》川《がわ》」を出立します。

前夜より集まる数人の門人たちと船に乗り、まずは「千住《せんじゅ》」に向かう。そこで見送りの人々と別れたふたりが向かったのは、現代は草加せんべいで有名な「草加」です。『おくのほそ道』本文では、草加に泊まったかのように書かれていますが、曾良の旅日記によれば実際の宿泊地はもう少し先の「春日部《かすかべ》（粕壁）」だったようです。

翌朝、春日部を出たふたりはひたすら歩いて「間々田」まで行き、そこで宿泊。翌日は歌枕である「室《むろ》の八島《やしま》」に寄って、さらに「鹿沼」まで歩いて、そこで泊まり。そしていよいよ最初の目的地である「日光」に到着します。

この旅の最初のフェイズを「死出の旅」と名づけました。一度死ぬことによって新たな生を得る。そのための旅、それが『おくのほそ道』の旅の第一フェイズなのです。

ルートでは深川から日光まで、『おくのほそ道』の本文（尾形本）でいえば「旅立ち」、「草加」、「室の八島」、「日光（一）―仏五左衛門」、「日光（二）―御山詣拝」、「日光（三）―黒髪山・裏見の滝」の六つの章が、この「死出の旅」のフェイズです。

本章では、この旅のルートのうち、主に「旅立」の章と「日光」の章を中心に読みながら、芭蕉にとっての「死出の旅」とは何か、そしてその意味は何だったのかを考えていくことにしましょう。

死出の旅行程

心細い旅立ち

【訳】弥生《やよい》も末の七日（三月二七日）、明ぼのの空は、おぼろおぼろとして、在明《ありあけ》の月は光も弱く、富士の峰が幽《かす》かに見える。上野・谷中《やなか》の桜の梢《こずえ》も、またいつ見ることができるだろうかと心細い。

親しい門人たちはみな宵《よい》より集い、舟に乗って送る。千住《せんじゅ》という所で船をあがれば、前途三千里の思いに胸がふさがり「幻のちまた」に離別の泪をそそぐ。

行春《ゆくはる》や　鳥啼《とりなき》　魚の目は泪《なみだ》

これを矢立の初めとして私は歩みをはじめるが、行く道はなお進まず。人々は道中に立ち並んで、後ろ姿が見えるまではと、見送っているのだろう。

【原文】**弥生《やよい》も末の七日**、明《あけ》ぼの、空朧々《ろうろう》として、月は**在明《ありあけ》**にて光おさまれる物から、**不二の峰《みね》**幽《かすか》にみえて、**上野・谷中《やなか》の花の梢《こずえ》**、又いつかはと心ぼそし。むつまじきかぎりは宵《よい》よりつどひて、**舟に乗《のり》て**送る。**千じゅ**と云《いう》所にて船をあがれば、前《せん》途《ど》三千里のおもひ胸にふさがりて、**幻《まぼろし》のちまた**に離別の泪《なみだ》をそゝぐ。

行春《ゆくはる》や鳥啼魚《なきうお》の目は泪《なみだ》

是《これ》を矢立《やたて》の初《はじめ》として、行《ゆく》道なをすゝまず。人々は途中に立《たち》ならびて、後《うしろ》かげのみゆる迄は と、見送《みおく》るなるべし。（**太字**は術語）

「月日は百代《はくたい》の過客《かかく》にて」で始まる有名な「序文」に続いて、『おくのほそ道』では「旅立ち」の章が置かれます。この章は読み解かれるべき「術語《コード》」が頻出する、とても面白い章です。

では、まず「旅立ち」の章の最初の数行から読んでみましょう。

弥生《やよい》も末の七日、明《あけ》ぼのゝ空朧々《ろうろう》として、月は在明《ありあけ》にて光おさまれる物から、不二の峰幽《みねかすか》にみえて、上野・谷中《やなか》の花の梢《こずえ》、又《また》いつかはと心ぼそし。

おくのほそ道への旅立ちは「弥生も末の七日」、旧暦の三月二七日と書かれています。

旧暦の三月といえば春も暮れ。隅田川を彩る桜も散り、冬の戻りのような冷たい風ももう吹くことはない。そろそろ初夏の風が吹き始める季節。旅立ちにはちょうどいい時季です。

旧暦は現代の暦とは違います。

春：一月（孟春）、二月（仲春）、三月（季春）
夏：四月（孟夏）、五月（仲夏）、六月（季夏）
秋：七月（孟秋）、八月（仲秋）、九月（季秋）
冬：十月（孟冬）、一一月（仲冬）、一二月（季冬）
・孟春は初春ともいい、季春は晩春ともいいます。以下同。

「弥生も末の七日（旧三月二七日）」というのは季春、晩春で、現代の日付では五月一六日です。

また、当時は日付と月齢が一致していました。

満月のことを今でも十五夜《じゅうごや》といいますが、一日（朔日）の新月から月は大きくなり始め、一五日（十五夜）の満月をピークにして、またまた三〇日（みそか＝晦日）を目指して月は細くなる。

となると二七日の月は三日月です。

「明ぼの、空朧々として、月は在明にて光おさまれる物から」とありますから、おぼろに霞む明け方の空に、光を失った三日月がかかっている。海外旅行に行くために早起きをして空港に向かう日などにこういう朝がありますね。

その霞んだ空のかなたには「不二の峰」、富士山が幽かに見えている。芭蕉は富士山が大好きです。西に向かう旅ならば、どんどん富士に近づいて行くのですが、東北への旅では富士を見るのもこれが最後かもしれない。芭蕉はいよいよ自分が死出の旅に出るのだという感慨を新たにします。

また、当分見ることができないのは富士山だけではない。今年の春に眺めた「上野・谷中の花の梢」、あの桜並木も次に見ることができるのはまたいつのことになる

日付と月齢

だろうかと心細くなるのです。

ここまでの文でも「術語《コード》」は「**弥生も末の七日**」、「**月は在明**」、「**不二の峰**」、「**上野・谷中の花の梢**」とたくさんあるのですが、それらは後回しにして、まずは読み進めましょう。

異界に旅立つ儀式

「旅立ち」の章は続きます。

むつまじきかぎりは宵《よい》よりつどひて、舟に乗《のり》て送る。千じゅと云《いう》所にて船をあがれば、前途《せんど》三千里のおもひ胸にふさがりて、幻《まぼろし》のちまたに離別の泪《なみだ》をそゝぐ。


「むつまじきかぎりは」とあります。今回の旅は、それまでの旅に比べて見送る人も少なく寂しい旅立ちだったようです。ひょっとして芭蕉の力が弱まっていた時期なのかもしれません。

それでも親しい人たちは前夜より集まって送別の宴を開いてくれます。そして彼らは、舟に乗って千住まで送ってくれる。

私たちも、おくのほそ道を歩くときに深川から船に乗ってみました。

「なぜこんな短い距離を船に乗ったのだろう」

それが正直な印象。そのあとかなり長い距離を歩く。このくらいの距離を船で楽をしたところで大した違いはない。それどころか、ちゃんと整備された日光街道というものが日本橋から続いていたし、そっちの方が「日光に向かうぞ」という気持ちにはなれる。なぜだろうと思った。

となると、この「**舟に乗る**」というのが、どうも「術語《コード》」のようです。

船に乗るということには意味があるのです。

前夜から集まってわいわいとお酒を飲んだり、連句をしたりしながら大騒ぎをして、そして舟に乗って川に繰り出す、ということで思い出すのは江戸時代の芝居見物です。

蘭学医の娘として生まれた今泉みねは、当時（江戸後期）の芝居見物の様子を「きれいな絵巻物でも繰りひろげるような気持ちで、あのころのお芝居のことが思い出されます」と書いています（『名ごりの夢』東洋文庫）。それによると……

明日は歌舞伎を観に行くぞという日には、子供である彼女も前夜からワクワク、ほとんど眠れなかった。百目蠟燭《ろうそく》の灯火がゆらゆらと、七へんも十ぺんもつけたり消したり。

子供である彼女ですらこうなのですから、大人たちは前夜から徹夜して酒を飲んだり、ものを食べたりした人もいたでしょう。

そして午前四時くらいになると、公然のお支度。皆の者があちらに行きこちらに行き、立ったり座ったりとにぎやかなこと。そのうちに供まわりの人々の支度もできると、芝居小屋のある浅草へ屋形船で出立です。

徹夜明けのようなぼんやりした、そしてハイな精神状態のまま、家の裏から船に乗って、歌舞伎が上演されるところに向かうのです。

船で、川を渡るというのは異界への道行きです。三途《さんず》の川を俟《ま》つまでもなく、現実世界であるこの世と、異界であるあの世とを分けるのは川なのです。船にのって、川という異界への通路をとおって、異界の祝祭空間にいく。

『大いなる小屋』（平凡社）を書かれた服部幸雄氏の紹介する「芝居絵図面」などは、江戸がまるで島のように描かれていますし、『江戸名所図屏風』を見ても、当時の東京は海と川と運河に囲まれた「水の都（服部氏）」のように描かれています。まるでヴェネチアです。

ヴェネチアに入るのには船が似合わしいように、歌舞伎小屋に行くのは船で行く。それが決まりなのです。

まだ薄暗い船着場に着くと、そこには提灯をさげた茶屋からの出迎え。「ごきげんよう、いらっしゃいませ」と丁寧に手を添えて船から上げてくれる。逢魔《おうま》ヶ刻《とき》の薄墨のような闇に、うっすらとした提灯の灯りがいくつも浮かぶ。小屋の入り口も狭い。胎内潜りのような薄暗い入り口を通って中に入ると、突然、異世界がそこに出現する。それが江戸時代の芝居見物です。

芭蕉の旅立ちでも、徹夜で集まって、みんなでお酒を飲んで、連句をして、ということ、やはりこれも異界に行くための儀式であったのでしょう。

ふだらく渡海

芭蕉やその一門の人たちは、千住で船を降ります。が、この「千住」が曲者。ということで、この「**千住**」も術語《コード》です。「千住」はかつて「千手」と書かれていました。それは川の中から千手観音像を網で拾ったがための命名と言われています。「千住」とは、観音菩薩による地名なのです。ちなみに浅草の観音さまも清水寺も、そして私の出身地である銚子の観音さまも、みな水と深い関係があります。観音さまに「船」は必然なのですね。

さて、芭蕉は「千住」まで船で行き、それから「**日光**」に向かった。これはかなり引っかかります。

日光に向かうのはむろん、徳川家康を神格化した東照大権現《とうしょうだいごんげん》を祀る日光東照宮があったからです。江戸時代にはすでに日光は参詣客で賑わっていたので、芭蕉もまずは日光参詣、というのも当然といえば当然です。

が、この日光も千住と深い関係があるのです。

「日光」の章を見ると、芭蕉は「往昔《そのかみ》、此《この》御山を二荒山《ふたらさん》と書きしを、空海大師開基の時、日光と改《あらため》給ふ」と書いています。

史実はともかく、かつて「二荒《ふたら》山」といわれていたのを、空海が「日光」と改めた、そう芭蕉は理解していた。

そして二荒山の「ふたら」とは「ふだらく（補陀落）」のこと。サンスクリット語ではポータラカ、チベット語でポタラ、観音の転生であるダライラマの居住であるポタラ宮のポタラです。すなわち「ふたら」＝「ふだらく（補陀落）」とは観音さまの住まい、あるいは来臨される聖山をいい、かつての日光＝二荒山は観音浄土だったのです。

「千住」も千手観音、そして「日光」も観音浄土です。

ということで、芭蕉は観音菩薩の道を歩いていたということになるのですが、ここでもう一度、**船に乗る**ということに注目してみたいと思うのです。

「補陀落（観音浄土）」と「船」で思い出すのは「補陀落渡海《ふだらくとかい》」です。

紀州の那智《なち》勝浦《かつうら》で始まったといわれる補陀落渡海は、僧（行者）を船に乗せて沖に流し、観音浄土である補陀落を目指すという行法で、江戸時代にはさまざまなところ

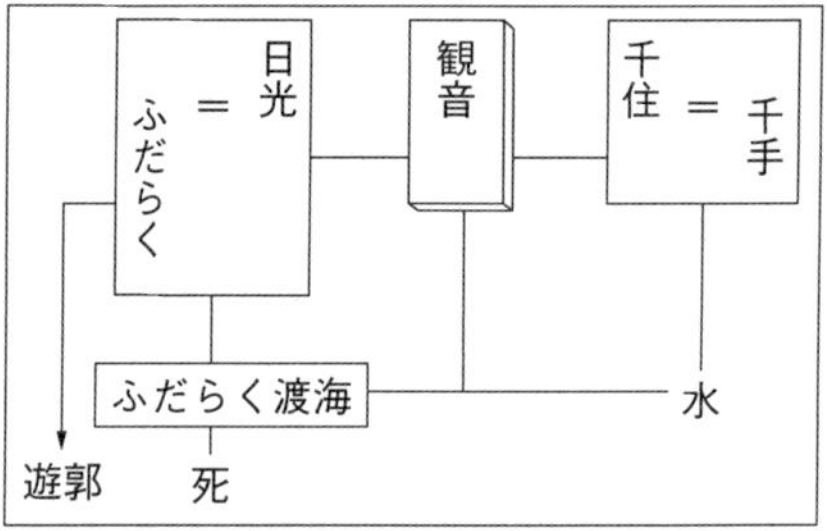

観音とふだらく渡海

で行なわれていました。

　行者は船上に設置された箱の中に入れられ、外から封印されるのですが、その体には一〇八の石が巻きつけられた。乗せられる船には、帆も艪《ろ》櫂《かい》もない、自分では航行できない船です。ほかの船が曳航し、沖でその綱を切って漂流させる。最初から生還など考えないという構造になっていました。

　即身成仏《そくしんじょうぶつ》と同じく、行法とはいいながら、最初から「死」という選択肢しかない「死の行法」なのです。

　そして「千住（千手観音）」から「日光（補陀落＝観音浄土）」に船で向かう芭蕉も、この死の行法である「補陀落渡海」を象徴的に行なったのではないか、そう思うのです。

　第2章でもふれたように、芭蕉は絶対安心の境に入るためにまったく新しい境地を得る必要があった。それにはまずは自己を捨てる、すなわち「死の体験」をする必要があったのです。

　一度、死を体験し、そこから生還した人は強いものです。

死を体験することによって、ワキ僧のように、生と死の世界の境界に生きるようになる。自らも境界人＝ワキとしてあの世とこの世を、あるいは生物と非生物との境を行き来できるようになる。そうなってはじめて「松の事は松に習へ」という対象と一体化する「風雅の誠」を体現することができるようになるのです。

芭蕉はそれを願っていた。そのための**千住**（千手）であり、**日光**であり、そして**船**であった。

このように考えて読み直してみると、前夜から集まってわいわいとやっていた親しい人たちは、まるでお通夜に集まる友人たちのようでもあります。昔からお通夜にはふたつのルールがあります。ひとつは徹夜で行なうこと。そしてもうひとつは、死者のことをできるだけ大きな声で、そして詳しく語り合うこと。

さて、この章には、このような決死の真剣さとともに、またまたそこには芭蕉特有の「俳諧」的軽さもあります。

『おくのほそ道』はすでに「軽み」（通俗性の芸術化）を達成したあとの芭蕉が書いたものです。真剣・深刻な描写と俳諧的ユーモアの「軽み」の表現とが入り混じっています。

ふだらく世界、すなわち観音浄土は江戸の人々にとっては遊郭や湯女風呂のような悦楽空間とも同一視されていましたし、遊女や女性の性器のことを観音さまともいいました。

川や水路などの水を、舟で渡って到達すると、そこには「悦楽の楼閣」があると松田修氏は指摘しています（『絵空事の「悦楽の園」幻想』『日本屏風絵集成〈第14巻〉』講談社）。

「近世初期の人々の理想郷としての歓喜・悦楽の館が、補陀楽世界像（傍点安田）に近いとともに、現実の遊郭、あるいは、湯女風呂そのままであることは、当然といえばそれまでのことながら、彼らの担うイメージの二重性（過去へのベクトルと未来へのベクトル）として理解すべきであろう」（一四一ページ）と。

芭蕉の向かおうとする日光も、死の象徴たる補陀楽（落）世界としての聖地であるとともに、悦楽の祝祭空間でもあるのです。

「幻のちまた」への別れ

さて、『おくのほそ道』の本文にもう一度戻りましょう。

舟からあがった芭蕉は「前途三千里のおもひ胸にふさがりて」と書いたあと「幻のちまたに離別の泪をそゝぐ」と続けます。

彼はいま、親しい人たちとの別れを惜しんでいます。そして、その親しい人たちが住んでいる世界、すなわち現実世界を芭蕉は「幻のちまた」＝幻想世界と呼びます。

ふつうは反対ですね。芭蕉が向かおうとしている歌枕に象徴される詩的世界が幻想世界で、彼を送る人々の生きる世界が現実世界。ところがこれから死の旅に赴こうとする芭蕉にとっては、彼が離別の涙を注ぐところ、すなわち別れを告げようとしている現実世界こそが「幻のちまた」なのです。

となると、この「**幻のちまた**」も読み飛ばしてはいけない術語《コード》だということになります。

私事を少し。

新聞社に勤めていた友人がいます。彼はからだを壊して新聞社を辞めたのですが、新聞社にいるときにはさまざまなスクープをものにしました。文字通り命がけで働いた彼は、そのために自分のからだも、家族関係も、そして親しい人間関係も壊したりしました。スクープをものにするために死に物狂いで奔走していたのです。

ところが彼が命がけで手に入れようとしたスクープは、（ひどい言い方をすれば）私たち読者からしてみれば、それほど大したものではない。私たちが興味があるのはニュースそのものであって、どこの新聞社が一番早いかなんてことはどうでもいい。

彼も新聞社を辞めて、自分が仮想の闘争に一喜一憂していたことに気づいたといいます。

その世界にいるときには、私たちはさまざまなものにとらわれ、そのために命を捨ててしまうことすらもある。しかし、ブリキの勲章という語が示す通り、その多くがバーチャルなものであり、そこから外れた途端にそれは「幻」になってしまいます。

むろんそうはいっても、そこにいるときには、それは現実以上の力をもって私たちをしばります。

芭蕉も既存の俳壇のさまざまなしばりの中でがんじがらめになっていた。一度そこから離れてみれば、それらのしばりはすべて幻影であろうことは頭ではわかる。しかし、いまはダメだ。わかっていてもしばられる。この旅立ちで彼は現実世界を「幻のちまた」と呼ぶことによって、そこから脱け出ることの決心を、自分自身に対しても新たにしたのでしょう。


さて、ここにもまた俳諧的ユーモアがあります。

「前途三千里のおもひ胸にふさがりて、幻のちまたに離別の泪をそゝぐ」というフレーズは、ちょっと大げさですね。まるで芝居のセリフのようです。徹夜と船が芝居見物のようだと書きましたが、芭蕉もここで芝居をしていたのかもしれない。

そして「自分たちが今行こうとしているのは芝居の世界であり、能の世界であり、虚構の世界だ。しかしそれこそが現実なのだ」と言おうとしているようにも聞こえます。

冥府への接点

日光に向かうには千住にかかる千住大橋を渡って、日光街道を北に進みます。

橋は「端」であり、そこは周縁、すなわち境界＝ワキ（一〇二ページ）です。あの世とこの世との境がワキである橋なのです。そこは冥府との接点でもあり、鎮魂の芸能が演じられる場でもあります。街道口も辻も市も、そして寺社も同じく、冥府との接点である境界の地であり、鎮魂の勧進芸能が行なわれるワキとしての土地なのです。

そして私たちが忘れてならないのは、俳諧も本来は芸能であり、それは興行されるものであったということです。

芭蕉も愛した仮名草子《かなぞうし》に『竹斎《ちくさい》』がありますが、主人公である竹斎が、やはり冥府との接点である北野天神に参詣していたとき、そこで行なわれていたのは能、蹴鞠《けまり》、博打《ばくち》（双六）、遊女遊び、香道、相撲そして「連歌」でした。連歌は俳諧の元です。俳諧も芸能が行なわれる祝祭空間で催行されたことは、それがそのまま鎮魂の芸能につながることを示します。だからこそ俳諧の一句は、手向けの一句ともなるのです。

魚の目の謎

さて、旅立ちに際して芭蕉は一句よみます。

行春《ゆくはる》や　鳥啼《なき》　魚《うお》の目は泪《なみだ》

これはよくわからない句です。実は『おくのほそ道』の中にはよくわからない句が多い。「行春や」はいいですね。たった五文字の中に春を惜しむ気持ちと別れを惜しむ気持ちが含まれます。季語にもなっていますし、さすがです。そして、その別れを惜しむのは人間だけでなく鳥も魚もそうだというわけで「鳥啼魚の目は泪」となるのです。

「鳥啼《なき》」はいいでしょう。しかし「魚の目は泪」は問題です。「魚の目に涙が浮かぶか」というツッコミが入りそうです。となると、この「**魚の目は泪**」も当然、術語。

古来、「これは元ネタがあるんだ。たとえば中国の詩人、杜甫《とほ》や陶淵明《とうえんめい》の詩がベースになっているんだ」とか、そのほかいろいろ言われています。すべて「なるほど」とは思うのですが、どれも「そうか！」というにはちょっと弱い。

かりに「魚」と「目」・「泪」の関係を出典などで納得したとしても、それでも「魚の目は」の「〜は」は変です。ふつうだったら「魚の目に」となるでしょう。それがなぜ「〜は」なんだろうと考えてしまいます。

ひょっとしてこれも芭蕉の俳諧的ジョークかもしれない。

芭蕉が弟子たちに向かって「魚って水でしょ。で、目に水（氵＝さんずい）をつけると、ほら『泪』になる。魚の目はそのまま『泪』になるんだよ」と言ったのかも。

あるいはひょっとしたら謎かけかもしれない。

「さて『魚の目』とかけて涙と解く、そのココロは」というやつです。

江戸時代の文化人の漢文への親しみは、現代人である私たちには想像もできないほどです。明治になってからも和文よりも漢文の方が読みやすいという人も多く、漢文による新聞や、漢文小説（翻訳小説も）も出たくらいです。ましてや、芭蕉の一門の人たちは杜甫や荘子《そうじ》などをみんなで読んでいた。ですから中国古典への造詣は能と同じほど深いのです。さて、というわけで「そのココロ」を中国古典で考えてみると二つあります。

ひとつは阿倍仲麻呂《あべのなかまろ》を送る王維の詩。安東次男氏は、この句は芭蕉の「充血した目の象徴」と書かれています。紅い目ですね。仲麻呂を送る王維の詩の中に「魚眼波を射て紅《あか》し」という句があります。海上に浮かぶ巨大なる魚の目が波を射る、というの

歌川国芳筆「讃岐院眷属をして為朝をすくふ図」
・讃岐院とは崇徳上皇のこと。

ですが、その「魚眼＝魚の目」は紅いのです。

もうひとつは『詩経』。「桃夭《とうよう》」という詩の序に「鰥《やもめ》」という語があります。「やもめ」になぜ魚へんがつくかというと「やもめは寂しくて眠れない。魚の目も閉じないから」と注釈（疏）にあります。寂しくて眠れない魚の目。「寂しさ」に、涙のイメージがあります。

能『道成寺』と魚の目

さて、このような「俳諧的謎かけ（かどうかはわかりませんが）」と同時にこの句にはかなり重い話題も入っています。「春」で「鳥啼き」とくれば思い出すのは能『道成寺』の謡です。

こんなストーリーです。

長い間、鐘を失っていた紀州の道成寺《どうじょうじ》に、今日は新しい鐘を吊る供養の日。しかし、この供養の場《にわ》に女は絶対入れてはいけないという。それはこの寺に鐘が長い間なかったことと関係があった。

昔、ひとりの女から逃げてきた山伏《やまぶし》が、この寺の鐘の中に隠れた。

女は、逃げた男を追うが、日高川が彼女をさえぎる。しかし、女はその身を蛇体と変えて日高川を泳ぎ渡り、この寺に至り、「男はどこだ」と探し回る。と、鐘が下りているのを見て、「男はここにいる」とさとり、男の隠れる鐘に巻きついて、邪淫の炎で、男ともどもその鐘を溶かしてしまったのです。

能『道成寺』　演者　加藤眞悟（観世流）
撮影　前島吉裕

そんな経緯もあるので「女を入れてはいけない」と命じた。しかし、寺男が舞をなりわいとする白拍子《しらびょうし》に籠絡されて、寺の中に入れてしまう。この白拍子がシテです。

僧侶たちが眠る中、女は執心を内に籠め、重い、重い、そしてゆっくりとした足取りで、静かに、静かに鐘楼に近づく。何百年という時間をそこに凝縮したような濃密な時間が流れ、観客は無限とも思われるときの中に取り込まれていきます。

そして鐘楼が目前に迫ったそのとき、白拍子の動きは急激に変化し、能の中でももっとも早い動きの舞になり、そのあとこの謡になるのです。

シテ「春の夕ぐれ。来てみれば。
地謡「入相の鐘に花ぞ散りける。花ぞ散りける花ぞ散りける。
シテ「さるほどにさるほどに。寺々の鐘。
地謡「月落ち鳥ないて…

この謡には「**春**」、「**鐘**」、「**花**」、「**月**」、「**鳥**」という『おくのほそ道』本文中にあらわれるキーワードが出てきます。春や花、そして月も鳥も「旅立ち」の章の中に出てきましたが、鐘はない。しかし、芭蕉の一門の人たちは「上野」と聞いただけで芭蕉の句、

花の雲　鐘は上野か　浅草か

……を思い出していたはずです。「花（桜）」と「上野」とくれば、当然彼らの脳裏には上野の鐘の音も響いていたのです。

この謡のあと、能の舞台では天井に吊られていた鐘が轟音を立てて落下し、同時に鐘の下に立った女は跳躍し、まるで吸い込まれるように鐘の中に消えます。

やがて鐘が上がると中から出てきたのは白拍子ではなく蛇体の女。僧侶たちが女に向かって祈れば、女はひとたびはひるむが、また鐘に向かって息を吐けばそれは火炎となる。そのような法力比べの末、女はまた日高川に飛び込んで消え去る、という能が『道成寺』です。

ちなみに能『道成寺』の謡に出てくる「月落ち鳥ないて」には原詩があり（張継）、それによれば本当は「月落ち烏（からす）ないて」です。それを能ではわざわざ「鳥ないて」に変えてある。

これは張継の詩を知っていて、しかも謡を習ったことのある人（門人たちもそう）には印象的です。ですから、芭蕉の句に「春」がきて「鳥啼き」とくれば、やはり門人たちはこの能『道成寺』を思い浮かべたでしょう。

さらに蛇と化した女の泳ぎ渡った日高川は、門人たちが芭蕉とともに渡った隅田川をも思い出させます。なんとも不吉な川。まさに冥府とこの世とをつなぐ川です。さらには日光、千住と、補陀落渡海＝「死」のイメージもある。

この句を聞いたときに、自分たちが渡ってきた隅田川を振り返って、ぞっとした門人もいたでしょう。

「魚の目は泪」というお笑いとともに、こういった怖さをさりげなく隠すのも芭蕉の真骨頂です。

謡のような美文

是《これ》を矢立《やたて》の初《はじめ》として、行道《ゆく》なをすゝまず。人々は途中に立《たち》ならびて、後《うしろ》かげのみゆる迄《まで》はと、見送《みおく》るなるべし。

「行く春や」の句を『おくのほそ道』の最初の発句として歩き始めますが、足どりは重く道も進まず、心も進まない。なぜなら自分はこれから死の旅にいくわけですから当たり前です。と、後ろを振り返れば門人たちは道に立ち並んで、後姿を見えるまではと見送ってくれている。

この旅立ちの章は源氏物語や西行の和歌などをベースとした美文調で書かれていますす。また、能の謡の匂いもします。いや匂いどころか、能楽師がこの文を渡されれば、すぐに謡えるくらいに、そのままで能の謡になっています。おそらくは芭蕉も一門の人たちと、この章を能のように謡ったのではないでしょうか。

さらにはこの章には俳諧的ボケとツッコミも用意されているのですが、そろそろ紙幅も尽きましたので、それは省略して、次の宿を目指して歩き出しましょう。

草加での弱音

さて、ちょっぴり深刻で、そしてちょっぴりユーモアのある旅立ちの儀式を経て、芭蕉が最初にたどり着くのは「草加」です。

芭蕉が歩いたと思われる日光街道は、現代は国道四号線と重なるところが多く、特に千住から草加までは自動車がびゅんびゅん走る横を、歩行者はとぼとぼと歩くことになります。これはなかなかつらい。「おくのほそ道を歩くぞ」と勇んで出てきたのに、初日から出鼻をくじかれる思いです。

「草加」の章には「呉天《ごてん》に白髪の恨《うらみ》」という語が出てきます。これは能『葛城《かずらき》』の謡「笠を重し呉天の雪」を思い出させます。「白髪」が雪です。そして能の舞台ではこのあと、シテとワキが雪山を歩く体で、とぼとぼと舞台の上をゆっくりと歩きます。

千住から草加まで、実際に歩くと『おくのほそ道』のこの語句や能の謡の「とぼとぼ感」が実感されます。

そして芭蕉は「其日《そのひ》漸《ようよう》草加と云宿《いうしゅく》にたどり着《つき》にけり」と書いて、草加に着いたことを示します。

この「着にけり」という語は、やはり能の影響だろうと、久富哲雄氏ほか多くの人が指摘します。能のワキの道行《みちゆき》が「着きにけり」で終わることが多いのです。「道行」とは、さまざまな名所を読みこんでいきながら、ある地点からある地点まで移動する際に謡う歌のことです。結婚式でよく謡われる『高砂や』の謡も、高砂（兵庫）の浦から船出する「高砂やこの浦舟に帆を上げて」という詞章から始まり、さまざまな地名を読みこんで最後には「早、住之江に着きにけり」と「着きにけり」という語句で結んで住吉（大阪）に着くという「道行」です。

「着にけり」と書く芭蕉は、ここでも自身を能のワキに擬しています。

この草加の章には芭蕉の弱音もたくさん書かれています。では、芭蕉の弱音シリーズを。

（1）見知らぬ異郷で苦労のために白髪になるだろう。

（2）まだ見ぬさまざまなものを見て、しかも生きて帰れるだろうと期待はしているけれども結局ダメかも。

（3）この痩せた肩にかかる荷物には参った。

・本当は身ひとつで出ていきたかったのに、まず寝具としての紙子が必要、浴衣も雨具も墨や筆も、そして「いらない」とは言いにくい人たちからの餞別も入っている。捨てることもできない。

初日からこれです。先が思いやられる。

ちなみに、曾良の旅日記によれば、ふたりは草加では泊まらず、このまま足を伸ばして粕壁（春日部）まで行き宿泊をしています。

千住から春日部まで約七里（二八キロ）。歩き始めの初日としては長くもなく、短くもなく、なかなかいい距離です。

最初の歌枕「室の八島」

翌日二八日は、曾良の旅日記によれば午前中は雨の中の歩行だったようです。前夜よりの雨が止んだので午前五時半ごろに宿を出たのですが、またすぐに降り出してお昼くらいになってやっとやみます。雨の中の歩行はなかなかつらいものです。

栗橋の関所を通過するも挨拶をするだけでパス。手形も見せる必要がなかったとか。私たちが想像するよりも、当時の関所は男のふたり旅には鷹揚だったようです。

ふたりは九里（約三六キロ）歩いて間々田に泊まりますが、特別に書くことはなしということで『おくのほそ道』には何も書かれていません。

さらに翌日（二九日）、間々田も午前五時半ごろに出発。そして最初の「歌枕」である「室《むろ》の八《や》島《しま》」に着きます。

芭蕉の時代も、そして現代も「室の八島」は大神《おおみわ》神社に比定されています。が、ここではないという人もいますし、それどころか「室の八島」なんて場所はなかったという人すらいます。

が、私たちは芭蕉を追う旅ですから、そういうことは気にしない。芭蕉が、「ここが室の八島だ」と思ったのならば、そこが「室の八島」なのです。

私がはじめて室の八島である大神神社にお参りしたときは雨でした。旧道を探しながら歩いたので道に迷い、どこが参道かと探していると一匹の猫がこちらを見ています。目があうと猫はくるっと背を向け、すたすた歩き出した。その後をついていくと参道でした。

天を突くような神木が屹立する神の庭を通り、注連縄《しめなわ》のかかる神前で二礼二拍手一礼をした途端に一陣の風がひゅっと吹き、注連縄のシデとお賽銭箱の上にあった紙を鳴らしました。

ここ、室の八島には芭蕉よりも曾良が寄りたかったらしく、『おくのほそ道』の「室の八島」の章では、曾良による室の八島の解説がその大半を占めます。

「歌枕」とは物語を内含した呪術的インデックスで、「歌枕」である地名を聞けばそれに関連した歌や物語が自然に立ち現れると三五ページに書きました。呪術的インデックスである「歌枕」の前では目の前にある景色はただの背景です。私たちは曾良の解説によって「真景」としての室の八島が、実景を背景として、そこに立ち現れてくるようになるのです。

さて、曾良は室の八島に関して三つのことを解説しています。

（1）この神社のご神体が「木の花さくや姫」であることと、その神話。そして、ここが富士山と同一体であるということ。

・絶世の美女であった木花開耶姫《このはなさくやひめ》はニニギの命のお后になり、すぐに懐妊をしました。たった一夜の契りでの懐妊。信じられないニニギの命は「本当はほかの神（国つ神）の子ではないかと姫をなじります。が、この美女は強い。

「それほどまでにお疑いならば、戸のない室に籠りましょう。そこに火をつけてください。もし、お腹の子が本当に天つ神であるあなたの子ならば、火ごときに焼け死ぬなどということはないでしょう」

そう言い、火をつけて室を焼いてしまった。そして、ちゃんと三人の子供（ホスセリの命、ヒコホホデミの命、ホアカリの命）を出産したのです。

そして、木花開耶姫は富士山のご祭神であることから、室の八島と富士山とが同一体なのです。

（2）この歌枕では「煙」に関する歌を詠むべきであること。

・曾良の「俳諧書留」にはさまざまな歌がメモとして書かれています。

（3）ここでは「このしろ」という魚を禁じていること。

・「このしろ（鰶）」という魚とは「子の代」、子の代わりという名を持っています。

そして、その名にちなむ物語があります。

むかしこの室の八島に美しい娘がいた。彼女を想う男がいて両親もそれを許していたが、国司がむりやりこの娘をわがものにしようとした。親たちは男と結婚させたい。しかし国司の申し出を断ると、その怒りが恐い。そこで「娘は病気で死んだ」と国司には告げて、棺を作った。コノシロは人間を焼くのに似た匂いがする。棺には、たくさんのコノシロを娘の変わりに入れて火葬にし、娘と男とを他郷に逃がした。

それ以来、子供の代わりになった魚ということで「子の代」と名づけ、神にこの魚を祭る（鰶）ことによって、コノシロの漁を禁じていると。

ちなみにこの物語にはいろいろなバリエーションがありますが、みな大同小異です。またこのコノシロは、「この城を焼く」に通じるがために武家では焼かないという風習があったり、また切腹の際に供えられた魚ともいわれたり、そのほかにもいろいろと

「死」を髣髴とさせるイメージを持つ魚なのです。

この物語と（2）の、ここでは煙に関する歌を詠むべきであるということも何となく関連がありますね。

すべて「死」の匂いがぷんぷんするエピソードです。「死出」の旅をする芭蕉たちにとっては、ここ室の八島もやはり通り過ごすことができない歌枕であることはわかるでしょう。

「死出」の旅にはなんとも似つかわしい歌枕です。

「歌枕」からは歌枕パワーや詩魂エネルギーをもらうはずなのですが、ここではちょっと危険なパワーをもらいそうです。

それにこの神社、大神《おおみわ》神社は蛇をご神体とする大三輪《おおみわ》と同一体です。蛇体といえば先ほどの能『道成寺』も思い出す。

なんともゆかりの深い歌枕なのです。

『おくのほそ道』によれば芭蕉はここでは句を詠んでいないことになっていますが、次の句を詠みました。

糸遊に　結《むすび》つきたる　煙哉《かな》

「糸遊（かげろう）に結びついた煙」とは、これまたちょっと怖い。

さて、室の八島を出た芭蕉たちは、鹿沼まで歩いて、そこで宿泊。この日の歩行距離は五里です。

仏五左衛門という不思議な人物

翌朝、鹿沼をやはり五時半ごろ出発した芭蕉たちは、お昼ごろに最初の目的地である日光に着きました。

さすがにこの旅の第一の目的である「日光」には、芭蕉はかなりの紙幅を費やしていて、まるで壮大な日光絵巻のようでもあります。現代の本では、ほとんどが「日光」の章をいくつかの章に分けています。たとえば『おくのほそ道評釈』（尾形仂）では、「仏五左衛門」、「御山詣拝」、そして「黒髪山・裏見の滝」と三章に分け、日光三部作のようになっています。


さて、日光三部作の最初の章には「仏五左衛門」という何ともふざけた名をもつ男が登場します。この名前そのものが、術語《コード》であることを暗示します。「**仏五左衛門**」、術語として読み解きましょう。

仏五左衛門というのはむろんあだなで本名は、ただの「五左衛門」。「すべてにおいて正直をむねとするので、自分のことを人がこう呼ぶのです」と本人がいう。

変でしょ、それは、とツッコミを入れたくなります。自分で自分のことを正直というなんて変だよ。

と、思ってしまうのですが、実はこれも「能」仕掛け。能では、このように他人のつけたあだ名（しかも立派な名）を自分で名乗り、さらにその由来を説明するというものがいくつもあります。となれば、彼は能の登場人物として、ここに登場したのでしょう。

芭蕉の観察でも、仏五左衛門氏は世間ずれをしていず、正直偏固。『論語』に出てくる「剛毅朴訥《ごうきぼくとつ》の仁《じん》」に近いと芭蕉は書く。これは儒教の経典である『論語』からの引用。そんなものを出してくるところなどは、むろん俳諧的大げさ表現です。

さらに芭蕉は、「こんな乞食《こつじき》巡礼のような僧形《そうぎょう》の私たちを助けてくれるのは、どんな仏さまの示現だろう」といいます。原文では「いかなる仏の濁世塵土《じょくせじんど》に示現して、かゝる桑門《そうもん》の乞食順礼ごときの人のたすけ給ふにや」。

「どんな仏さまの示現《じげん》だろう」と芭蕉は言いますが、どんな仏さまなのかはもう明らかです。「示現」とくれば、すぐに浮かぶのは観音さまです。観音さまは、誰の前に現れるかによってその姿を替え、その人が受け入れやすい三三種の姿に変身して現れ、私たちを救ってくれるのです。それを示す用語が「示現」です。

むろん、阿弥陀如来も八幡大菩薩《はちまんだいぼさつ》も、そのほかさまざまな仏・菩薩や神さまも示現しますが、観音さまであることが圧倒的に多い。

さらに能に親しんだ芭蕉一門ならば能『田村《たむら》』も思い出したでしょう。東北とは縁の深い坂上田村麻呂がシテ（主役）の能です。

能『田村』の中には「いまこの娑婆《しゃば》に示現して」という一節があります。「娑婆＝濁世塵土」ですから、本章の「濁世塵土に示現して」と「この娑婆に示現して」はそっくりです。そして、この謡はこのあと「我等がための観世音」と続くのですから、もう仏五左衛門氏は観音さまの示現としての里人であることは明らかです。

『おくのほそ道』　濁世塵土に示現して
能『田村』　この娑婆に示現して、我等がための観世音

観音さまの示現としての仏五左衛門と出会った芭蕉たちは、本体の観音さまとは明日、日光（ふだらく＝観音浄土）でご対面、となるのです。

能（複式夢幻能）は、前半と後半に分かれることが多いのは前に述べたとおりです。

前半のシテは、神霊の化身である「ただの里人（前シテ）」であることがほとんどです。そして、神霊の本当の姿（後シテ）は後半に現れます。

日光参詣を能と考えた場合、神霊の本体（後シテ）は日光山、すなわち観音さまです。

そして、能の前半に現れる、神霊の化身が「ただの里人」として示現した姿が「仏五左衛門（前シテ）」なのです。前章で紹介した能『梅枝』でいえば宿を貸してくれたおばさんです。

芭蕉が自分のことを指していう「乞食巡礼のような僧」というのはむろん能のワキ僧です。尾形仂氏が「これは自らを諸国一見の僧に擬した、能の擬態にもとづく〝俳諧〟なのだ」と書かれているということはすでに述べました。

ワキ僧としてこの章に登場した芭蕉たち。

「日光」は死出の旅の頂点ともなるべき重要な「歌枕」。ここで能にならなければ話にならない。神霊に出会い、詩魂と巡りあわなければこれから先の旅もない。そのための「仏五左衛門」なのです。

実は曾良の旅日記を見ると、仏五左衛門に会ったのは日光参詣のあとなのですが、そういう野暮なことは言わずに、まあ、旅日記などは見なかったことにして、芭蕉の書く通り、日光参詣の前日に前シテである「仏五左衛門」に会って、そこで一泊し、そして翌日、日光山に参詣に行き、そこで神霊の本体である後シテに出会ったと思うことにしましょう。

御山詣拝

【訳】卯月朔日《うづきついたち》(四月一日)、お山に参詣する。むかしこのお山は「二荒山《ふたらさん》」と書かれていたのを、空海大師が開基の時、日光と改め給う。千年先の未来を悟り給えるか。いま、この「御光《みひかり》」は一天に輝きて、その恩沢は天下に溢れ、四民(士農工商)安堵《あんど》の住まいも穏かなり。さらに書こうとするが、憚《はばか》り多くて筆をさし置く。

あらたうと　青葉若葉の　日の光

【原文】**卯月朔日**《うづきついたち》、御山《おやま》に詣拝《けいはい》す。往昔《そのかみ》、此《この》御山を二荒山《ふたらさん》と書《かき》しを、空海大師開基の時、日光と改《あらため》給ふ。千歳《せんざい》未来をさとり給ふにや、今**此御光**《このみひかり》一天にかゝやきて、**恩沢**《おんたく》八荒《はつこう》に**あふれ**、四民安堵《しみんあんど》の栖《すみか》穏《おだやか》なり。猶憚《なおはばかり》多くて、筆をさし置《おき》ぬ。

あらたうと青葉若葉の日の光(**太字**は術語)

『おくのほそ道』によれば、仏五左衛門宅に泊まった翌日に、いよいよ日光山に参詣します。日光三部作のクライマックスの章です。

卯《う》月《づき》朔日《ついたち》、御山《おやま》に詣拝《けいはい》す。

日光参詣の日は「卯月朔日」、旧暦の四月一日です。「**卯月朔日**」も術語ですが、それに関しては後ほど見ることにします。

このあとの文では、前に紹介した日光山の由来が書かれます。

「昔、この山は二荒山と書かれていたが、空海大師が開基の時、日光と改められた。それは空海大師が千年も先の未来のことを見られたことによってなのであろうか」

そしていよいよ、能ならばクライマックス、日光山の神霊である後シテの登場です。日光という名の通り神霊は「ひかり」となって現れます。

「いまや、その『みひかり』は天下に輝いて、恩沢は国土の隅々までも行き渡り、人々が安楽に暮らす国土は穏やかである」と、芭蕉は書きます。

これ原文も、もう一度見ておきましょう。

今　此御光《このみひかり》一天にかゝやきて（1）、

恩沢八荒《おんたくはっこう》にあふれ（2）、
四民安堵《しみんあんど》の栖《すみか》穏《おだやか》なり（3）。

これによると日光の神さまの功徳は次の三つです。

（1）「御光」が一天（天下）に輝くということ。
（2）「恩沢」が八荒（国土の隅々）に溢れるということ。
（3）そして「四民（士農工商）」安堵のすみかが穏やかであるということです。

これは能『養老《ようろう》』の後シテの登場の時の謡を思い出します。

能『養老』は不老長寿の薬の水を探ねる勅使《ちょくし》がワキという能で、そして山の神でもあり、そして楊柳観音菩薩でもあるという神霊が後シテです。

能『養老』の後半の謡では、最初は（3）「四民」のすみかが穏やかであるということが謡われ、次いで（1）「御光」＝「日の光」すなわち「日光」という語が出てきます。それから（2）の「恩沢」が、「沢」や「溢れる」などという水に関連する語として謡われる。

（3）ありがたや治まる御代の習とて。
　山河草木おだやかに。
（1）五日の風や十日の。
　天が下照る日の光。
（2）曇はあらじ玉水の。
　薬の泉はよも尽きじ。
　あらありがたの奇瑞やな。
地謡「これとても誓は同じ法の水。
　尽せぬ御代を守るなる。

そして『養老』の神さまは自分のことを「この山に住む神」であり、さらに「自分は観音菩薩でもある」とも名乗ります（まだまた観音さまです）。

我はこの山山神の宮居。
又は楊柳観音菩薩。

能ではこのあと……

「あるいは神といい、あるいは仏というが、それは「水」と「波」との違いのようなもの。人々を救うために方便の姿となって、さまざまな姿となって現れるのだ」

……と謡い、さらには……

「峰の嵐も谷の水もみなその方便の姿に他ならず」といい、その谷の水がとうとうと鳴る音は、いつしか音楽の拍子になり、それは響いて「滝」となり、その滝のように湧き立ちはやる心を澄ませば、天上の諸神が来臨して神さまの舞である「神舞」を舞うのです。

芭蕉は、日光の神さまの来臨《らいりん》を書いたあと、それ以上の描写は避け、その筆を置いて、一句詠みます。

猶憚《なおはばかり》多くて、筆をさし置《おき》ぬ。
あらたうと　青葉若葉の　日の光

この章は、能『養老』をイメージしていないと「あれ？」と思ってしまいます。前の章で、せっかく「仏五左衛門」なる摩訶不思議な前シテを出したわりには、あっさりとし過ぎています。しかも「これ以上の言葉は、あまりに恐れ多くて、筆を置こう（猶憚多くて、筆をさし置ぬ）」って、そんなぁ、期待させたわりにはなんだか騙された感じがしてしまいます。ガッカリする人もいるでしょう。が、これも『養老』がイメージできた人ならば、能のしつらいだとわかるので全然問題なし。

能でも、神霊がその本体を現す「後場」はテキストにすればほんのちょっとしかありません。しかし、実際の舞台では何十分もかかります。なぜ舞台でそんなに長くなるかというとテキストにならない部分、すなわち「舞」や「登場楽」のボリュームがあるのです。

『養老』でいえば「神舞」です。

芭蕉の句「あらたうと青葉若葉の日の光」が能の謡の影響を受けていることは多くの人が指摘するところです。芭蕉一門のように能の謡を稽古した人ならば、この句を謡ったあとに神様の「舞」が舞われるさまを想像することは難しいことではないでしょう。

「あらたうと青葉若葉の日の光」の句の初出の詞章は、これとは違っていたようですが、この際そういうことはどうでもいい。私たち鑑賞者は、この短い章を脳裏でさまざまに膨らませて、能の後場を作ればいいのです。

登場楽にのって颯爽と登場した日光山の神霊である「みひかり」（実は観音菩薩、あるいは東照大権現）が、舞の袖を翻して颯々と舞っている姿が目に浮かびます。

死の体験1――曾良の場合

この御山詣拝で、日光の神さまである東照大権現や観世音菩薩との出会いは完成し、クライマックスは終わったのですが、しかし芭蕉たちにとってはもうひとつ大事な仕事が残っています。

それは「死」の体験です。それが日光三部作の最後を飾る次の章になります。ところが、三部作のこの最終章では、曾良についての話と、曾良に関連する歌枕である黒髪山の話が大半を占めるのです。

この「黒髪山」は歌枕としては、黒髪の黒に対比して「白」とか「白髪」を詠んだ歌が多い。そのためには雪か冷たい雨か降ってくれているといい。でも、いまは夏だからちょっと無理だろうなと思っていたら、春のような霞もかかっているし、雪もまだ白く残っている。

そこで曾良が一句詠みます。

剃捨《そりす》てて　黒髪山に　衣更《ころもがえ》　　曾良

このあと『おくのほそ道』の本文は、この曾良のことを芭蕉が読者に紹介します。

曾良は河合氏で名前は惣五郎という。私、芭蕉の家の近くに軒を並べて、炊事の手伝いをしてくれている。このたびの「おくのほそ道」の旅では松島や象潟《きさかた》をともに眺めることを悦びとし、また旅の苦労を労《いたわ》ろうということで、旅立ちの暁に、髪を剃り捨てて、墨染《すみぞめ》の僧形《そうぎょう》に姿を変え、名前も惣五を改めて「宗悟」とした。「黒髪山」の句は、そのような意味があるのだ。「『衣更』の二字、力ありてきこゆ」。と、芭蕉は書きます。

この記述にもフィクションが交じっているらしいのですが、それもどうでもいいでしょう。

芭蕉の絵姿を見ると、芭蕉は確かに僧形ですが、どうも髪は剃らなかったのではないかとも疑われます。しかし、曾良はここに書いてある通り黒髪を剃り捨てている。しかも、その名も変えて、「宗悟」というような法名のような名にしている。まさに出家《しゆつけ》です。

出家というのは、かつては「死」をも意味しました。曾良にとっての「死」の体験は、この黒髪山を望み、そして句を詠んだことで実現されたのでしょう。

芭蕉は「『衣更』の二字、力ありてきこゆ」と評しました。「衣」とはアイデンティティの象徴。「衣更」は今までの自分を捨てて、新たな自分で生きていく決意をも表明しているようにも聞こえます。

若者たちと「おくのほそ道」を歩いたときにも、決意の式では、みな墨染の衣を着て、手甲・脚絆《きゃはん》を身に着け、網代笠《あじろがさ》を持つという僧の姿になり、名前も今までの名を捨て、法名をつけました。その儀式を広尾（東京）にある「東江寺（臨済宗）」で行ない、座禅をしたあと、飯田義道ご住職と、そして参加する若者たちと一緒に読経《どきょう》をしました。また、出立の日には浅草の「西徳寺（浄土真宗）」で大谷義博師に読経していただき、それ以降はみな法名で呼び合いました。

「死出」の旅に出るときには、まずは何か大事なものを捨ててから旅立つということが大切なのです。

死の体験2――芭蕉の場合

では、当の芭蕉はどうか。

芭蕉たちはさらに二十余丁、山を登ります。するとそこに滝があった。ここは名文なので、まずは原文から。

岩洞《がんどう》の頂《いただき》より飛流《ひりゅう》して百尺《はくせき》、千岩《せんがん》の碧潭《へきたん》に落《おち》たり。

蛇足ながら現代語訳。

「滝は岩洞の頂上から飛流すること一〇〇尺（約三〇メートル）。千の岩が重なる真碧《まつさお》な滝壺に落ちている」

この滝の裏には岩窟があり、そこに身を潜めて入り、滝の裏から見ることができるので「うらみの滝」と申し伝えている。むろん「歌枕（芭蕉の制定した新歌枕）」ですから、四〇ページに書いたように、「うらみ」という音の響きから「恨み」が連想されます。

と、ここで芭蕉は一句。

暫時《しばらく》は　滝に籠《こも》るや　夏《げ》の初《はじめ》

この句はすごい。この鑑賞に胡乱の言辞を弄する必要はない。

滝の裏に籠もった経験のある人ならば、この句を読んだだけで、そのときに引き起こされた強烈な変性意識状態が再び湧き上がってくるのを感じるでしょう。

滝の裏にある狭い岩窟に身を寄せ、足を組んで座る。それだけで静かな気持ちになります。

が、目前には聶怒と落ちる水流や玉と散る飛瀑、そして耳を聾する轟然たる滝の音。まず起こってくるのは一種の感覚遮断状態です。滝の流れのあまりの激しさに、目は滝を見なくなり、音のあまりの大きさに耳は音を聞くことを拒否する。体の感覚もなくなる。

やがて激しい死の欲求にかられる瞬間がやってきます。恐怖ではない。このまま滝の流れに身を投げ出したいという激しい欲求が起こるのです。ここで立ち上がれば、そのまま滝壺に落ちることができるという甘美な誘惑が、座っている自分を誘う。が、そこで足を崩さず、そのまま一時間も座っていると、心はいよいよ澄んできて、いいようのない至福感が押し寄せてきます。幻影を見ることも多い。

まさに「死の体験」であり、そしてそれを通り越したあとの「新たな生」の予感です。

岩窟はある瞬間には棺《ひつぎ》となり、ある瞬間には母の胎内となる。母は「生む」ものでもあると同時に「晦（くらやみ）」でもあります。暗黒の母の胎内に一度取り込まれ、轟然と鳴る母の血流と羊水の音を聞く。それが「滝に籠る」体験なのです。

「あれ、これどこかで聞いたことがある」と気づかれた方。

そうです。さきほどの能『養老』です（一五〇ページ）。

谷の水音はいつしか音楽となり、それは響いて「滝」となり、その滝つ心を澄ませば、天上の諸神が来臨して神さまの舞である「神舞」を舞う、というあの描写にそっくりです。芭蕉は滝に籠もることによって、能『養老』のように天上の諸神の来臨と「神舞」を幻視したのかもしれません。

残念ながらいまの「うらみの滝」は裏に籠ることはできません。しかし、芭蕉たちが登った二十余丁の道は、現在のそれも細い道です。細くて狭い道をゆっくりと登って行くと突然、滝が現れる。細い道はまるで胎道のようでもあるのです。その後で滝に籠ったら、そりゃあすごいですね。

なぜ卯月朔日か

さて、ここでもう一度、芭蕉たちが日光を参詣した日に注目してみましょう。それは卯月朔日《うづきついたち》（四月一日）です。

卯月朔日は、曾良の句に対する芭蕉の評にあった「衣替」の日です。アイデンティティ、全とっかえの日なのです。

「朔日（一日）」の夜に空にかかる月は新月です。月のない暗黒の夜。すべてが死に絶え、そしてその中から何かが生まれる予感を孕むのが朔日（一日）です。

そして「卯月」の「卯《う》」は相反する二つの意味を持つコトバなのです。

ひとつは「死」です。漢字の「卯」を訓ずれば「ころす」や「（犠牲の肉）を裂く」になります。芭蕉が死の行法である補陀落渡海の目的地である「日光＝ふだらく」に卯月朔日に着きたかったのも宜《むべ》なるかなです。

また同時に「卯」という訓には「生まれる」という意味もあります。卯月の「卯」とは「初」です。「初産」の「う」であり、「初々しい」の「う」です。生まれたばかりの清冽なエネルギー。それも「卯」です。

卯月とは「死」の月であるとともに「生まれる」月でもあるのです。

死と再生の月の初め、卯月一日に日光に到着していたかったからこそ芭蕉たちは、弥生も末の七日という中途半端な日に出発をしたのです。

この「卯」は、このあとも『おくのほそ道』の重要な地点で時折、顔を出すことになります。「卯」は『おくのほそ道』の前半、平泉までの旅の色彩を決めるドローンのような役割を持つことになるのですが、それは追々お話しすることにして、ここでひとまず「死出の旅」を完了しましょう。

第4章　中有の旅
――「時間」が「空間」になる旅

中有の旅

無事に「死」の体験を終えた芭蕉たちが次に向かうのは「那須」（栃木県）です。

現代の那須は、御用邸があったり、那須湯本温泉があったり、アウトレットモールがあったり、リゾート・ホテルや民宿があったり、しかも都心から新幹線で一時間ほどで行けたりと、週末にたまった疲れを癒すのには最適なリゾート地です。

芭蕉たちにとっても那須は「歌枕」がたくさんある魅力的な土地でした。

「那須に行くぞ」と思った瞬間に、芭蕉の頭の中にはさまざまな歌枕や、それらを詠み込んだ和歌の数々、そしてそれにまつわる物語が一挙に湧き上がってきたでしょう。

また、那須の歌枕は能との関係もとても強いので、さまざまな能の演目が舞台上で演じられている姿や音も、芭蕉たちの脳裏には浮かんだに違いありません。

「那須」という一語は、強烈な幻影を引き起こすのです。『おくのほそ道』の旅の第二フェイズは、そんな那須周辺を旅します。

　このフェイズを「中有《ちゅうう》」と名づけました。

　中有とは、人が死んでから生まれ変わる（あるいは成仏する）までの四九日間の期間。死（陰）と生（陽）との境（ワキ）にいるので中陰《ちゅういん》ともいわれます。人は死ぬと「中有の道」を歩きつつ七日に一度、さまざまな試練にあって、次の生で何に生まれ変わるのか、あるいは輪廻《りんね》を脱して仏になるのかを決めていきます。閻魔《えんま》大王に会うのも、この道です。

　この道は「道」とはいいながら、水平、すなわち「空間」としての道ではありません。水平方向の移動はほとんどなく、垂直方向の道、すなわち「時間」の道です。四九日という期間を経ることが大切なのです。ワーグナーの『パルジファル』（舞台神聖祝典劇）では「時間が空間になる」といいますが、そんな道です。

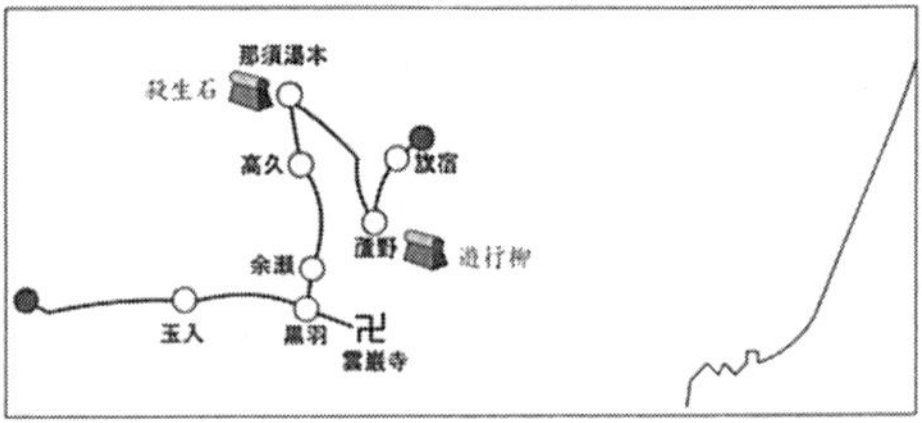

中有の旅行程

　人は死後、この暗闇の中有の道をとぼとぼと歩きながら、次の生への準備をします。芭蕉にとっては、それがこの那須周辺です。

那須では、芭蕉はあっちへ行ったり、こっちへ行ったりと不思議な動きをしています。しかも、狭い那須周辺だけで約二〇日間を費やします。深川から日光まではたったの三泊四日、ほとんど寄り道をせずに直行している。地図を見れば、その歩行距離と費やした日数との不思議さはもっとはっきりわかるでしょう。

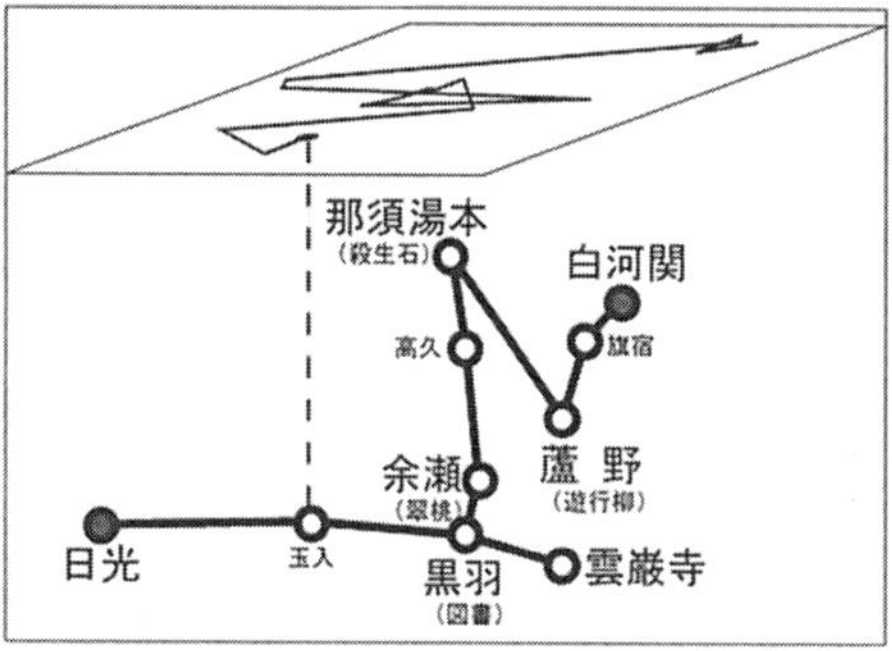

那須周辺での動きが能の舞につながる

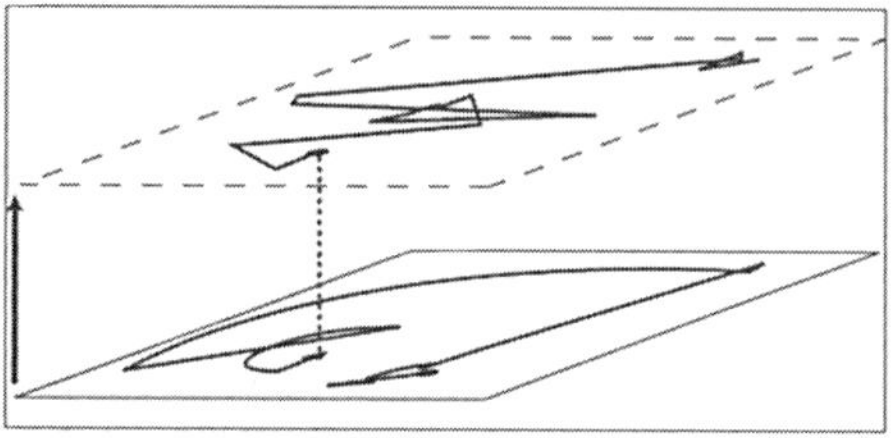
舞の軌跡：周回する舞の動きは変容をもたらす。

中有の旅：芭蕉一行　日程表

月	日	行動	宿泊
4	1	日光	上鉢石（五左衛門）
	2	裏見の滝・那須野	玉入（玉生）
	3	黒羽（図書・翠桃）	余瀬（弟・翠桃宅）
	4	図書宅へ	黒羽（兄・図書宅）
	5	雲巌寺	↓
	6	雨止まず	↓
	7	雨止まず	↓
	8	雨止まず	↓
	9	雨止まず：光明寺（役の行者）	↓
	10	雨止む。	↓
	11	小雨降る。翠桃宅に移動。	余瀬（弟・翠桃宅）
	12	那須の篠原（玉藻の前の古墳）	↓
	13	八幡宮（那須与一）	↓
	14	雨降る。図書、重箱を持って来る。	↓
	15	雨止む。芭蕉は図書宅へ。曽良は病気のためそのまま翠桃宅に。	黒羽（兄・図書宅）
	16	那須を出立。	高久
	17		↓
	18	（地震）	那須湯本
	19	殺生石	↓
	20	遊行柳	旗宿
	21	白河	矢吹

次の目的地である白河まで、日光を出て直行すれば二日か三日で行ける距離です。それなのに多くの時間を費やして、那須周辺でぐるぐるしている。しかも、そんなゆっくりしているのに、それは何となく落ち着かない、地に足がつかない日々（「心許なき日かず」白河の章）なのです。

この長い、しかも落ち着かない日数《ひかず》は、新たに生まれ変わろうとする芭蕉たちにとっては必要な日数だった。芭蕉たちの那須周辺の旅も、中有の道と同じく垂直の道のりであり、「時間が空間」の旅なのです。

同じところをぐるぐる回っている芭蕉の動きは、まるで能の舞のようでもあります。能の舞も舞台上をぐるぐると回ります。ぐるぐる回ることによって変容が起きるのです。

この地には芭蕉が寄りたかった「殺生石《せっしょうせき》」や「遊行柳《ゆぎょうやなぎ》」という名所旧跡・歌枕がたくさんあります。

しかし、なんといっても中有の旅。そう簡単には目的地にたどり着くことはできず、まるで迷宮のような世界に迷い込みます。

この中有の章はルートでは那須周辺だけ。そして『おくのほそ道』の章では「那須野」、「黒羽《くろばね》」「雲巌寺《うんがんじ》」そして「殺生石・遊行柳」の四章です。

それでは「中有」の旅に出かけましょう。あの世の旅だけあって、さまざまな幻想世界が繰り広げられます。

期待に胸をふくらませる芭蕉

日光を出た芭蕉は、矢板で一泊し、いよいよ那須にかかりました。

那須は『殺生石』と『遊行柳』という二曲の能に関連するところです。

殺生石は天竺《てんじく》、唐、日本と時空を超えて王朝の転覆を企てた女（実は九尾《きゅうび》の狐）の精魂が凝り固まって石となったもの。能『殺生石』では、旅する玄翁和尚をワキとし、前半では女が、後半では狐がシテとなって、王朝での有様や、退治されて石となった経緯を語ります。

また能『遊行柳』は老柳の精がシテ。遊行の僧の前に老人が現れ、「朽木の柳」という名木まで道案内をするのですが、実はその老人こそ朽木の柳の精霊で、再び現れて舞を舞うという曲です。

この柳は西行ゆかりの柳です。

「遊行柳」は能因歌枕では、まだ歌枕とは認定されていないのですが、西行が立ち寄ったことによって歌枕にされた（というよりも歌枕に準ずる扱いを『おくのほそ道』の中で受けている）新認定の歌枕です。

ですから能に現れる柳の精は、西行の霊（詩魂）であるといってもいいでしょう。能のワキである遊行の僧は、柳の精でもあり、そして西行の霊（西行の詩魂）でもあるシテと出会ったのです。

『おくのほそ道』自体が西行を追慕する旅です。西行の歩いた奥州を、そして西行の詠んだ歌枕を芭蕉がなぞります。

芭蕉にとっては特に重要な西行ゆかりの能『遊行柳』。そして、その遊行柳がある那須は、旅の前半においてもっとも重要な場所のひとつなのです。ここからの旅は能『遊行柳』のように何者か（特に西行の詩魂）との出会いを期待するものであった。

そんな期待感わくわくで芭蕉が那須の野に立った、そのような前提で「那須野」の段を読んでいきましょう。

しかし、ここでひとつエクスキューズを。

こうしたわけで「那須野」の章をはじめとする中有のフェイズは、さまざまな能がベースになっていますが、読者の中には能に親しんでいない方もいらっしゃるでしょう。そこで以下、能に関してたくさんの説明をします。ちょっと煩雑になりますが、どうぞご寛恕を。

直道《すぐみち》を行く

【訳】那須の黒羽という所に知人のあれば、これより野越《のごえ》にかかり、直道《すぐみち》（近道、広い道）を行こうとする。遥かに一村を見かけて行くと、雨が降り、日が暮れる。農夫の家で一夜の宿を借り、夜が明ければまた野中を行く。

そこに野飼《のがい》の馬がいる。草刈男に嘆き寄ると、野夫《やぶ》といえども、さすがに風情を知る男。「いかがいたそうか。されどこの野の道は縦横に別れて、初めての旅人は道を踏み違えるかもしれません。心配でございますので、この馬の留まる所で、馬をお返しくだされ」と馬を貸してくれる。

小さき者がふたり、馬の跡を慕って走る。ひとりは小さい女の子で、名を「かさね」という。聞きなれぬ名で都風なので一句。

かさねとは　八重《やえ》撫子《なでしこ》の　名成《なる》べし　　曾良

やがて人里に至れば、馬の借り賃を鞍つぼに結び付けて馬を返す。

【原文】那須《なす》の黒ばねと云《いう》所に知人《しるひと》あれば、是《これ》より野越《のごえ》にかゝりて、**直道《すぐみち》**をゆかんとす。遥《はるか》に一村《いっそん》を見かけて行《ゆく》に、**雨降《あめふり》日暮《くる》る。農夫の家に一夜《いちや》をかりて、明《あく》れば**又野中《のなか》を行《ゆく》。そこに**野飼《のがい》の馬**あり。**草刈《くさかる》おのこ**になげきよれば、野夫《やぶ》**とい**へど**も**さすがに**情《なさけ》しらぬには非《あら》ず**。「**いかゞすべきや**。されども此野《このの》は**縦横《じゅうおう》にわかれて**、うゐ〳〵敷《しき》旅人の道ふみたがえん、あやしう侍《はべ》れば、**此《この》馬のとゞまる所**にて**馬を返し給へ**」とかし侍《はべり》ぬ。

ちいさき者ふたり、馬の跡したひてはしる。独《ひとり》は小《こ》姫《ひめ》にて、名をかさねと云《いう》。聞《きき》なれぬ名**のやさしかりければ**、

かさねとは**八重《やえ》撫子《なでしこ》**の名成《なる》べし　曽良

頓《やが》て人里に至れば、あたひを鞍つぼに結付《むすびつけ》て馬を返しぬ。（**太字**は術語）

さて「いよいよ西行の詩魂に会えるぞ」というわくわく感を胸に、那須に立った芭蕉の目の前に広がるのは、広大な那須野の原です。

那須《なす》の黒ばねと云《いう》所に知人《しるひと》あれば、是《これ》より野越《のごえ》にかゝりて、直道《すぐみち》をゆかんとす。

黒羽というところに知人がいるので、この那須野を越えようと芭蕉は思った。

芭蕉の時代、那須野は茫々《ぼうぼう》たる荒野であったようです。現代日本に、この「野越え」のような土地は少なくなりました。三〇年ほど前には、まだまだあった。一歩踏み込むと、どこに連れていかれるかわからない、下手をするとどこに迷い込んでしま

うかわからない。そういう怖さを持った場所です。

山のように起伏はないが、何が出るかわからないし、目的地にたどり着くかもわからない。背丈以上もある草の原を通過する。途中で死んだって誰も気づいてくれない。そんな野を通っていると、草原の中から声がしたという話が、能の中にあります。その声のままに草原に入っていくと、そこには小野小町のしゃれこうべがあって、その眼窩からススキが生えていた（能『通小町《かよいこまち》』）。あるいは虫の音を追って草原に迷い込み、そのまま死んでしまった男の話もあります（能『松虫』）。

当時の「野」は、いまよりもずっと怖いのです。

さて、しつこいようですが芭蕉の旅は能の旅であり、芭蕉は能のワキとして旅をしています。特に殺生石や遊行柳を巡る旅ともなれば、その感が強い。そんな旅であるという前提で読むと、気になるのが「直道をゆかんとす」という語句です。「直道《すぐみち》」、これが第一の術語です。

「直道」とは「近道」とか「広い道」とかいう意味です。

この「直道を行こうとする」というのと同趣の設定が、那須ゆかりの能、『遊行柳』にあります。

能『遊行柳』のワキは遊行の僧です。一遍上人《いっぺんしょうにん》のあとを継ぐ、諸国を遍歴する旅の僧。ワキの僧は、目の前に広がるたくさんの道を見て、その中から「広い道」を行こうとします。広い道、すなわち「直道」です。

能では、そこにひとりの老人が現れる。

老人は広い道に行こうとする僧を止め、「むかし遊行の一遍上人がここを通られたとき、その道ではなく、古道である昔の街道を通った。その道をあなたに教えるために、ここに来たのです」という。

その老人は『韓非子《かんぴし》』の「老馬の比喩」を使って僧たちを導きます。

中国の古典『韓非子』には、老馬は多くの道を通った経験があるので、道に迷ったら老馬の跡を追えばいいという話が載っています。「私はその老いたる馬ではないが、道しるべ申しましょう」というのです。

この**老馬の比喩**、これも術語としてあとでまた意味を持ってきます。

さて、この老人。実は柳の精霊であり、西行の詩魂だった、というのが能『遊行柳』です。これです、これ。

「直道を行こう」と言っている芭蕉は、ここでこのような老人が現れて、古道を示してくれるのを待とうとしたのです。

突然の日暮れ

が、残念ながら誰も現れてくれない。芭蕉、ガッカリです。そこで、はるかかなたを見渡すと、そこに一村がある。そこを目あてにして歩き始める。

と突然、雨が降り、日が暮れた。

遥《はるか》に一村《いっそん》を見かけて行《ゆく》に、雨降《あめふり》日暮《くる》る。

はるかに村が見えた（遥かに一村を見かけて）、とあります。

当時の那須野の資料は少ないのですが、しかし「野越え」という語から大平原というわけではなかったでしょう。木だって生えている。背丈以上の草だって多い。そのような中で「はるかに見える」、すなわち目視できる距離というのは、そんなに遠いはずがない。

そのような前提で読むと、次の、

「雨降日暮《くる》る」

というのが、なんとも唐突です。「**雨降日暮る**」、術語、その二です。

雨は、急に降ることもあるでしょう。しかし、日が急に暮れるということはない。目視できる一村を目指して行こうとしている。あそこに着くまでは日は暮れないはずだった。日が暮れるのがわかっているならば、その前の村で宿を取ったはずです。が、日は急に暮れてしまった。ありえない。変です。

が、これもまた能なのです。

能では、このような急激な気象の変化や、唐突な日没はよくあり、そしてそれはこれから起こる不思議なことへの前奏曲になっています。急に雨が降ったり、雪が降ったりして何かが始まるし、暮れるはずのない日が、突然、暮れたりする。するとなにものかが現れる。

まだまだ暮れないと思っていたからこそ、この道を来たのに急に暮れてしまった。これは能だ。今度こそ何かが起こりそうだ。

農夫に宿を借りる

ところが今回も何も起こらないのです。

芭蕉といっしょに『おくのほそ道』を読んでいた人たちは、どきどきしながらガッカリしたり、またどきどきしながらガッカリしたり、そんなことを繰り返していたでしょう。

そんなガッカリをよそに芭蕉は、農家に宿を借ります。

農夫の家に一夜《いちや》をかりて

お、また能です。むろん**農夫の家に一夜を借りる**なんていうのは、どこでもあることでしょうが、今までの流れで読むと、ここも能の一場面に見えるのです。

ここで思い出していただきたいのが第2章で紹介した能『梅枝《うめがえ》』(九三ページ)。急の雨や雪、あるいは突然の日暮れに、行き悩んだ旅人(ワキ)が野中に一軒家を見つけて宿を所望する、これは能『梅枝』にもありましたし、能の類型です。

宿の主(シテ)は「こんなみすぼらしい家に人を泊めることなんかできない」と断るのですが、それでも重ねて頼む旅人(ワキ)に主も折れて、結局は招き入れる。能ではこれを「宿借り」といい、ひとつの類型になっています。

『おくのほそ道』の中でも、このような見知らぬ人に宿を借りるということは何度もありますし、水戸黄門などにも似たパターンが多い。「宿借り」は能に限らず、日本文化の類型のひとつなのです。

芭蕉は「農夫の家に一夜をかりて」と簡単に書いていますが、やはり能のような「宿借り」問答があったのではないか。そう考えてみたいところです。

ちなみに曾良の日記によれば、ここもフィクション。本当は宿泊した宿が悪く（あるいは宿泊を拒否され）、無理に名主の家に泊まったらしいのですが、そのような事実はどうでもいい。能のように農夫の家に泊まったということにしておきましょう。

さて、能ではこのような家に泊まって、そこの主人と話をしていると、どうもその人はただ者ではない。実は王朝物語の、あるいは源平の武将の幽霊であった、となるのですが、残念ながらここではそんな話にはならずに、なにごともなく夜が明けてしまいます。

「明れば」世界が変わる

明《あく》れば又野中《のなか》を行《ゆく》。

またまたガッカリでしたが、しかしこの一夜はただの一夜ではなかった。何かが変容していた一夜だった。目には見えないけれども、目に見える現象の奥の方で、ごそごそと何ものかが蠢《うごめ》きながら醗酵《はっこう》しつつ変容している、そんな一夜を農夫の家で過ごして夜が明けました。

さて、夜が明けたことを示す「**明れば**（夜が明けると）」ですが、これがまた術語。『おくのほそ道』の中でも何度も使われる句です。

この句はまた能の謡を思い出させます。「明れば」のままの形でもいくつかの能に使われていますが、ちょっと変形した形、すなわち「明けなば」で使われている曲として『松風』があります（ワキ方の流儀である下掛宝生流《しもがかりほうしょうりゅう》の謡）。『松風』での「明けなば」はちょっと特殊です。

旅の僧であるワキが最初の場面で謡うセリフの、最後の方の一句です。能『松風』では、ワキの謡うこの「明けなば」のたった一語で場面がまったく変わるのです。それまではただ普通の状況を述べている。が、「明けなば」を、ある特殊な謡い方をすることによって舞台をただの場所ではない、ある特殊な「場」に変容させてしまう。

そんな力を持った「明けなば」なのです。

さて、農夫の家での夜が明けて、再び野中の道を歩き出した芭蕉は、何かが微妙に変容しているのに気づいた。なんか変だ。

そういう感じを抱きながら、芭蕉は野中の道を行くのでした。

野飼の馬と草刈おのこ

と、そこに野飼の馬と、そしてその飼い主らしき草刈おのこがいる。芭蕉は、その草刈男に近寄って「馬に乗せてほしい」と嘆願します。

そこに野飼《のがい》の馬あり。草刈《くさかる》おのこになげきよれば、野夫《やぶ》といへどもさすがに情《なさけ》しらぬには非《あら》ず。

さて、この**「野飼の馬」**と**「草刈おのこ」**、これもただものではありません。術語です。

まず「野飼の馬」ですが、実はこれは歌語としての歌枕なのです。

そのまま「馬」の意味で使われることもありますが、「野飼う（のがふ）」という音が、「嫲（嫌われ敬遠される）」、すなわち好きな人から嫌われて、敬遠されるという語の掛詞《かけことば》として使われたり、あるいは野飼いの馬のように「私を放っておくと心変わりしてしまうわよ」というような意味で、恋愛の歌の中に使われることもあります。

ちょっと艶っぽい歌語のイメージをもつのが野飼いの馬です。野飼いの馬を見たその瞬間に、風流人ならば、そんな艶っぽいイメージが脳裏に浮かびます。

また歌枕としての馬ですから、さまざまな和歌の伝統によって形作られた物語を孕《はら》む馬でもあります。ここではまだ「野飼の馬あり」と登場しただけで、物語の点景として現れただけの馬ですが、何かを仕出かしそうです。

そして、この点景の馬がさまざまな物語を生み出すには、この馬を動かすためのさらなる風景が必要になるのですが、それがもうひとつの術語である「草刈おのこ」です。

芭蕉翁は、この草刈おのこに「馬に乗せてほしい」と嘆願しました。でも、昨日は歩いて野越えをしようと思っていた芭蕉。急に歎き寄るのは、疲れていたからではない。

・「草刈おのこ」を見つけたら歎き寄る

それが「風流人」としての俳諧人の約束事であり、能の約束事だからです。それは能『錦木《にしきぎ》』や能『項羽《こうう》』などの伝統なのです。

ですから芭蕉は、お約束通り歎き寄る。

するとこの「草刈おのこ」、やはりただの草刈ではなかった。

「野夫といへども、さすがに情しらぬには非ず」と書かれますが、これも能のような表現です。「情け」には、もちろん「人情」という意味もあるので、ここを「さすがに人情を知らないわけではなく」と読んでもむろんいいのですが、この「情け」を「風情」とか「風流の心」、「風雅《ふうが》」のような意味で読むと、「情しらぬには非ず」は、優雅であり、風流であり、王朝風の風情をもっているということになります。能の用法では、たいていこちらの意味になります（『隅田川』や『巴』など）。

この草刈おのこは「田舎者ではあるが、さすがにこの那須野に住んでいるだけあって王朝風な故事や約束事を知る風流人」だったのです。それがどんな「お約束事」かは、もうちょっとあとで。

また、この場が能の一場面であり、そして草刈おのこが能の登場人物ならば、彼が持っているのはただの草ではない。能『項羽』に出てくる草刈おのこはたくさんの花を持つ花売りです。この那須野にいる草刈男も能の登場人物ならば、やはり花を持っているでしょう。

そして彼が能『項羽』の登場人物であるならば「**いかゞはせん**」という言葉をいうはずなのですが、果たして彼はそれに似ている言葉を吐きます。

不思議な朝、野飼の馬と草刈おのこを見つけ、そして芭蕉が彼の男に歎き寄った瞬間から、那須野の原は、王朝の歌物語か、はたまた能の中の物語へと変容し、彼は能のセリフのような言葉を芭蕉にかけるのです。

さて、その草刈おのこのセリフです。

「いかゞすべきや。されども此野《このの》は縦横《じゅうおう》にわかれて、うゐ〳〵敷《しき》旅人の道ふみたがえん、あやしう侍《はべ》れば、此《この》馬のとゞまる所にて馬を返し給へ」と、かし侍《はべり》ぬ。

草刈おのこのセリフの最初の「いかゞすべきや」。これは能『項羽』の中でシテのいう「いかゞはせん」にそっくりです。やはり彼の草刈おのこは能の登場人物であり、そして花売りなのです。

が、それよりなにより草刈男のいっていることが変です。

されども此野《このの》は縦横《じゅうおう》にわかれて、うゐ〳〵敷《しき》旅人の道ふみたがえん

「この那須野は道が縦横に分かれていて、この土地にはじめて来た旅人はきっと迷うだろう」

「あれ?」と思うでしょ。

昨日の時点では「直道《すぐみち》」があった。まっすぐな道なのか、近道なのかは諸説ありますが、少なくとも黒羽に続く道があった。

それが急に「此野は縦横にわかれて（道がむやみやたらと分かれて）」となる。直道だったはずなのに、芭蕉たちは突然、ラビリンス（迷宮）に迷い込んでしまったのです。

このパターン、またまた能にあります。通いなれた道なのに、今日はなぜか迷ってしまうというパターンが、やはり能には多い（『葛城』など）。

ふと気がついたら、世界は自分の思っている世界ではなくなっていた。これも能の基本パターンです。

里人のふりをしているシテ（実は神霊）の語りが終わり、シテがその姿を消したとき、気がつけば辺りが暗くなっていて異界に迷いこんでしまったことを知るように、この草刈のセリフで、昨日までは「直道」だと思っていた道が、突然、縦横に分かれた迷路に変わっていて、そして不気味な迷宮に迷い込んでしまっていることを芭蕉たちは知るのです。

こわ～い。

少女「かさね」

さあ、こうなるともう、芭蕉たちは独力では黒羽にたどり着くことなどできそうにない。困った。

が、心配ご無用。ここで先ほどの草刈男の「お約束事」が発動するのです。

風流人たる草刈男のお約束事とは、あるいは「道を教える」ことであり（能『錦木』）、あるいはその道しるべとして馬を貸してくれることなのです（能『遊行柳』）。

「あやしう侍《はべ》れば、此《この》馬のとゞまる所にて馬を返し給へ」とかし侍《はべり》ぬ。

草刈男は、その「お約束事」通りに馬を貸してくれ、「この馬が止まるところで、馬をお返しくだされ（返し給へ）」と、とても田舎人とは思えないような丁寧な言葉遣いでいう。むろん道しるべしてくれるのは野飼の馬です。「老いたる馬にはあらねども道しるべ申すなり」という能『遊行柳』のお約束通り（一七一ページ）ですし、さらにこの道の先には遊行柳があり、数日後には芭蕉たちは遊行柳に向かうのですから。

芭蕉を乗せて黒羽に向かう野飼の馬。そのあとを追って、ふたりの子どもが走ります。ひとりは小さな女の子。名を尋ねると「かさね」という。

芭蕉は「かさね」という名を聞いて「聞《きき》なれぬ名のやさしかりければ」と書きます。「やさし（優し）」というのは優雅であること、そして都風《みやこふう》であるということ。「かさね」といえば王朝時代の「襲《かさね》」の色目を思い出します。道に迷ってしまうほどの茫々たる荒野原の田舎。そこに「かさね」という王朝風の名をもつ女の子が現れて、その子がいま華麗なる能楽の世界から抜け出てきたような野飼の馬を追っている。

まさに幻想絵巻。

そこで一句。

かさねとは　八重《やえ》撫子《なでしこ》の　名成《なる》べし　曾良

作者は曾良ということになっていますが、この句は芭蕉が代作した可能性が高いといわれています。というわけで以下、芭蕉作ということで話を進めますね。

さて、「かさね」という名から「重なる」が連想され、そして「八重」が引き出され、さらに「八重撫子」にまで連想が広がる。「撫子」は花の名であるとともに、古来かわいい子どもの象徴です。

この句を謡のようにゆっくりと吟じると、「かさね」という名が、モーフィングのように八重咲きの撫子までメタモルフォーゼしていくのを感じます。

さて、さきほどの不思議な草刈おのこが実は「花売り」だったかもしれないということを思い出してください。そして「かさね」という名前は、八重撫子の名なのです。芭蕉は馬にゆられながら「この子は先ほどの草刈おのこの持つ花の精なのかもしれない」、そんなことも思っていたかもしれません。草刈おのこは、花を持っていた。そして、草刈おのこと別れて彼の馬に揺られていると、いつの間にかその馬を追う少女が現れ、その名を「かさね（八重撫子）」という。花がこの少女に変容した。芭蕉は、裏見の滝のときと同じく、やはり変性意識状態になっていたのではないでしょうか。

さて、そのうちに人里に着いて、ふとわれにかえった芭蕉は、馬の借り賃を鞍つぼに結びつけて馬を帰しました。

不思議を歩いてみる

この「那須野」の章は、なんとも不思議な物語です。
ところが、私たちがここを歩いたときにも、みなこれと似たような経験をしたのです。

那須周辺を歩いたときは人数が多かったので三つのグループに分かれ、各々地図を頼りに各グループが別々に旧道を探しながら歩きました。

那須周辺には「馬」に関連する石碑が多かったり、あるいは不思議な文字で書かれた石碑もあったりして、それだけでも異界に迷い込んだような気持ちになります。私がいたグループは、そんな石碑を読みながら途中までは順調に歩いていたのですが、突然、道に迷ってしまいました。

「どっちに行ったらいいだろう」と悩みながら林道の辻で地図を見ていると、林道の中をトラクターに乗ったおじさんがやって来ます。

ゆっくりこちらにやってくるおじさんは、トラクターの上から唐突に「この村は不思議な村なんだよ」といいます。そしてさらに「ここには六〇〇年前の墓があるんだ」などと言いながら、道を教えてくれ、そのまままた林の中に姿を消してしまったのです。

これが私のいたグループだけではなかった。三グループがすべて道に迷い、そしてすべてのグループの人が土地の人に助けられたのです。

なんとも不思議な体験をしたその夜、みなでもう一度、この「那須野」の章を読みなおしました。

黒羽での滞在

那須野の原のラビリンス（迷宮）からやっと抜け出した芭蕉たちは、知人らの待つ黒羽に向かいます。

四月三日に黒羽に到着した芭蕉たちは一六日の昼ごろまで、そこに滞在します。その間の定宿は土地の城代家老である浄法寺「図書《ずしょ》」高勝（俳号は桃雪）の家と、その弟である国忠治豊明（俳号は翠桃）の家。『おくのほそ道』本文には、わざと「桃翠（とうすい）」と逆さ名で書かれる弟の方は、曾良とも面識があった風流俳諧人です。また城代家老を勤める兄も俳号を持つほどですから、おそらくはなかなかの風流人。『おくのほそ道』の本文には彼らとの歓談は「日夜語り続けて」とありますから、大いに盛り上がり「あ、気がついたらもうこんな時間」というような感じだったのでしょう。俳諧談義もしたでしょうし、東北地方の歌枕についての話もしたでしょう。むろん何人かの仲間を呼んで俳諧（連句）もした。そのときの連句の一巻が曾良の「俳諧書留」に載っています。

芭蕉たちは両家を中心に、歌枕を中心とした名所旧跡を一見したり、寺社に参詣したりもしました。『おくのほそ道』では、この長期間の滞在をふたつの章（「黒羽」と「雲巌寺」）にまとめていますが、曾良の旅日記と『おくのほそ道』によれば、この間のふたりが訪れたところは以下の通りです（一六四ページの日程表も参照）。

【お寺】

雲巌寺（五日）
修験光明寺（九日）
【神社】
八幡（一三日）：与一扇の的
【名所旧跡】
犬追物の跡
玉藻《たまも》の前《まえ》の古墳（那須の篠原を分け入る、一二日）

雲巌寺は、芭蕉の参禅の師である仏頂《ぶっちょう》和尚の修行の寺で、その跡を慕って訪れます。
修験光明寺（九日）では、修験の祖である役《えん》の行者《ぎょうじゃ》の足駄を拝み、これからの旅の安全を祈る句を詠みます。

八幡とあるのは金丸八幡宮。『平家物語』の扇の的で有名な那須与一《なすのよいち》の氏神さまです。およそ七〇メートル沖合いの、揺れる小船の上に掲げられた扇。吹く北風も激しく、波も高い。船は揺れ漂います。これを見事に騎射して一躍、その名をあげた那須与一が、弓を引く前にこの八幡に祈ったことが『平家物語』の中にあります。

与一にこれを命じたのが「義経」。芭蕉の東北の旅の目的のひとつは義経の鎮魂です。そして「弓」は当地の歌枕でもある「殺生石」とも深い関係があります（一九二ページ）。

芭蕉たちが黒羽で訪れた旧跡、「犬追物の跡」・「玉藻の前の古墳」はともに殺生石に関連する古跡なのです。

これ以外の時間は、家老兄弟両氏宅で歓談したり、俳諧をしたりしていたのでしょう。曾良の旅日記には「雨」とだけ書かれていて、ほかには何の記述もない日も多い。あっちに行ったり、こっちに行ったりしながらも、深川→日光の旅に比べれば、なんともゆったりした時間を過ごしています。

このゆったり感を『新版　おくのほそ道』（角川書店）の解説には「めざす陸奥への関門白河の関を前に控え、前途の用意を調え、気息を養う意味が大きかったろう」と書かれています。時間＝空間である「中有」の期間は、まさに「前途の用意を調え、気息を養う」期間なのです。急いではいけません。

雲巌寺

【訳】この国の雲巌《うんがん》（岸）寺《じ》の奥に、私の参禅の師である仏頂《ぶっちょう》和尚の山居跡《さんきょ》がある。和尚が「かつて、自分の歌『竪《たて》横の五尺にたらぬ草の庵《いお》むすぶもくやし雨なかりせば』を、松明《たいまつ》の炭で岩に書き付けましたよ」と、いつぞや語られたことがある。その跡を見ようと雲巌寺に杖を曳《ひ》き行けば、人々も勇みたち、共に誘い合わせて同行する。若い人々も多く、道中うち騒ぐうちに、気づけばその山の麓に到る。山は奥深き景色にて、谷道遥かに、松・杉、鬱蒼と黒く茂り、苔には水したたりて、卯月（四月）の天は今なお寒し。雲巌寺の十景の尽きる所で橋を渡って山門に入る。

「さて、和尚の跡はどこだろう」と、後の山に攀《よ》じ登れば、石上の小庵が岩窟に寄せかけて結ばれている。「妙禅師の死《し》関《かん》」や、「法雲《ほううん》法師の石室」を見るようだ。

　木啄《きつつき》も　庵《いお》はやぶらず　夏木《なつこ》立《だち》

と、取りあえずの一句を柱に残す。

【原文】当国雲岸寺《うんがんじ》のおくに、仏頂和尚山居跡《ぶっちょうおしょうさんきよのあと》あり。

　竪横《たてよこ》の五尺にたらぬ草の庵《いお》むすぶもくやし雨なかりせば

と、松の炭して岩に書付侍《かきつけはべ》りと、いつぞや聞《きこ》え給ふ。其《その》跡みんと、雲岸寺に杖を曳《ひけ》ば、人々すゝんで共にいざなひ、**若き人**おほく、道のほど打《うち》さはぎて、おぼえず彼梺《かのふもと》に到る。**山はおくあるけしきにて、谷道遥《はるか》に、松杉黒く、苔したゞりて、卯月《うづき》の天《てん》今猶《なお》寒し。**十景尽《つく》る所、橋をわたつて**山門**に入《いる》。

さて、かの跡はいづくのほどにやと、後《うしろ》の山によぢのぼれば、石上《せきしょう》の小庵《しょうあん》、岩窟《がんくつ》にむすびかけたり。妙禅師《みようぜんじ》の死関《しかん》、法雲《ほううん》法師の石室《せきしつ》をみるがごとし。
木啄《きつつき》も庵《いお》はやぶらず夏木立《なつこだち》
と、とりあへぬ一句を柱に残侍《のこしはべり》し。（**太字**は術語）

前記のさまざまな訪問先の中で芭蕉は、「雲巌寺」だけは別扱いにして一章を立てています。

この雲巌寺は、前述した通り芭蕉の参禅の師匠でもある仏頂和尚《ぶっちょうおしょう》の山居した跡があるお寺。仏頂和尚が、自作の歌を「松の炭」で岩に書き付けたと聞いたことがあるので、その跡を見ようと雲巌寺を訪れるのです。

最初は少人数で行くつもりが、人々が誘い合い、いつの間にか大勢に。杖を曳きつつ歩く芭蕉ですが、「若き人」たちが道中わいわいとうち騒ぐうちに（若き人おほく道のほど打さはぎて）、いつの間にか山麓に着きました。

これはまたまた能の趣向です。「**若き人**」が術語です。

「若き人」を伴い山中に分け入る、これは能の中でワキがよくやることです。特に印象的なのが能『西行桜』。この曲では、本当に若い人たちがたくさん舞台に出てきて、西行の庵室のある桜の名所にわいわいと行きます。

西行は彼らの訪問を「風流である（優し）」とは思うのですが、せっかくの独居を邪魔されるのがちょっといや。「それが桜の科《とが》」だと詠うと、「いや、それは言いがかりだよ」と「夢中の翁」と名乗る老人（実は桜の精霊）が出てきて物語が始まるという能です。

これまた西行です。

雲巌寺に至る景色を書くところは、これまた名文。というよりも謡の詞章、しかも道中のさまを謡う「道行《みちゆき》」です。

山はおくあるけしきにて、
谷道遥《はるか》に、
松杉黒く、苔したゞりて、
卯月の天
今猶《なお》寒し

この謡を「道行」にして、雲巌寺十景を眺めつつ山を登った一行は、橋を渡って山門に入ります。おお、また「橋」と「門」が出てきました（一二九ページ）。これまた術語ですね。「橋」や「門」は、異界への入り口。そして行く先はお寺。冥府との境です。

「さて、かの跡はいづくのほどにや」と後ろの山に攀《よ》じ登れば、岩窟に屋根をかけただけの小さな庵が。禅宗のお坊さんはよく石の上で坐禅をしますから、仏頂和尚もそうしていたのでしょう。芭蕉は妙禅師の死関や、法雲法師の石室を思い出し一句。

木啄《きつつき》も　庵《いお》はやぶらず　夏木立《なつこだち》

「きつつきすら、仏頂和尚の修行した庵は啄《つ》き破らなかったんだなあ」という感慨を柱に残して、そこを立ち去ります。

これまた「あれ?」でしょ。確か炭で岩に書きつけた歌の跡を見るのが目的だったのでは?　それは見つけたの?　と思うでしょ。

でも、これでいいのです。「跡」というのは何かモノが残っている必要はない。その名残があればいい、いや、名残すらなくてもいい。土地は、すでにその記憶を有しているので、そこに行くことに意味があるのです。

殺生石

さて、ゆったりした時間が流れる「中有《ちゆうう》」の時期もそろそろ終わりに近づき、その最後にわくわくどきどきの歌枕である「殺生石」と「遊行柳」を訪れるときがやってきました。

妖狐の魂が凝り固まって石になったという「殺生石」は、まさに死と生の境である「中有」にふさわしい。芭蕉たちは「殺生石」と聞けば、当然、能『殺生石』を思い浮かべていたでしょうから、ここで能『殺生石』のお話を。

殺生石　© 須藤聡

むかし鳥羽院《とばのいん》の御時、玉藻《たまも》の前《まえ》という美女がいた。顔や姿が美しかったというだけでなく、学問にも、また詩歌・管絃（音楽）の道にも優れる才色兼備の美女で、帝に寵愛された。
ある夜、皇居の清涼殿《せいりょうでん》で、貴族らを集めての管絃（雅楽）の御遊びが催されたときに、管絃の名手である玉藻の前も召されます。
おりしも夜空に浮かぶ雲の色も凄まじく、うちしぐれ吹く風に御殿の灯火《ともしび》が吹き消されてしまった。暗闇の御殿の中、「松明《たいまつ》を早く」と叫ぶ声。が、見ると玉藻の前のからだだけが光っている。その光はやがて清涼殿を照らし、まるで満月の夜のように明るくなった。

その夜から帝は重い病にかかった。陰陽師《おんみようじ》である安倍泰成が占ったところ、「これは玉藻の前のせいであり、かの女の本性は狐。インドや中国で国を傾け、いまは我が国を滅ぼさんと化生《けしよう》のものとなって朝廷にもぐりこんだのだ」ということがわかった。安倍泰成が調伏《ちようぶく》の祭祀を始めると彼女は苦しみ出し、やがて本性を現して虚空に消えた。

玉藻は空を飛び、海山を越えて那須野の原に隠れ住んだが、「玉藻を退治せよ」という命令が、ふたりの関東武者に下った。名は三浦の介と上総《かずさ》の介。両人は「狐は犬に似ている」と、玉藻を退治する稽古を、犬を使って一〇〇日間行なった。黒羽滞在のときに芭蕉たちが訪れた「犬追物《いぬおうもの》」の跡はこれです。

稽古が終わった二人は数万の騎馬武者を引き連れて草原を狩るうちに、やがて玉藻はその姿を那須野の原に現した。そこをふたりは矢を放って射殺した。

が、死んでもなおその執心は石となって、そこを通る生き物を殺すという「殺生石」になった。

能『殺生石』はそれから二〇〇年あまりの後、玄翁《げんのう》という高僧が、この殺生石を通るところから始まります。石の上を飛ぶ鳥がみな落ちる。玄翁が不思議に思って、その石に近づこうとすると、そこにひとりの女が現れ「その石にはお近づきめさるな」

という。玄翁がその理由を問うと、彼女は殺生石の謂《いわ》れを語り、「私こそ玉藻の前。この石の魂です」と告げて石の中に消えてしまう。
玄翁が石に向かって仏事を執り行なうと、石は真っ二つに割れ、中から狐のような、人間のような、不思議な女性が現れ、「私こそ玉藻の前」と言い、自分が安倍泰成に調伏されたさまや、三浦の介、上総の介らに退治されたさまを舞いつつ語り、「いまありがたい御法《みのり》を受けたので、こののちはもう悪事はいたしません」と約束をして、その姿は再び石となって妖怪（鬼神）の姿は消えるのです。

歌川国芳筆「班足太子と九尾の狐」

さて芭蕉たちは、この殺生石の旧跡に向かいます。馬で送られ、馬子に短冊をあげたりというエピソードを織り込みつつ、一行は「温泉の出づる山陰」にある殺生石にたどり着きます。殺生石には、まだまだ毒気が残っていた。

『おくのほそ道』には「石の毒気いまだほろびず、蜂・蝶のたぐひ、真砂《まさご》の色の見えぬほどかさなり死す」とあります。玄翁和尚の法力でも、石の毒気は完全には消すことができなかったようです。

怖いですね。

ちなみに、いまの殺生石は安全で、近くに那須湯本温泉もありますが、それでも「殺生石」伝説を髣髴《ほうふつ》とさせる、ちょっと恐ろしげで、そしてなかなか趣のある名所です。

遊行柳

【訳】また「清水流るるの柳」は、蘆野《あしの》の里にあり、田の畔《あぜ》に残る。この所の郡守である戸部《こほう》某《なにがし》から、「この柳お見せしよう」など、折々に仰っていただいていたので、いったいどのあたりのことかと思っていたが、今日この柳のかげに立ち寄ることができた。

田一枚　植《うえ》て立去《たちさ》る　柳かな

【原文】又、清水《しみず》ながる、の柳は、蘆野《あしの》の里にありて、田の畔《くろ》に残る。此所《この》の郡守戸部《こほう》某《なにがし》の、「此柳《このやなぎ》みせばや」など、折〳〵にの給ひ聞え給ふを、いづくのほどにやと思ひしを、今日此《きょうこの》柳のかげにこそ立《たち》より侍《はべり》つれ。

田一枚植《うえ》て立《たち》去る柳かな

さて、中有の旅の最後を飾るのは、芭蕉があこがれにあこがれた西行ゆかりの名所「遊行柳《ゆぎょうやなぎ》」です。能『遊行柳』で、遊行柳に案内する老人は、自分を、道しるべする「老いたる馬」にたとえていました。草刈男の貸してくれた野飼の馬は、芭蕉をここ、遊行柳に導くための馬だったのです。

芭蕉はその柳を「清水ながるゝの柳」と呼んでいます。これは西行の歌からつけた名前。

道の辺に　清水流るゝ　柳陰
しばしとてこそ　立ち止まりつれ

芭蕉も含めて当時の人々の西行理解は、能楽や『撰集抄《せんじゆうしよう》』などの説話・伝奇集などによるところが大きく、この「清水ながるゝの柳」も能『遊行柳』によって人々に広く知られていました。

7：西行歌碑　©Everett Kennedy Brown
道の辺に　清水流るゝ　柳陰
（しばしとてこそ　立ち止まりつれ）

西行は、芭蕉の五〇〇年前の人ですから、この柳は西行の見た柳ではないでしょう。
また、このような植物などの歌枕の場合は、すでに消失しているものも少なくない。
しかし、この国の郡守である「戸《こ》部《ほう》某」という人が「これこそ西行の柳だ」と確信し、以前から「この柳を見せたいものです」と言ってきていて、芭蕉も「行きたい」と思っていた。

ふたりの望みがとうとう実現したのです。尾形仂氏は、「戸部某」も能の前シテだと書かれています。となると、やはり本体である何ものかがあとで訪れるために、「戸部某」さんも現れている。

さて、その望みがかなって、とうとう今日、この柳の蔭に立ち寄った。

この文を原文では次のように書いています。

今日此《きょうこの》柳のかげにこそ立より侍つれ

これは現代語にしてしまうとダメですね。「立《たち》より侍《はべり》つれ」の「……つれ」は「こそ」との係り結びで「やった！」という感慨を表すとともに、西行の歌の中の「立ち止まりつれ」をも匂わせています。文体による西行へのオマージュです。現代語にしてしまうと、それが見えなくなってしまいます。

柳の精との出会い

そこで芭蕉は一句、詠みます。

田一枚　植《うえ》て立去《たちさ》る　柳かな

これまた問題の多い句です。

この句で問題を引き起こすのは、最後の「柳」です。

この「柳」が、たとえば「乙女《おとめ》」で「田一枚植えて立去る乙女かな」だったら何の問題も起きない。早乙女《さおとめ》が田を植え、そして立ち去るだけ。乙女でなくても「翁」でもいいし、「男」でも「女」でもいい。要は田を植え、立ち去ることのできる人であればいいのです。

しかし「柳」です。

そこで「田を植えた」のは誰か、「立ち去った」のは誰かということが問題になり、さまざまな主語の入れ替え（主に芭蕉と早乙女）の知的遊戯によって、いろいろな解釈が生まれます。みなそれぞれに「なるほど」と思うのですが、しかしやはりこれといった決め手がない。

となると、この「**柳**」も術語ですね。

そこで、原点に立ち戻ってみる。

「乙女」であれば問題ない、というところに立ち戻るならば、この「柳」のままで、

「柳が田を植えて、柳が立ち去った」でもいいじゃないかと考えてみる。

実はそのような解釈をする方もいるし、あるいは柳が田植えや立ち去るというのはやはり変だということで、これは柳の影だろうという人もいる。

わざわざ「柳の影」にしなければならないというのは、たしかに頭で考えればそうなります。しかし、「柳」のままでも全然、問題はない。

能を観て、何もない舞台上に波や月を見るという人は少なくない。むろん、それは幻影ですが、しかし何人もの人が同じものを見る。

先年、私たち（認意団体てんらい）が主催して、能『船弁慶』を観る会を催したのですが、そのときの感想に「波を見た」という人が何人かいました。平知盛《とももり》の亡霊が、海の上に現れて義経一行の乗る船を襲うという能ですが、亡霊の出現とともに確かに波を見たという人が少なからずいたのです。

そういう幻影を見たことのある人ならば、柳が田を植えて、立ち去るという、一見、荒唐無稽な、こんな話も実感として納得するでしょう。

芭蕉は、西行ゆかりの柳に「しばしとてこそ」立ち止まった。

畔に座って柳を眺めているうちに芭蕉は思わず、能『遊行柳』の謡を口ずさむ（謡を習っている人ならば、これはよくやります）。口ずさんでいるうちに眠くなり、半覚半睡状態になる（これもよくあります）。すると、そこに能のシテである老人の柳の精が現れる（これもよく見えます）。

この柳の精は、西行の霊でもあり、西行の詩魂でもあります。シテの装束は謡によれば「柳色」。柳色の装束を着た精霊が幻影の中でゆるゆると舞ううちに、土色の田が緑に変わっていく。もちろん実際に田を植えているのは早乙女《さおとめ》です。が、その姿は背景となり、「真景《しんけい》」としての能のシテが田の上を舞っている。

能の柳の精霊は、僧の御法（みのり＝稔り）に感謝して舞台から立ち去りますが、芭蕉の幻影のシテは、田を自分の装束色に染めて、稔りを約束して立ち去るのです。

本文の「立より侍つれ」も西行の歌の中の「立ち止まりつれ」を匂わせていました。この句の「立去る」も、やはり西行の「立ち止まりつれ」が意識されているでしょう。しばしとてこそ立ち止まった西行が、いま芭蕉の目前で立ち去ったのです。

見えないものを見る力

「柳の精（あるいは西行の霊）が見えたなんて、なにもそこまでいう必要はないじゃないか。『見えたつもりになって詠んだ』で、いいんじゃないか」という人もいるでしょう。

しかし、見えないものを見る、そのことこそが日本の文学を理解するもっとも大事なことなのです。

能『遊行柳』　シテ：梅若万三郎　© 前島吉裕

たとえば藤原定家に次のような歌があります。

梅の花　匂ひを移す　袖の上に
軒《のき》漏る月の　影ぞ争ふ

梅の花が、私の袖の上にその香りを移す。と、見ると軒から漏れる月の光も袖の上に……。袖の上では、梅の香りと月の光が妍《けん》を競っている、という歌です。

香りと光が袖の上で妍を競うなんてことは現実ではあり得ない。だからふつうは「妍を競っているようだ」という風に訳されます。が、これは「ようだ」なんていう比喩ではない。定家は実際にこの両者の争いを見た。「見た」という表現が適切ではないならば「幻視」した。

私たちには通常の感覚器官以外のもので何かを知覚する能力がふつうに備わっています。たとえば夢。私たちは夢を「見」ますが、そのときに「目」は使いません。

音を聞いて色や形が見えたりする人もいます。脳の中で、聴覚と視覚がつながっているそうなのです。聴覚と視覚だけでなく、ほかの感覚器官がつながるという人もいます。また、多くの子どもは、そこにないものを鮮明に脳裏に浮かべることができます。前者は「共感覚《きょうかんかく》」、後者は「直観像《ちょっかんぞう》」などと呼ばれています。

いまここにないものを現存せしめる能力は、子どものころには多くの人に備わっているのです。

が、大人になるにつれて、その能力を失っていく。

大人になってもその能力を持っていた人として、有名なところでは文学者のゲーテや作曲家のスクリャービンなどがいます。スクリャービンの『プロメテウスの火』などは本当に色が見えてきそうです。

しかし、何もゲーテやスクリャービンを出さずとも、日本の多くの歌人や俳人はその能力を持っていたのではないか、そういう能力を持っていたとして読むと、はじめて意味が立ち上がってくる歌や句が多いのです。たとえば柿本人麻呂《かきのもとのひとまろ》、在原業平《ありわらのなりひら》、小野小町《おののこまち》、和泉式部《いずみしきぶ》、観阿弥《かんあみ》、世阿弥《ぜあみ》、むろん芭蕉、そして（本人たちはそのような手法を否定していますが）斎藤茂吉や正岡子規などの作品群がそうです。

さらに（これは想像の域を出ませんが）私たち日本人は、この能力が高い民族なのではないかとも思うのです。

たとえば算盤《そろばん》教室で暗算《あんざん》を習う。暗算をしている子に話を聞くと、彼の目の前には算盤が見えるといいます。そして、それをはじき、それを見て、答えをいう。障子の桟《さん》などがあるともっと鮮明に見えると。こんなことが誰でもできてしまう民族って、そんなに多くはないんじゃないかな。私はこれを「脳内AR」と呼んでいます。

能舞台では、大道具も照明も使いません。何も置かない「素《す》」の舞台による演技が可能なのは、観客のこの「見えないものを見る」能力を信頼しているからだと思うのです。

そして、この幻影を引き出すものはふつうのセリフではなく「歌」です。歌は、私たちの感覚器官の境（ワキ）を破って「共感覚」や「直観像」を生み出します。

算盤の読み上げのときには、節がついて自然に「歌」になります。また太宰治の旧制中学時代の先生でもある橋本先生は、国語の教科書を読むときには必ず節をつけて歌うように読んでいたといいます（間宮芳生『現代音楽の冒険』岩波書店）。皆さんにお話をうかがうと、数十人にひとりは「身内にそのような方がいた」といわれます。新聞を歌うように読んでいたという人もいます。そのうち踊り出したという方もいました。

『吾輩は猫である』（夏目漱石）の中で、漱石がいわゆる現代風の「朗読」を笑っていますが、日本人にとっての朗読とは今のようなものではなく、自然に節がつく「歌」だったのです。そして、そんな風に「歌」がどこでも歌われ、それによって人々は、いまそこにないものを、現代人よりもちゃんと鮮明に見ることができたのです。

しかし、この能力は社会が進歩するにつれ、あるいは子どもが大人になるにつれて、消失していきます。文学ですら「知的」なものになっていく。詩人にすら整合性を求め、詩の解釈にすら論理性を求める。

きっちりした社会システムや、社会の規範を獲得していくとともに、私たちはこの能力を捨て去っていくのです。

会社に勤め出し、徐々に身体感覚を消失させていく状態を体験し、「これはまずい」と会社勤めを辞めたアーティストの友人がいますが、芭蕉も「俳諧界」という社会システムにどっぷり漬かることによって、詩人に必要なその能力を消失していったのではないでしょうか。

むろん俳諧の宗匠《そうしょう》としての生活をするならば、それでも何ら問題はない。しかし、芭蕉にとってはそこから抜け出し、もう一度、その能力を獲得しなおす、ということは絶対に必要なことだった。後年、松や竹と一体化するという「風雅《ふうが》の誠《まこと》」の境地を得るようになるためには、この能力の再獲得は必須だったのです。

そして、そのための『おくのほそ道』の旅であり、そのための「死の体験」でした。

芭蕉は死の体験のあとの中有のフェイズを、この「遊行柳」での体験によって完了した、そのように思うのです。

第5章　再生の旅
――「旅心」定まり異界に遊ぶ

中有《ちゅうう》の渦巻きから抜け出した芭蕉たちは、東北最大の歌枕、白河の関に向かいます。ここからが本当の東北、芭蕉たちの旅心も定まり、本腰が入ります。そして、それからは怒濤の歌枕巡り。まるで、歌枕ツアー・ガイドに連れられてのパック旅行のような歌枕巡りツアーが開催されるのです。

これからのフェイズを「再生」の旅と名づけます。死の暗闇を潜り、中有の道を抜けた芭蕉たちは、最後の鎮魂のフェイズに向けて歌枕。パワースポットから、たくさんの詩魂エネルギーをゲットするフェイズだからです。

ここは白河（福島）～福島まで、章でいえば「白河の関」「須賀川《すかがわ》」「浅香山《あさかやま》・信夫《しのぶ》の里」です。

最初の白河の関を中心に読んでいきます。

ちょっとすごいぞ、白河の関

【訳】心が落ち着くところのない日かずを重ねるうちに、白河の関にかかり「旅心《ごころ》」が定まった。むかし平兼盛《たいらのかねもり》が「この感動を都に伝えるつてがあれば」と求めたのも、なるほどと思われる。なかでもこの関は三関のひとつにして、風流の人たちはここで歌を詠み、句を詠んで、その心をここにとどめる。「秋風」を耳に残し、「紅葉」を面影にして、いま眼前に見える青葉の梢は、一段と「ああ」と感じられる。「卯《う》の花」の白妙に、茨の白き花の咲き添う景色は、雪にも越える心地がする。古人がこの関を通ったとき、冠を正し、衣装を改めたことなどが、清輔《きよすけ》の筆に書き留め置かれていると聞いている。

卯の花を　かざしに関の　晴着《はれぎ》かな　　曾良

【原文】心許《こころもと》なき**日かず**重《かさな》るまゝに、**白川の関**にかゝりて旅心定《たびごころさだま》りぬ。**いかで都へ**と便《たより》求《もとめ》しも断《ことわり》也。中にも此《この》関は三関《さんかん》の一《いつ》にして、風騒《ふうそう》の人、心をとゞむ。**秋風**《あきかぜ》を耳に残し、**紅葉**《もみじ》を俤《おもかげ》にして、青葉の梢《こずえ》猶《なお》あはれ也。**卯**《う》**の花**の白妙《しろたえ》に、茨《むばら》の花の咲《さき》そひて、**雪**にも**こゆる**心地《ここち》ぞする。**古人冠を正し衣装**《いしょう》**を改**《あらため》**し事**など、清輔《きよすけ》の筆にもとゞめ置《おか》れしとぞ。

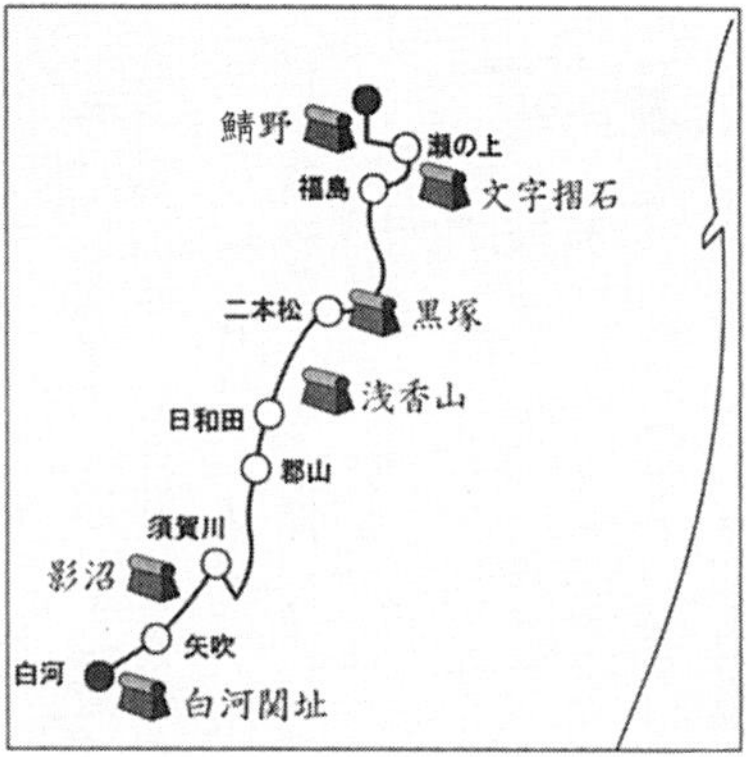

再生の旅行程

卯の花をかざしに関の晴着《はれぎ》かな　曾良（**太字**は術語）

「白河の関」と聞くと、能のワキ方に属する私は、もうワクワクです。

ワキの謡う「道行《みちゆき》」の中に白河の関はとてもよく出てくるのです。特に能因法師の歌がほとんどそのまま出てくる能『班女《はんじょ》』。客として会った男、吉田少将を愛してしまった遊女、花子は遊郭を追い出されます。ふたりで取り交わした扇を胸に、狂女になって恋しい人を探し求めるという物語です。

白河が出てくる道行はもっとあります。中有の旅に出てきた能『遊行柳』や能『殺生石』の道行。こういった謡を舞台で謡いながら「白河に行ってみたいなあ」とずっと思っていました。

そして、おそらくは芭蕉もそうではないかと。いや、芭蕉の場合は、私などはてんでお話にならないくらい和歌や句に親しんでいたわけですから（そして今よりずっと行きにくい状況であるわけですから）、「白河」と聞いただけでもうワクワクどころの騒ぎではなかったのではないかと、現代人でありながらもワクワクの私はそう思うのです。

実際、「白河」の章の芭蕉の文体はすごい。

そのすごさはおいおいお話しすることにして、まずは最初の文から見てみましょう。

旅心が定まる

心許《こころもと》なき日かず重《かさな》るまゝに、白川の関にかゝりて旅心定《たびごころさだま》りぬ。

おっと、最初から来ました。まず今までの旅の日々を「心許なき日かず」と言ってのけます。

「心許なし」の「許《もと》」というのは「所」のこと。心が落ち着く所や、心のより所がなくなってしまい、なんとなくふわふわして落ち着かない感じです。

そうか。千住までの船旅も、日光での滝籠りも、那須も殺生石も、そしてかの遊行柳ですら、この白河に比べれば、まだまだ「心許なき」ものだったんだということがわかる。いままでの旅の全否定とも取れるようなこの表現。

そしてそれを受けての「旅心定りぬ」。

「じゃあ、今までは旅心が定まってなかったのか」というツッコミが入りそうなこの表現も「やっとこれからが旅の本番だ」という意気込みが感じられて、さすが再生の章の冒頭を飾ったぜ、という感じです。

さて、この「旅心」というのも面白い。旅心の反対語があるとすれば「家心」でしょうか。

私は芭蕉ほどの長旅をしたことはありませんが、三ヶ月ほどのひとり旅をしたときに、この「旅心定りぬ」を経験しました。海外でのひとり旅でしたが、旅に出てひと月ほどは日本が恋しい。むろん最初は旅に出た喜びでハイになっているのですが一週間くらい経つとつらくなる。お金もほとんど持たないバックパッカーの旅。宿を確保することができない夜もあるし、温かい食事ができないこともよくあった。芭蕉の「前途三千里のおもひ胸にふさがりて」などが本当によくわかるのです。

が、これが不思議なことに、ひと月ほど経つと、そのつらさをほとんど感じなくなる。野宿もするし、食事ができないことだってある。汚い格好なのでひどい扱いを受けることだってある。しかし、それは旅に出ているので当たり前。そう覚悟が決まるのです。

「旅心定りぬ」です。

土地の人たちとの交流や、ちょっとした温かさに大いに感動し、いままでの自分の生き方は何だったんだろうと思い出す。そんな風に「旅心」が定まった代わりになくなるのが「家心」です。どこかに落ち着きたいという気持ちがなくなり、野宿歓迎、食事などは露命をつなぐ程度でよし。よほど強い意志を発動させない限り、帰国をしようという気が起きなくなる。

何度も旅をしてきた芭蕉は、そんな「旅心」を何度も体験し、そしてそれがいつか発動するのを待っていたのでしょう。『おくのほそ道』の旅では、この白河で発動した。

それが「白川の関にかゝりて旅心定りぬ」の一文なのです。いやあ、もうドキドキしちゃうような一文です。関にかかった、その瞬間に旅心がピタッと定まってしまうのです。

そして「関」といえば、またまた境界＝ワキです。この境界を越えれば、完全なる陸奥《みちのく》（東北）、完全なる異界です。

いままでもさまざまな異界を通過してきた芭蕉ですが、ここ白河の関という強烈な境界にかかった瞬間に「家心」は消失し、「旅心」が定まった。

ちなみに曾良の『旅日記』を読むと、この白河でもいろいろあったようなのですが、そんなことを云々する野暮はやめた方がいいので、ここでは紹介しません。

「古歌の洪水」のための予習

さて、最初の一文でかなり道草を喰ってしまいましたので次を急ぎましょう。

いかで都へと便求《たよりもとめ》しも断《ことわり》也。中にも此《この》関は三関《さんかん》の一《いつ》にして、風騒《ふうそう》の人、心をとゞむ。

ここはさらっとね。

「いかで都へ」といったのは平兼盛《たいらのかねもり》。この感動をどうにかして都に伝えたい、そう平兼盛がいったのもなるほどと思われる、と芭蕉も思う。特にこの白河の関は三関のひとつで、多くの風流人が心を留めている。心を留めるといっても、むろん心は人にはわからないから、それを歌や句という形にして残し、その心をここに留めているのです。

と書いた瞬間に、芭蕉の中には、いにしえの風流人たちが心を留めた詩歌が怒濤のように押し寄せてきたに違いありません。山本健吉氏が「白河の関は、いわば古歌の洪水である」といわれたそうですが、まさに洪水のように押し寄せてくる古歌に芭蕉が呑みこまれているような文体です。

　では、その古歌の洪水文を読んでみましょう。

秋風《あきかぜ》を耳に残し、紅葉《もみじ》を俤《おもかげ》にして、青葉の梢《こずえ》猶《なお》あはれ也。

「秋風」というのは白河を詠んだ能因法師の歌に出てきます。そして「紅葉」は、源頼政《みなもとのよりまさ》の歌が出典。ということを知っていると、この文はこれまたすごい。

「え、何がすごいの」と思われる方のために、ちょっとここでまたまた遠回りして、藤原定家《ふじわらのていか》の短歌をひとつ紹介します。これを読んだあとの方が、この文章のすごさがわかる。

　では定家の歌を。

見渡せば　花も紅葉《もみじ》も　なかりけり
　浦の苫屋《とまや》の　秋の夕暮れ

　高校などでよく学ぶ短歌ですが、ちゃんと声に出して、ゆっくりと歌ってもらうと、そのすごさが本当にわかる。

　まず「見渡せば」とくる。と、聞き手は見渡すのです。実際にね、見渡すことをイメージする。すると「花」とくる。古歌で「花」といえば桜です。暖かい春の日差しの中に、満開の桜が脳裏に浮かぶ。ところが次に「紅葉」とくる。満山を埋め尽くす紅や黄色の紅葉。紅葉といえば紅葉狩《もみじが》り。紅葉を浮かべた盃と、その酒の香りも思い出す。

最初に浮かんだ満開の桜が、紅や黄色の紅葉にメタモルフォーゼして、その美しさに心を奪われていると、とつぜん「なかりけり」と、それらがすべて否定される。

そして次に現れるのが、風も身に染む秋の海辺に立つ一軒の苫屋《とまや》。舟の屋根に仮に葺《かや》くような苫で屋根を葺いた粗末な家です。極彩色の花や紅葉の世界が急にモノクロの世界に変わった。

が、最初に浮かんだ桜も紅葉も、その強烈なイメージは「なかりけり」と否定されてもなくならない。心のスクリーンに映る浦の苫屋を眺める人の目には、ソフトフォーカスされた桜や紅葉も同時に映り続け、そしてその奥に浦の苫屋があるのです。桜や紅葉、そして浦の苫屋。どちらが真景《しんけい》で、どちらが背景なのかわからない。

その縹渺《ひょうびょう》たる景色こそが、この歌の創り出したかった風景なのであり、そして日本の詩歌が創り出す世界なのです。

もうひとつの感覚器官が発動

さて、そんな前提で、もう一度『おくのほそ道』の文に戻ってみます。まずは「白河」と聞いただけで芭蕉の脳裏に浮かんだふたつの歌を。まずは能因の歌。

都をば　霞《かすみ》とともに　たちしかど
　秋風ぞ吹く　白川の関

都を出立したときは春の霞《かすみ》が立っていた。が、いまこの白川（河）の関に至ると、すでに秋風が吹く季節になっていた、という歌です。

芭蕉の出発地は江戸ですから白河までまっすぐ来れば一週間もかかりませんが、能因のように京都からならばもっとかかります。しかも白河にはやはり秋にいたい。「白秋《はくしゅう》」という言葉がある通り、秋の色は「白」。白河の「白」は秋の色なのです。

さらに「秋来ぬと目にはさやかに見えねども風の音にぞ驚かれぬる」という歌があるように、秋といえば風です。京都の春霞はしっとり肌にまとわる。ここ白河の秋風は肌にさらっと清涼である。肌で感じる季節の違いです。

そして、もうひとつの歌。こちらは老武者、源頼政《よりまさ》の詠んだ歌。

都には　まだ青葉《あおば》にて　見しかども
　紅葉散りしく　白河の関

これが能因の歌と同趣向であることは一目瞭然、春から秋の変化ですね。ただし感じる感覚器官が違う。能因の触覚（皮膚感覚）に対して、こちらは視覚。

都を出たときにはまだ「青葉」だったのに、ここ白河に来れば「紅葉散りしく」季節に変わっている。「柳桜をこきまぜて都ぞ春の錦」という言葉がありますが、都の青葉は桜とともに錦を飾っていた。ここ白河では、純白の上に紅や黄の紅葉が散りしいている。その色彩の対比が美しいし、ソフトフォーカスがかかった色彩とシャープな色彩との違いもあります。

さて、このふたつの歌を知っているという前提で『おくのほそ道』に戻ります。芭蕉がいま実際に見ているのは「青葉の梢」です。初夏の風も感じます。が、芭蕉が「白河に着くぞ」と思ったときに、彼の肌は古歌の魔力によって秋風を感じ、目は紅葉の紅や黄を見ていた。そして、ここで初夏の風を感じ、青葉の梢を見る。心の肌には秋風を感じていながら、生身の皮膚は初夏の風を感じる。心の目では桜や紅葉を見ていながら、眼球には青葉の緑が映る。さらにもっと奥の感覚器官では能因や頼政の歌にある、都の春霞の皮膚感覚や、青葉や桜の景色も見ている。

三重構造の世界が現出します。

実際の感覚器官とオルタナティブな感覚器官とがまったく別のものを感じているのです。この錯綜感によって、芭蕉は現実世界にいながらも、幻想世界に遊ぶことが可能になる。能の話でいえば、**この世にいながらあの世と出会えるワキ**になることができるのです。この「**ワキ感**」**を実感する力こそ日本の詩人の魂であり、芭蕉が再獲得したかった世界**なのです。

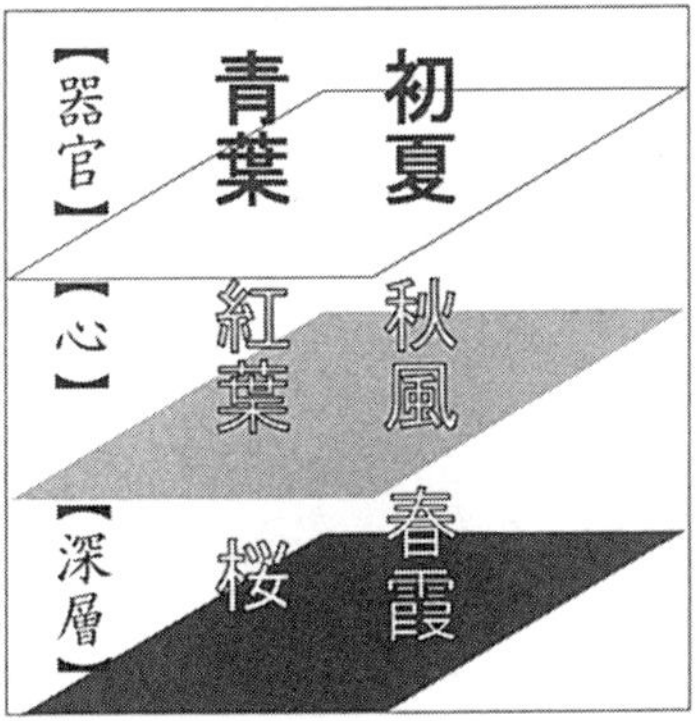

感覚器官の三重構造

「遊行柳」で見た幻影は、この白河において実際の景色と重なることによって、さらに深みを増しました。

そして、これをつきつめていけば「俳諧精神」になります。現実生活を解体し、まったく新しい意味づけをすることによって、日常生活の中に、ユーモアと雅やかさを見つけていくことが「俳諧精神」です。これがちゃんとできれば現実生活がどんなに大変でも大丈夫。どんなところ、どんな状況にも風雅を見つけることができるようになります。

が、それはもう少し先の話。しかし、芭蕉はその端緒についたのです。

白く、ただ白く

さて、次の文はこれがさらに一歩進みます。

卯《う》の花の白妙《しろたえ》に、茨《むばら》の花の咲《さき》そひて、雪にもこゆる心地《ここち》ぞする。


ここでは色彩はただの一色の「白」。

卯の花の白妙、茨の花の白、そして雪の白です。

白河は東北ですから、むろん雪を歌った歌はたくさんあります。「北海道に行くなら雪の北海道！」というのと同じく、白河の関を越えるのならば秋か冬、それが本当は望ましい。

また「卯の花」と白河といえば、芭蕉一門の人たちは、千載集に載る「見で過る人しなければ卯の花のさける垣ねや白川の関」や、同集の周辺の歌群を思い浮かべたでしょう。

「卯の花」とは「憂き花」であり、さらには垣根、すなわち境界に咲く花なのです。

「ここからは誰が何といおうと異国なのだぞ」という白河の関にぴったり！

「雪にもこゆる」の「こゆる」は、雪よりも白いという意味と、雪の白河関を越えるを掛けます。

いま目に見えている卯の花は、古歌に詠まれた「卯の花」と二重写しになり、その白妙は傍らに咲く「茨」の白さと相俟《ま》って「雪」の白さの幻影を生み、それは雪の白さよりも白い。

そして、その白さによって、初夏の日に雪の白河を越えることができるのです。

通過儀礼と過ち

古人冠を正し衣装を改《あらため》し事など、清輔《きよすけ》の筆にもとゞめ置《おか》れしとぞ。

古人がこの関を通ったとき、冠を正し、衣装を改めたということが藤原清輔《ふじわらのきよすけ》の書いた『清輔袋草紙』にあるそうです。わざわざ衣装を改めるのは、ひとつは能因法師の歌に対する敬意、そしてもうひとつは関の神さまである住吉明神に対する敬意の表明です。

この作法は美しいですね。

「通過」のときには衣服を改める。これは変容を可能にするための古来よりの風習です。

私たち現代人も、たとえば卒業式や入学式、あるいは結婚式や成人式などの「通過」儀礼では衣服を改めます。普段着ではない晴れ着を着る。

通過儀礼のあとで、人は変容します。

私が高校生の頃はタバコは二〇歳からといいながら、高校を卒業すればだいたい黙認されていた。高校生の間は喫煙をすれば停学一週間とかいわれたりしながら、卒業式の壇上で卒業証書をもらって、壇から降りればもう黙認。酒も同じ（念のために。法律では禁止されています）。

卒業式の前は「子ども」なのに、式が終わった瞬間に「大人」に変容しているのです。

この変容のためには古い自分を脱ぎ捨てる必要がある。その象徴が衣服です。衣服を改めることによって自分自身も改めるのです。

これは時間的通過である通過儀礼だけではなく、空間的通過である「関」でも同じです。海外旅行がいまほど一般的でなかったころは、海外に行くといえば出発の日は晴れの服を着たものです。税関という関を通るときには、やはり衣装を改めるのです。

「関」を通るときにも、時間的な通過儀礼と同じく変容が求められます。それがうまくいかない状態を「過《あやまち》」といいました。「過」とは通過の過であり過剰の過です。通過がうまくいかず、それが過剰となって現れるのです。

現代でもそれはあります。

たとえば海外で小学校を卒業した子は、「人前で自分の意見をしっかり述べることがいいことだ」という価値観が身につきます。そんな子が帰国して日本の中学に入る。で、そのままの価値観で中学生活を送ろうとすると、「うるさい」「でしゃばるな」等々さんざんな目に遭い、不登校になってしまったりする。その子は、海外から日本に戻る「通過」の時点で変容をしなかったために、周囲から「過剰」な奴だと見られてしまうのです。

会社でも、転勤をしたときや、あるいは同じ会社でも部署が変わったときなど、前と同じようにすると失敗することがよくあります。

通過の際には、衣服を改め、「心」を改めることが必要なのです。改（あらた）めるのは「新た」にすることです。

芭蕉たちにも「旅心が定まる」と同時に「家心」から「旅心」への変容が起こったのが、この白河の関でした。

関を通過するに際して、衣服を改めることによって「心」も改まるという、この通過の風習も、しかし芭蕉の時代にもすでにすたれていたのでしょう。そんなときに曾良の句は、その美しい風習をここに現前させます。

卯の花を　かざしに関の　晴着《はれぎ》かな　曾良

真っ白な卯の花、それは垣根、すなわち境界に咲く花。そんな花をかざしに、この白河の関の晴れ着とするのです。ちなみに「かざし」は「かんざし」、すなわち髪に挿したとも考えられますし、翳《かざ》したとも考えられます。

能の型に「カザス」という型があります。能舞台の「スミ」という特別の場所ですることの多い型です。この「カザス」がくると一連の舞の動作の区切りがつくことが示されます。境界を示す型です。そして、能では植物を執りものとして扇の代わりに持つこともよくあります。

曾良は卯の花を扇のように持ち、そのカザシの型をしながら関を通過したのかもしれません。

綴錦の綾錦

さて、白河の関の章は「古歌の洪水」だといった人がいました。もう一度、原文をご覧ください（二〇九ページ）。強調してあるものは典拠の古歌がある語です。

むろん、これらの古歌を知らなくても、この文章を読むことはできます。現代語はそのように訳出してみました。この訳、すなわち文章としての流れを縦糸とし、そして古歌の描く世界を横糸として「綴錦《つづれにしき》」として織り込まれた綾錦《あやにしき》のような文章が、この白河の関なのです。

流れ行く物語と、そしてそこに交差する幻影、その綾錦のような変化を楽しむのがこの文章です。

そして、「綴錦《つづれにしき》」と呼ばれる文体は、能の文体の特徴でもあります。

さて、実はもうひとつ扱いたい問題があるのです。それは白河の章に西行の歌が取られていないということです。西行には白河を歌った歌がちゃんとある。それなのにこの「古歌の洪水」の中に入れていない。それはそれなりの意味があると思うのですが、その話を始めると、またまた寄り道が長くなってしまいますので、本書では残念ながら割愛して先に進むことにします。

歌枕パワースポットの一覧

白河の関は、確かに「古歌の洪水」といわれるだけあって、鑑賞する方も圧倒されて、かなり疲れます。あとはさらさらいきましょう。

さて、このようにして「古歌の洪水」の中を泳ぎ渡り、白河の関を通り過ぎた芭蕉たちは、これからの再生のフェイズではさまざまな歌枕パワースポットに立ち寄り、詩魂エネルギーをゲットしていきます。それらを一覧にして紹介しましょう。

「須賀川」の章

あぶくま川：「あふくま」なので「逢う妻」川とも呼ばれる。
会津根《あいづね》：磐梯山《ばんだいさん》。「逢《あ》ふくま」と同じく「会《あ》ひつ峰」の名をもつ。
かげ沼：姿を映す鏡沼。あるいは逃げ水とも。
・芭蕉はここで連句三巻を巻いています。

「あさか山」の章

あさか山：「浅き心」、あるいは「浅からぬ心」として詠まれることが多い。
あさかの沼：右と同じ心持。次の「花がつみ」が咲く沼。
かつみ：これが何かは諸説ある。菰《こも》ともいい、あしの花ともいい、あやめともいう。
黒塚《くろづか》の岩屋：鬼女が旅人を殺し、血を吸い、肉を喰らうという伝説の地。能『黒塚（安達原）』になる。

「しのぶの里」の章

しのぶもぢ摺《ずり》の石：源融《みなもとのとおる》の歌や『伊勢物語』で有名。恋に乱れる心を象徴する。

忍ぶのさと：文字摺石のある里。「偲ぶ」、「忍ぶ」という意に掛ける。

第6章　鎮魂の旅
――夢の跡に重なる物語

白河をはじめとするさまざまな歌枕パワースポットで、詩魂エネルギーを充分にチャージした芭蕉たちは、いよいよ東北の旅、最後のフェイズに至ります。このフェイズを「鎮魂」の旅と名づけました。

この旅では、源義経の鎮魂をします。義経が怨霊化するのを阻止するのが、おそらくはその目的です。これは西行の崇徳上皇鎮魂の旅を擬した旅であるといってもいいでしょう。西行の同行者である西住《さいじゅう》は、芭蕉の同行者である曾良のようにも見えます。

さて、鎮魂のフェイズは飯塚から平泉まで全二〇〇キロほどと、かなりの長距離です。かけた日数は約一〇日。また、章でいっても「飯塚の里」「笠島」「武隈《たけくま》の松」「宮城野」「壺の碑《つぼのいしぶみ》」「末の松山・塩竈《しおがま》の浦」「塩竈明神」「松島」「瑞巌寺・石巻」「平泉（一）――高館」「平泉――（二）中尊寺」と全六章を費やす長大なフェイズです。

このフェイズでは義経関連の旧跡が急激に増え、同時に「歌枕素通り」という、再

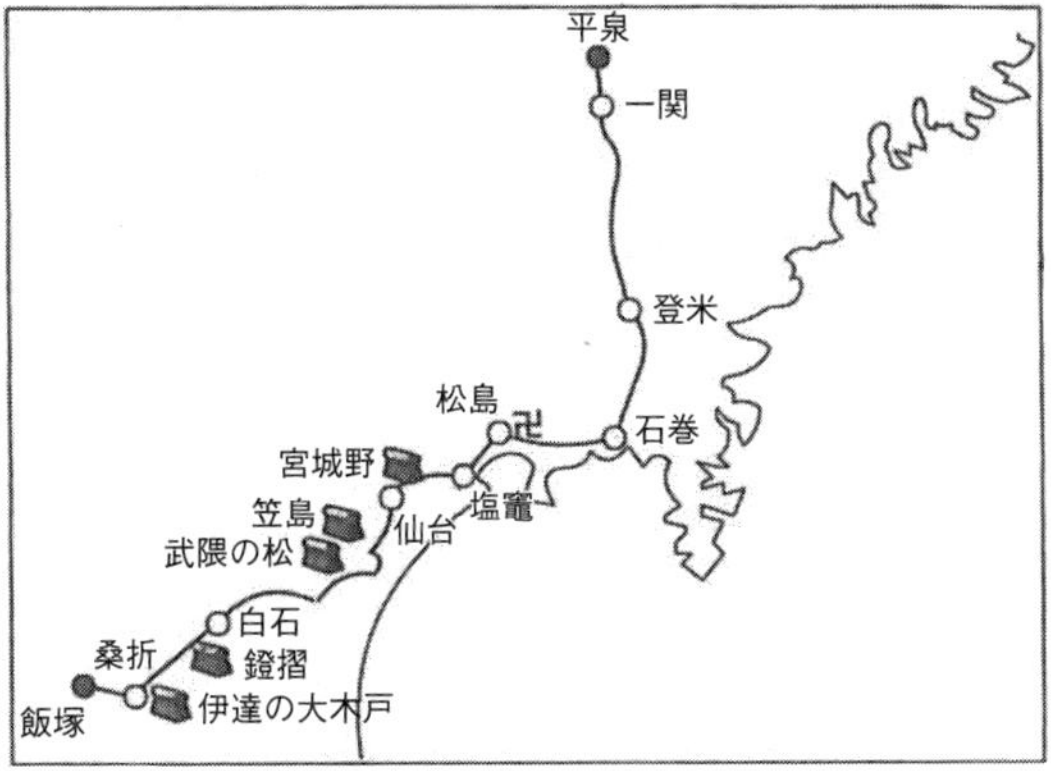

鎮魂の旅行程

生の章では考えられなかった新たなパターンが生まれます。

もうチャージは済んだ、あとは義経鎮魂に向けて一直線という感じです。とはいえ、そこはそれ、あまり細かいことは気にしない芭蕉のことですから、壺の碑・塩竈・松島などの超強力歌枕パワースポットには、ちゃんと立ち寄っています。

佐藤庄司と継信・忠信兄弟

「鎮魂」の旅は、また「鋭角的寄り道」から始まります。クサビ型寄り道ですから、ここは重要地帯です。どこかといえば「飯塚の里(福島県)」。義経ゆかりの土地です。

というわけで鎮魂の旅は、義経ゆかりの飯塚から始まるのです。

芭蕉はここに「佐藤庄司《さとうしょうじ》」の旧跡があると聞き「尋ね尋ね」行きます。佐藤庄司というのは、義経の家臣であった「佐藤継信《つぐのぶ》・忠《ただ》信《のぶ》」兄弟の父です。「尋ね尋ね」と重ねるところ、芭蕉のここにぜひ立ち寄りたいという気持ちがよく現れています。

芭蕉は、まずその大手門の跡を見て涙を落とし、またかたわらの古寺にあった石碑を見て袂を濡らします。何度も涙を流すその姿に、西行が崇徳院鎮魂のために讃岐《さぬき》に行ったときの描写を思い出します（五六ページ）。

佐藤継信・忠信兄弟は、もとは奥州藤原氏の三代目、秀衡《ひでひら》の家臣です。源頼朝の要請を受け義経が兵を率いて都に上るときに、秀衡の命令によって義経に同行した者たちです。

兄・継信は、屋島《やしま》の合戦で、敵の放った矢を義経の身代わりとなって受けて戦死し、その弟の忠信は、義経が頼朝に追われて落ちる際の殿《しんがり》をつとめ最後は自害をした。このふたりのことは『平家物語』や『源平盛衰記《じょうすいき》』などにも書かれていますが、しかし芭蕉は、おもに『義経記』や能『吉野静《よしのしずか》』、能『忠信《ただのぶ》』を通して知っていたと思われます。

弟の忠信は、義経らが吉野から落ちる際に、その知略で追っ手の追捕を遅らせ、また主君の囮《おとり》となって都に戻って奮戦します。その奮戦のありさまが語られるのが能『忠信』であり、忠信の知略で静御前《しずかごぜん》に舞を舞わせて、その間に追っ手を引き止めるさまを描いたのが能『吉野静』です。静の「賤《しづ》やしづ、賤《しづ》の苧環《おだまき》繰り返し、むかしを今に、なすよしもがな」という有名なフレーズも、この能や能『二人静』に現れます。
忠信は最後は自害をするのですが、義経の最後はこの忠信の自害を手本に行なわれることになりますので、『義経記』に現れる忠信の自害のありさまを紹介しておきましょう。

さて忠信は、義経を追捕する江間小四郎（北条義時）率いる軍勢とさんざん戦った挙句、もはやこれまでと「末代の手本に自害をするから見ていよ」と敵の前で、念仏を高声に三〇遍ばかり唱えます。

やがて太刀を抜いて膝を立て、その身を立て直す。抜いた刀を取り直し、左の脇下を刺し貫く。その刃をギリギリと右の方へ引き廻し、みぞおちを貫き、臍《へそ》の下まで搔き落とす。

充分に切り開いたことを確認すると、刀を引き抜き、太刀を拭っていう。
「おお、あっぱれな刀ぞ。腹を切るに、少しの滞るところもない。これほどの刀を捨てたならば、屍体とともに東国まで持ち運ばれるであろう。若き者どもに刀の良し悪しを云々されるのも口惜しい。黄泉《よみ》の国まで持ち行かん」とて、再び刀を拭って鞘《さや》に入れ、膝の下に押し入れる。

刀で裂いた腹の傷を手で摑んで引き広げ、拳を握って腹の中に入れ、腸《はら》わたを縁の上に散々に摑み出す。そして「黄泉まで持って行く刀はこうするものぞ」と、柄を胸元に、鞘は腰骨の下に突き入れ、両手をむずと組み、息も強げに念仏を唱え続ける。

さても強い命は死にかねる。忠信はつぶやく。

「自害をすれどれども死ぬことができぬ。判官《ほうがん》殿（義経）恋しと思い奉《たてまつ》るがゆえに、これほどまでに命が続くのか。この太刀こそ、判官殿より拝領したご帯刀、これを形見に眺めて行けば、黄泉への道も心安からん」

そして刀を鞘より再び引き抜き、切っ先を口にくわえ、両手で膝を押さえて立ち上がる。やがて膝を押さえる手を押し放てば、くわえた太刀に向かってうつ伏せにがばと倒れる。刀のつばは口に止まれども、切先は、鬢《びん》の髪を分けて、後ろにずぶりと通ったのであった。

わー、こわいですね。

芭蕉は、このような物語を『義経記』で読み、また謡曲（能）を謡って詳しく知っていた。そして、いまその兄弟の旧跡に立ったのです。

さらに石碑には、兄弟の妻のことも書いてありました。兄弟の老母である乙和御前《おとわごぜん》がふたりの凱旋《がいせん》姿を見ることができずに悲しむのを慰めるために、その妻たちが夫の鎧甲を身にまとい、その雄姿を装って見せたという話です。

能『摂待《せったい》』には、老母、乙和御前に、兄、佐藤継信の壮絶な最期と、弟、忠信の活躍を武蔵坊弁慶が語るシーンがあります。都を追われ奥州に落ちてきた義経と、彼を守って壮絶な最期を遂げた佐藤兄弟、そしてその母。能ではさらに、継信の幼い遺児もけなげに登場し、観客の涙を誘います。

芭蕉も、兄弟の嫁の石碑の前で涙を流し、袂《たもと》を濡らします。涙を流した芭蕉が寺に入って茶を乞うと、そこには義経の太刀・弁慶が笈《おい》がある。これでこそ鎮魂の旅。そこで一句。

笈も太刀も　五月《さつき》にかざれ　帋幟《かみのぼり》

ちょうど五月朔日《さつきついたち》（一日）の事。

「帋幟」とは紙製ののぼり。まだ鯉幟《こいのぼり》のない時代に、いろいろな絵を描いて五月の節《せっ》句《く》に飾りました。

五月の節句（端午《たんご》の節句）といえば菖蒲です。菖蒲（あやめ＝しょうぶ）はその音が「尚武」に通じ、またその葉の形が刀の刃に似ていることから、端午の節句は「武」の節句となり、男の子の節句になりました。

五月という「武」の節句の初日に、義経にかかわりのある飯塚に芭蕉たちは入ったのです。

まさに今日から鎮魂の旅が始まります。

そして、その「武」の節句に、ここ、飯塚で幟とともに弁慶の笈も、義経の太刀も飾れと詠む芭蕉の目には、弁慶や義経の姿とともに、義経拝領の太刀を口に含んで自害した佐藤忠信の姿や能『摂待』などの幻影も浮かんでいたでしょう。

それだからこその涙であり、この一句は義経とその配下の武将たちに向けての、最初の手向《たむ》けの一句なのです。

強い句です。

飯塚温泉での最悪な一夜

佐藤庄司の旧跡をあとにした芭蕉たちは宿に向かいます。飯塚には温泉があり、この夜、芭蕉たちは飯塚温泉に泊まるのですが、その宿が最悪。

灯りもない宿に、いろりの火かげに寝所をこしらえて寝る。が、夜中には激しい雷に、しきりに降る雨。寝ようとすれば蚤《のみ》や蚊に悩まされ、さらには持病さえ起こって、魂も消え入るばかり。

昼の幻影や涙がウソのような現実感。これが芭蕉のいいところです。悲劇的な能のあとには、必ずお笑いの狂言《きょうげん》が入る。お芝居などのプログラムを「番組」といいますが、これは能と狂言の両者が「番《つがい》」で演じられるからこその「番組《ばんぐみ》」。『おくのほそ道』も深刻な話とお笑いとが交互に描かれています。

めちゃくちゃな一夜がやっと明け、「さて」と出立するのですが、前夜の余波で心は進まず。馬を借りて桑折《こおり》（福島）の宿に出ます。

まだまだ旅に出てひと月、これでこのありさま、先が思いやられる。

が、しかしもとより辺土（田舎道）を行く旅、そして「捨身無常《しゃしんむじょう》」と観念する身、道端で死ぬのも「これ**天の命**《めい》なり」と気力を取り戻して、**路を縦横に踏みつつ**伊達《だて》の大木戸を越すのです。

ちなみに、「これ**天の命**なり」というのは、頼朝に追われた義経や弁慶ら一行が大《だい》物《もつ》の浦から船出をする前に、別れを惜しむ静御前が謡った謡の中にあります（能『船弁慶』）。

この「天の命」という句を書いて、「よし、義経の気分で行くぞ！」と芭蕉が思ったのかもしれません。

と思うと「**路を縦横に踏む**」というのが俄然《がぜん》気にかかる。だって変な表現でしょ。道を縦横に踏むって。

ひょっとしたら、能の特殊な足遣いである「乱拍子《らんびょうし》」や「序《じょ》」にも似て、地を清める反閇《へんばい》のような呪術的な足遣いをしたのかもしれないとも思ったりするのです（乱拍子も序も「踏む」といいます）。が、これに関しても深入りは避けましょう。

しかし、おお、芭蕉は呪術も心得ていたのかも。

歌枕を素通り

さて、それはともかく「よっしゃ」と気持ちを入れ替えた芭蕉たちは、鐙摺《あぶみずり》や白石《しろいし》などの城下町を過ぎ、笠島の郡に入ります。

笠島は「東北の歌枕といえばこの人」というほどの超有名人、藤原実方《ふじわらのさねかた》の塚があるところ。実方は平安時代の貴公子ですが、ちょっと乱行が過ぎて（モテ過ぎたとも）、都を追放されます。彼に対する追放の命令の言葉がこれまた風流。帝よりの「歌枕見て参れ」という宣旨で旅に出るのです。

「歌枕見て参れ」、世の漂泊者にとっては最大のあこがれの人です。

ここ笠島には、実方の死の原因となった「道祖神《どうそじん》の社」や、遊行柳と一対の名所、西行が命名の「かた見の薄《すすき》」も残っていて、歌枕探訪の人ならば、見逃せない、また素通りのできない「絶対立ち寄りスポット」なのです。

が、芭蕉はここを「よそながら眺めて」やり過ごしてしまう。

出た！　鎮魂の旅のお得意パターン、「歌枕素通り」です。

しかも理由がちょっと……。

雨で道がぬかるんでいて、疲れていたから（このごろの五月雨《さみだれ》に道いとあしく、身つ

8：西行が命名した「かた見の薄」　©Everett Kennedy Brown

かれ侍れば）という。

で、さらに芭蕉は「このあたりの地名『蓑輪《みのわ》』・『笠島』って、いま降っている五月雨っぽくて面白いじゃん（蓑と笠ね）」なんて言いながら一句。

笠島は　いづこさ月の　ぬかり道

「笠」はどこ、あ、笠といえば「笠島」だ。実方の塚のある「笠島」はどこ、雨だから月も見えないから「月」もどこ。でも、月のぬかりのどろんこ道だから実方の旧跡には行けないし、探せないよね……というなんともお気楽な句（と私には読めてしまうのですが、これを深刻な句と読む方もあり）。

　この章も、佐藤庄司の旧跡、「飯塚」の章との対比としてのお笑い「狂言」の続きのように感じます。

馬酔《まよい》の里での歌枕探訪

このように、せっかくの実方の旧跡を余所目に見て通りすぎた芭蕉。しかし、次の歌枕「武隈《たけくま》の松」では、「目覚《さむ》る心地はすれ」と、文字通り目が覚めて立ち寄ります。ちなみに「笠島」と「武隈」までは約九キロ（実際に歩くと順番は逆になります）。ここでも能因法師を思い出し、句を詠みますが、そろそろ紙幅も尽きてきましたので、先を急ぎましょう。

「武隈」と同名の阿武隈（あぶくま）川を渡って、芭蕉たちは仙台入りを果たします。その日はまさに「あやめふく（菖蒲葺く）日」、五月四日です。邪気を祓う菖蒲を五月五日の端午の節句の前夜に屋根に葺くという習慣は、中国から入ってきましたが、ユダヤ教の「過《す》ぎ越《こ》しの祭り」にも似ていて面白いですね。

佐藤庄司の旧跡があった飯塚で「笈も太刀も五月にかざれ帋幟」と詠んだ「武の五月」。その中でももっとも大事な端午の節句の日に、伊達藩という当時、幕府ですら一目置かざるを得なかった雄藩の本拠地、仙台に入るところなどは、芭蕉さん、にくいです。

芭蕉たちはここで四、五日逗留し（実際は三泊）ながら、絵師の加右衛門という人に案内されて、さまざまな歌枕巡りをします。この加右衛門さん、どこがどこだかわからなくなってしまっていた歌枕の場所の確定をしたので、芭蕉に見せたくて、見せたくて仕方なかった。

その歌枕を見る前に、私たちはひとつ歌を覚えておきましょう。

東北は馬の放牧で有名です。奥州藤原氏の初代、清衡も東北名産の馬を都に送っています。しかし、ここ仙台にあるつつじが岡には、馬が食べると中毒を起こすという「馬酔草《あせび》」が多く咲く。しかも、いまはその花咲く季節。さあ、馬が馬酔草を食べないように、放牧の馬を取りつなげ、という歌です。

　取りつなげ　玉田横野の　放《はな》れ駒
　　つつじが岡は　あせみ咲くなり　　藤原俊成

では、歌枕の探訪を。

まずは「宮城野《みやぎの》」。萩《はぎ》が茂りあいて秋の景色が想像される。

そして俊成《しゅんぜい》の歌に現れた「玉田」・「横野」・「つつじが岡」。そこを歩けば、歌と同じくちょうど馬酔草の咲くころおい。日影も漏れぬ松の林に入れば、そこは「木の下」という、これまた歌枕。ここの木の下は雨よりも濡れるので、ご主人に「笠を召されよ」と申し上げた方がいいよ、と従者に告げる古歌などもある。さらに歩いて薬師堂や天神の御社など拝んで歌枕の探訪を終え、その日は暮れたのです。

その夜、加右衛門から、松島や塩竈などを描いた絵図を贈られ、さらにあやめ色（紺）に染めた鼻緒付きの草鞋《わらじ》二足が餞として贈られます（紺染めは蛇や毒虫対策になるとの話も）。

芭蕉はそれを「風流のしれもの、爰《ここ》に至りて其実《そのじつ》を顕《あらわ》す」と感動して一句。

あやめ草　足に結《むすば》ん　草鞋《わらじ》の緒

「しれもの＝痴れ者」とはもちろんバカのこと。現代でも「なになにバカ」というのは誉め言葉であるように、ここでもむろん加右衛門の「風流バカ」を賞しています。

屈原と義経

さて、この句にもまた「あやめ（菖蒲）」が出てきました。ここで端午《たんご》の節句《せっく》についても、もう少し見ておきましょう。

菖蒲が尚武に通じ、また葉の形が刃に似ているから、その節句は「武の節句」となった書きました。が、門人たちと中国古典を読んでいた芭蕉たちにとっての端午の節句には、もうひとつの意味がありました。

それは詩人、屈原《くつげん》の命日であり、鎮魂の日です。端午の節句発祥の中国では、こちらの方がむしろメインなのです。

龍に乗る屈原

屈原は戦国時代の楚《そ》の王族であり、かつ家臣。政治家でもあり、詩人でもあります。何度も主君を諫《いさ》めたが聞き入れられず、それどころか佞臣《ねいしん》の讒言《ざんげん》によって追放され、ついに洞庭湖に注ぐ汨羅《べきら》という川に身を投げました。それが五月五日。

彼を救出するために船を出したのが、いまのドラゴン・ボート競技の起源となり、また屈原の遺体が魚に食われないように粽《ちまき》を湖に投げ入れたのが、端午の節句に粽や柏餅を食べる習慣になったといわれています。また『荊楚歳時記《けいそさいじき》』によれば、「あやめふく」、すなわち菖蒲を屋根に葺くのも、元は屈原の詩（「雲中君（九歌）」）に由来するという説もあるようです。王族でありながら「讒言」によって追放され、ついには自死に至るという屈原の物語は、頼朝の兄弟でありながら梶原景時《かじわらのかげとき》の讒言で鎌倉を追われ、ついには平泉で自害をするという源義経の物語に通じます。

また、屈原らの詩集『楚辞《そじ》』は、最後の巫祝《ふしゆく》文学といわれています。屈原は、祖霊や神の声を聴く「礼」による統治の時代と、人の制定した「法」による統治の時代の狭間（境＝ワキ）に生きた人です。人を大切にするためには、「法」ではなく、巫祝の伝統である「礼」が重要であると主張しました。法に偏りすぎる秦《しん》との連盟に強く反対したために讒言にあい、追放されたのです。

これも、貴族中心の平安時代と、武家の鎌倉時代との狭間（境＝ワキ）に生きた義経の悲劇に通じます。

屈原鎮魂の月、五月の朔日に飯塚に入った芭蕉は、これから義経鎮魂の旅を続けるのです。ちなみに義経が自害したのは閏《うるう》四月。ということは四月の次の月、すなわちこれも「五月」なのです。

壺の碑《いしぶみ》に大感激

せっかく伊達藩のお膝元である仙台に入ったのに、伊達藩の居城である青葉城などの記述をまったくせずに、絵図を頼りに旅を続ける芭蕉たちは、仙台にある街道「おくの細道」に沿った山際に、これまた歌枕の「十附《とふ》の菅」を見つけます。「おくの細道」の碑は今でも仙台駅から徒歩一〇分程度のところにあり、これが紀行文『おくのほそ道』の題名になりました。

さて、芭蕉たちはさらに歩いて「多賀城《たがじよう》」に着きます。白河でも芭蕉は「旅心」を定めましたが、この多賀城でも芭蕉は感慨を新たにしたことでしょう。多賀城は、南の大宰府《だざいふ》に対する北の護りの城、鎮守府であり、かつ陸奥の国府でした。一宮としての塩竈《しおがま》神社や松島、千賀《ちか》ノ浦という名所を擁する異国情緒たっぷりの、都人あこがれの地。

そこで芭蕉は歌枕「壺《つぼ》の碑《いしぶみ》」と出会いました。

古来、多くの歌人・詩人が、あるいは実際に訪れ、あるいはあこがれ、そして多くの詩歌を読んだ碑です。芭蕉もその碑文を読んでみる。と、その碑は聖武皇帝の御時、神亀元（七二四）年のままのもの。一〇〇〇年近く前の碑の現物が眼前にあるのです。

ここで芭蕉はその碑文をそのまま写すという行為に出ます。西村本などの写本で見ると、ここだけ全部漢字で、まるで漢詩文を読んでいるような心持ちになります。が、自筆本を見ると、どうも初稿では仮名も交じっている書き下し文だったようなのです。その上に全部を漢字に直した紙が貼ってあります。今だったら、最初は漢字・ひらがな文で書いてあったのを、すべてを英語の文に書き直すようなものです。異国情緒を出すために、わざとそうしたのでしょうか。

端午の節句の屈原の故事といい、全文漢字の碑文といい、異国のイメージがどんどん重なってきます。

芭蕉はこのときの感激を語ります。

「昔より詠み置かれたる歌枕は、多く語り伝えらるるといえども、山崩れ、川流れて道あらたまり、石は埋もれて土に隠れ、木は老いて若木に変われば、時移り、代変じて、その跡も確かならぬ事のみ多いならいに、いまここに至り、疑いなき千歳（千年）の記念（かたみ）、いま眼前に古人の心を偲ぶ」と。

これぞ行脚《あんぎゃ》の一徳、存命の悦び、旅の苦労も忘れて、涙も落つるばかりになるのです。

光源氏のモデル、源融の能『融』

壺の碑で旅の疲れを忘れた芭蕉たちはそのまま歩いて、歌枕である「野田の玉川」や「沖の石」、そしてこれまた有名な歌枕「末の松山」を尋ねます。

末の松山は寺になっていて、付近の松原の間には墓ばかり。「仲のよかった夫婦や恋人も（羽を交はし枝を連ぬる契《ちぎり》）、最後にはこのような松原の墓に入るのかと思うと悲しいなぁ」と思いつつ、やがて「塩竈」の浦に着くと、夕暮れを告げる入相《いりあい》の鐘の音が響く。五月雨の空もやや晴れて、空を仰げば夕月夜が幽《かす》かにかかる。「籬《まがき》が島」もほど近し。海上には蜑《あま》（海人）の小舟が漕ぎ連れて、魚を分かつ声々に、またまた古歌が思い出されて感動してしまう芭蕉なのでした。

と、ここの描写で思い出すのが能『融《とおる》』、光源氏のモデルになったともいわれる源融《みなもとのとおる》をシテとする能です。

源融は「陸奥の塩竈を都に移したい」などという、さすが元皇族だけのことはある、途方もないわがままを実現して、京都六条に塩竈を模した「河原院（現在の渉成園）」を作ります。

「塩竈というからには海水を焼いて塩を取りたい」という、そこまでいうかというほどのコリようで（というかわがままで）、わざわざ尼崎で汐水を汲み、それを運んで塩を焼かせたといいます。

能『融』は、諸国一見の旅の僧が、京都、河原院の跡で、塩汲の老人（実は融の亡霊）と出会い、源融が陸奥の塩竈をこの都の邸宅に移したさまを語るのを聞くという物語です。月の下で、塩竈の致景と京都の景色の二重写しの風景を教わるうちに老人は消えてしまう。旅人が半睡半覚のうちに夜を暮らしていると、融の幽霊が現れて月の下で舞を舞うという能です。

この章の中に使われる「鐘」、「月」、「籬《まがき》が島」、「ほど近し」、「蜑《あま》」、「舟」などのキーワードが能『融』の中にも散りばめられているのです。また、能『融』では塩竈の景色と都の景色との二重写しが謡われますが、それも実景と真景との二重写しを楽しむ「歌枕」探訪にはぴったりです。

そして融も義経と同じく「源」姓です。

また、芭蕉は墓に眠る人々を「羽を交はし枝を連ぬる契《ちぎり》」と書きました。これは「比翼連理《ひよくれんり》」の訓読で、楊貴妃《ようきひ》のことを歌った『長恨歌《ちょうごんか》（白楽天《はくらくてん》）』からの引用です。

この楊貴妃、あとでもう一度、出てきます。

松島の絶景に絶句

さて、ここら辺、章は多いのですが、距離としてはちょっとです。歩けば一日で行ける距離ですので、私たちはどんどん歩みを進めましょう。芭蕉たちは、その夜は塩竈で泊まり、夜は奥浄瑠璃を枕元に聞き、翌朝、塩竈明神に参詣。ここで和泉三郎《いずみのさぶろう》の姿を幻視したことは、すでに書きました（三九ページ）。

そしていよいよ日本三景のひとつ「松島」です。

松島は、歌枕としても名所旧跡としても芭蕉がもっとも寄りたかったところです。

松島の文は超絶名文、現代語にするのなんてとてもとてもおこがましいのですが、以下、また訳と原文を紹介しましょう。

【訳】そもそも言い古されたことではあるが、松島はわが国、第一の美景にして、およそ洞庭《どうてい》・西湖《さいこ》にも恥じず。東南より海を入れて、湾の中は三里、浙江《せっこう》のごとき潮《うしお》を湛《たた》える。島々の数を尽して、そばだつものは天を指さし、伏すものは波に匍匐《はらば》う。あるいは二重にかさなり、あるいは三重に畳みて、左にわかれ右に連なる。負える姿の島もあり、抱く姿の島もあり、幼子を愛するがごとくなり。松の緑はこまやかに、枝葉は汐風に吹き撓《たわ》めて、曲げられたかの如くに屈曲する。風情は美人の顔ばせを粧《よそお》うがごとくに美しい。これはちはやふる神代のむかしに、大山祇《おおやまつみ》のなせるわざか。造化の神の天の仕事、いずれの人か筆をふるい、詞《ことば》を尽くさんや。

【原文】抑《そもそも》ことふりにたれど、松島は扶桑《ふそう》第一の好風《こうふう》にして、凡洞庭《およそどうてい》・西湖《せいこ》を恥《はじ》ず。東南より海を入《いれ》て、江《え》の中《うち》三里、浙江《せっこう》の潮《うしお》をたゝふ。島〴〵の数を尽《つく》して、欹《そばだつ》ものは天を指《ゆびさし》、ふすものは波に匍匐《はらばう》。あるは二重《ふたえ》にかさなり、三重《みえ》に畳《たたみ》て、左にわかれ、右につらなる。負《おえ》るあり、抱《いだけ》るあり、児孫《じそん》愛すがごとし。松の緑こまやかに、枝葉汐風《しえふしおかぜ》に吹《ふき》たはめて、屈曲をのづからためたるがごとし。其気色窅然《そのけしきようぜん》として、美人の顔《かんばせ》を粧《よそお》ふ。ちはや振《ふる》神のむかし、大山《おおやま》ずみのなせるわざにや。造化《ぞうか》の天工《てんこう》、いづれの人か筆をふるひ、詞《ことば》を尽《つく》さむ。

この原文はぜひ謡ってほしいところです。能の謡を知っている人ならば、これがクリ（序）・サシ・クセの構造になっていることがわかると思います。

また「島〲の数を尽して、欹《そばだ》つものは天を指《ゆびさし》、ふすものは波に匍匐《はらばう》。あるは二重《ふたえ》にかさなり、三重《みえ》に畳《たた》みて、左にわかれ、右につらなる。負《おえ》るあり、抱《いだけ》るあり、児孫《じそん》愛すがごとし」のところは、そのまま舞の型がつきそうです。

また、お気づきになったと思いますが、ここにも義経にも似る屈原が身を投げた「洞庭湖」が出てきました。さまざまなイメージが、最終地点である平泉に向かって重層的に重なっていくのを感じます。

さて、松島は今も絶景です。土地の人に聞けば、島々のおかげで震災の被害も少なかったというお話でした。芭蕉も塩竈から船に乗って松島へは渡ったようですが、島々の間を巡る船は今も運航されていて、船の上から、島々を眺める芭蕉の目を追体験することができます。

芭蕉が、雄島が磯を眺めているうちに月が海上に昇ります。『おくのほそ道』の序文で芭蕉が「松島の月先《まず》心にかゝりて」と書いた月です。芭蕉たちの宿からは景色が見え、その感動に芭蕉は一句も作れず、眠ることもできないのです。

「松島や　ああ松島や　松島や」というのは、むろん芭蕉の句ではありません。

幻想の湊、石巻

さて、松島の絶景を堪能し、瑞岩《ずいがん》（巌）寺にも詣でた芭蕉たちは、いよいよ義経鎮魂の地、平泉に向かいます。

【訳文】十二日、平泉へと志し、歌枕である「姉歯《あねは》の松」・「緒絶《おだ》えの橋」などを聞き伝えて行くに、人跡もまれに、猟師や木こりたちの行き交う道、どこが道かもわからず、ついに道を踏み違えて、石巻《いしのまき》という湊《みなと》に出る。「こがね花咲《さく》」（黄金華咲く）と詠んで帝に奉った金花山を海上に見渡し、数百の廻船は入江に集い、人家地をあらそって、竈《かまど》の煙が立ち続く。

「思いがけずも、このような所に来てしまった」と、宿を借りようとするが、宿貸す人はさらに（まったく）なし。ようやく貧しき小家に一夜を明かし、夜が明ければまた、知らぬ道を迷い行く。やはり歌枕である「袖のわたり」・「尾ぶちの牧《まき》」・「まの萱《かや》はら」などを余所目《よそめ》に見て、遥かなる川堤を行く。心細き長沼に沿って、戸伊摩《といま》という所で一宿して、平泉に到る。その間二〇里（八〇キロ）ほどと覚える。

【原文】十二日、平和泉《ひらいずみ》と心ざし、あねはの松・緒《お》だえの橋など聞伝《ききつたえ》て、人跡稀《じんせきまれ》に、雉兎《ちと》蒭蕘《すうじよう》の往《ゆき》かふ道そこともわかず、終《つい》に路ふみたがえて石の巻といふ湊《みなと》に出《いづ》。「こがね花咲《さく》」とよみて奉《たてまつり》たる金花《きんか》山《ざん》、海上《かいしよう》に見わたし、数百《すはく》の廻船《かいせん》入江《いりえ》につどひ、人家地をあら

9：松島の絶景が広がる　©Everett Kennedy Brown

そひて、竈《かまど》の煙立《けむりたち》つゞけたり。思ひがけず斯《かか》る所にも来《きた》れる哉《かな》と、宿からんとすれど、更《さら》に宿かす人なし。漸《ようよう》まどしき小家《こいえ》に一夜《いちや》をあかして、**明《あく》れば**又しらぬ道まよひ行《ゆく》。**袖《そで》のわたり・尾ぶちの牧《まき》・まのゝ萱《かや》はら**などよそめにみて、遥《はるか》なる堤《つつみ》を行《ゆく》。**心細き長沼**にそふて、戸伊摩《といま》と云《いう》所に一宿して、平泉に到《いた》る。其間《そのかん》、廿余里《にじゅうより》ほど、おぼゆ。（**太字**は術語）

うーん、名文。ところで、この章、どこかで読んだような気がしませんか。

そうです。「那須」の章に似ていますね。道を踏み違えるところといい、小さな家で一夜を明かすところといい、術語である「明《あく》れば（夜が明ければ）」が出てきて、そしてまたまた知らぬ道を迷い行くところといい、かなり似ています。

「那須」の章が「遊行柳」への前奏曲であるとすれば、この「石巻」の章は前半のコーダである「平泉」への前奏曲なのです。

十二日、平和泉《ひらいずみ》と心ざし、あねはの松・緒だえの橋など聞伝《ききつたえ》て、人跡稀《じんせきまれ》に、雉《ち》兎《と》蒭《すう》蕘《じょう》の往《ゆき》かふ道そこともわかず、終《つい》に路ふみたがえて石の巻といふ湊《みなと》に出《いづ》。

松島から平泉の間には「姉歯の松」・「緒絶えの橋」という歌枕があります。しかも、ただの歌枕ではない。西行も訪れた、これまた訪問必至の歌枕なのです。それなのにまたまた「歌枕素通りパターン」です。

が、芭蕉はそこに行かなかったのは故意ではなく、「猟師や木こりたちの行き交う道、どこが道かもわからず（雉兎蒭蕘の往かふ道そこともわかず）」、道に迷って石巻という湊に出てしまったのです。

「こがね花咲《さく》」とよみて奉《たてまつり》たる金花山《きんかざん》、海上《かいしよう》に見わたし、数百《すはく》の廻船《かいせん》入江につどひ、人家地をあらそひて、竈《かまど》の煙立《けむりたち》つゞけたり。

道に迷ってしまった芭蕉たち。が、突如、眼前に開けた石巻の湊のありさまはすごい。イメージとしての点景を拾っていけば……。

まず海上遥かに見渡せば黄金の山と歌われた金華《きんか》（花）山《ざん》が現れる。そして目を港に転じれば数百の廻船が所狭しと集い、さらに目を近くに転じて街を見渡せば人家、軒を争い、夕餉《ゆうげ》のしたくと思われる竈の煙がおいしそうな香りとともに漂ってくるのです。

遠景から近景へと視点を移動させる手法で、『万葉集』以来の理想郷の典型を描きます。

繁茂する草の中に隠れる獣道を探しながら、鬱蒼《うっそう》たる木々の暗闇をとぼとぼと歩いてきた芭蕉たちの目の前に、忽然と広がる黄金の世界。この「暗闇↓突然開ける」というパターンは、桃源郷《とうげんきょう》という言葉の出典でもある陶淵明《とうえんめい》の『桃花源記《とうかげんのき》』に似ています。

そして桃源郷が幻の里であるように、ここ石巻も実景としての石巻ではなく、幻影としての石巻の湊なのです。本当は見えない景色（金華山）までも描かれていますが、幻影としての湊なので全然問題ない。

鎮魂のフェイズで、飯塚の章から徐々に重なってきた異国情緒が、ここで全開になります。そして、芭蕉はまたまた能の世界に入るのです。

またもや変容した明日

思ひがけず斯《かか》る所にも来《きた》れる哉《かな》と、宿からんとすれど、更に宿かす人なし。漸《ようよう》まどしき小家《こいえ》に一夜《いちや》をあかして、明《あく》れば又しらぬ道まよひ行《ゆく》。

能の世界に入った芭蕉は、能のお約束通り、ここで「宿借り」をし、そしてやはり能のお約束通り、断られます。そしてやっと見つけた一軒の貧しい小家。そこに泊まるのです。

ちなみに能のお約束というのは、水辺の町には「旅人に宿を貸してはならない」という大法があるということです。

旅人であるワキ僧が水辺の町で宿を借りようとすると、まずはその大法をたてに断られる。何度も懇願するけれども、そのつど断られ、ついに諦めて行こうとすると「あまりにかわいそうだから」と小さなお堂を紹介してくれる。が、その堂は異形のものや光もの（人魂）が出るところ、そんなパターンもあります。

そんな堂には泊まりたくないものですが、しかし芭蕉は能のような旅をしたいのですから、これは大歓迎。

ところが、ここも「那須」の章と同様、何も起きない。

しかし「那須」の章と同じく「明《あく》れば」があり、それでも何かが変容していることが明らかになります。と、やはりそこに開けた道は「知らぬ道、その道を迷いながら行く」のです。

能『楊貴妃』の道行のような章

この章でも「鎮魂」の章に特有の「歌枕素通り」パターンが現れていることを、もう一度、確認しておきましょう。この章にはなんと歌枕が五つも出てくるのですが、そのどこにも寄っていない。

最初に出てくる歌枕は「あねはの松」と「緒だえの橋」。ここは立ち寄ろうとしたら道に迷ってしまった。まあ、道に迷ったのならば仕方ないか、とも思うのですが、しかし道に迷ったというのは言い訳ですね。曾良の『旅日記』を開くまでもなく、松島から平泉に行くには石巻に回る方がむしろ不自然。それに、なんといっても西行は石巻経由ではない道を通っている。わざわざ石巻に行くには、それなりの意味があったはずです。

また後半の歌枕「袖のわたり」・「尾ぶちの牧」・「まの丶萱《かや》はら」も余所目《よそめ》に見るだけで、遥かなる川堤を行く。

立ち寄りもしない歌枕をわざわざ出す意図、そして「心細き長沼」という歌枕のようにも見える地名をわざわざ出す意図は何だろうと考えてしまいます。

まず『義経記』から。義経は、本当は石巻やその周辺の歌枕なども見たかったのですが、奥方が出産間近のため近道を通ったために行けなかった。その無念さを芭蕉が代参のような形で晴らしたのかも。

また、もうひとつは実は『義経記』の記述は誤りで（もともと作り話ですから）、義経一行は、本当は石巻経由で平泉に入ったということを芭蕉は知っていたのかもしれない。

『義経記』によれば義経一行は日本海側を通って平泉に入ったということになってい

ますが、「義経はここを通って平泉に行った」という義経伝説の地が太平洋側の各地にたくさん残っています。また、義経と船との関係を考えても、太平洋沿岸を船を乗り継ぎながら石巻に行き、そこから北上川を遡上して平泉に行ったと考えるのがもっとも妥当。

そして、やはり水と関係の深い芭蕉は、それを何らかの理由で知っていた。だから、わざわざ石巻に行ったのかもしれない。

そして、もうひとつ、ここで気になるのは、この章を挟む「瑞巌寺」と「平泉」のふたつの章の漢字や音読の多さです。それに対してこの石巻の章はひらがなが多いし、訓読が多い。瑞巌寺と平泉は漢文口調なのに対して、石巻は古文調なのです。今でいえばカタカナ語多用の文章に挟まれた、純和風の文章。

そして、その中に唐突に混じる「雉《ち》兎芻蕘《とすうじょう》」という、すごく難しい言葉（今でいえば超難しいカタカナ語）。出典は『孟子』なので、当時の人ならばそんなに難しくないのかも、と思って芭蕉自筆本を見ると、芭蕉はこの四字熟語のうち二字を間違えて書いている。雉を「稚」と書いて、これは紙を貼って隠しているし、蕘は「遶」と書いて、こちらはぐちゃぐちゃと消して横に蕘の字を書いている。芭蕉本人ですらふだん使う漢字ではなかった。

そんな使い慣れない言葉をわざと使うのは、異界感を出そうとしたのではないか。

現代人の私たちならば、たとえば「妖怪」と書いてもいいところに、「魑魅魍魎《ちみもうりょう》」と書いた方が何となくおどろおどろしい感じがするでしょ。そのようなものです。

寄りもしないのに、それでもさまざまな地名を読み込みながら、さらに「雉兎芻蕘」という文字で異界感を出す。これは能の「道行」の文体です。

尾形仂氏は、この石巻の章は、仙窟《せんくつ》に遊んだ『桃花源記』や『遊仙窟』などのいにしえの中国の物語が下敷きにされているとし、石巻の繁栄の姿も「仙境」にも似ると書かれたあと、この章は「道行ぶり」だろう、と続けるのです。

出た。これまた能の「道行」です。

さまざまな歌枕や地名を読み込みつつ仙境を彷徨し、最終目的地である平泉に至るさまは、まるで能『楊貴妃』の道行のようです。

能『楊貴妃』のワキである方士　筆者
© 森田拾史郎

能『楊貴妃』では、仙人の秘術である方術をおさめた「方士《ほうし》（ワキ）」が、楊貴妃の魂を探すために、碧落たる天空から黄泉の地底まで尋ね回ります。が、なかなか楊貴妃の魂を見つけることができない。迷い迷って、ついに常世《とこよ》の国である蓬萊宮《ほうらいきゆう》に至る、そのような旅のさまが謡われるのが能『楊貴妃』の「道行」です。

本文中の「更に宿かす人なし」という文も『楊貴妃』のワキのセリフを思い出しますし、そんなこんなで、この「石巻」の章を読むと、いつも能『楊貴妃』の冒頭部分を思い出してしまうのです。そして、おそらく芭蕉やその一門の人もそうだったと思うのです。

また、石巻に入った**十二日**という日も、ちょっとした術語。『おくのほそ道』の中では、日付を書いてある章はそんなに多くありません。なのに、この前の章に十一日と書き、そしてこの章で十二日と日付を限定している。となれば「十二」は大切ですね。

義経ものの芸能に親しんでいる人なら「十二」といえば、「十二人の作り山伏《やまぶし》」、すなわち義経たちの平泉行のときのお供の人数を思い出す。この道行に能『安宅《あたか》』をイメージした門人もいたかもしれません。

さて、能『楊貴妃』の夢の中のような道行の途中に「戸伊摩《といま》（登米）」に寄り、そしていよいよ義経終焉の地、鎮魂の場である平泉に向います（余談ですが、登米、いい所です）。

最終目的地、平泉にやってきた

石巻で芭蕉も登った日和山から市街を見渡すと、いまは震災の傷跡が強く残っています（二〇一一年時点）。

石巻から登米を通って平泉に至る道は、北上川や迫《はさま》川など、大小さまざまな川に沿って北上する道になります。私たちがこの道を歩いたときには、あいにくの曇天。時折、雨も降る天気でした。しかし、北上川の大きな流れや、遠くに望む東北の山々に心は晴れて、どんなに曇っても一点の暗さも感じさせない、むしろ希望のようなものが湧き上がってくるような不思議な道でした。一緒に歩いた若者たちも、この道で何かがふっきれた感じがしました。

かつて義経が二度目の平泉行きをしたとき。それは兄、頼朝に追われての逃避行でした。彼が平泉を目指したのはむろん、子どものころに世話になった奥州藤原氏を頼ってのことであることは確かでしょう。しかし同時に、子どものころ、この道を通ったときの経験が彼の記憶に残っていたのではないか。この道の先にある平泉には希望があるかもしれない、そういう気持ちがあったのかもしれないなど、平泉までの川沿いの道を歩きながら思いました。

では、いよいよ義経鎮魂の「平泉」の章を読むことにしましょう。

【訳】 藤原氏三代に渡った栄華も一睡《いっすい》（一炊）のうちの夢幻にて、館《やかた》の大門の跡に立てば、館よりも一里もこなたにあるほどの広大さ。秀衡《ひでひら》の旧跡は田野《でんや》になり、金《きん》鶏山《けいざん》のみが昔の形を残す。「何をおいてもまず高館《たかだち》に」と上れば北上川、それは南部より流れる大河なり。衣川《ころもがわ》は和泉城《いずみがじょう》を巡り、高館の下で北上の大河に落ち入る。泰《やす》（康）衡《ひら》等の旧跡は、衣が関を隔てて、南部口をさし堅めて、蝦夷《えぞ》を防ぐかとも見える。さても義臣を選りすぐってこの城にこもり、功名一時の叢《くさむら》となる。「国破れて山河あり、城《しろ》春にして草青《あお》みたり」と、笠を敷いて座し、一時（二時間）の過ぎるまで泪《なみだ》を落としたのです。

夏草や　兵《つわもの》どもが　夢の跡

卯の花に　兼房《かねふさ》みゆる　白毛《しらが》かな　　曾良

【原文】三代の栄耀《えよう》一睡《いっすい》の中《うち》にして、大門《だいもん》の跡は一里こなたに有《あり》。秀衡《ひでひら》が跡は田野《でんや》に成《なり》て、金鶏山《きんけいざん》のみ形を残す。先**高館**《まずたかだち》にのぼれば、**北上川**、南部より流るゝ大河也。**衣川**《ころもがわ》**は和泉**《いずみ》**が城**《じょう》をめぐりて、高館の下《もと》にて大河に落入《おちいる》。**康衡**《やすひら》**等が旧跡**は、**衣が関**を隔《へだて》て**南部口**をさし堅め、夷《えぞ》をふせぐとみえたり。偖《さて》も義臣すぐつて此城《このしろ》にこもり、功名一時の叢《くさむら》となる。「国破れて山河《さんが》あり、城《しろ》春にして草青《くさあお》みたり」と、笠打敷《かさうちしき》て、時のうつるまで泪《なみだ》を落《おと》し侍りぬ。

夏草や兵《つわもの》どもが夢の跡

卯《う》の花《はな》に兼房《かねふさ》みゆる白毛《しらが》かな　曾良（**太字**は術語）

「平泉」の章は、その地形を詳しく描写していることに、まず目がひきつけられます。この詳しい描写が、まずはそのまま「術語」です。鎮魂をする時には、まずその土地について詳しく述べます。

能『楊貴妃』でも蓬萊宮に到着した方士（ワキ）は、蓬萊宮のさまを詳しく述べます。そして、そのあと太真殿《たいしんでん》という御殿を見つけ、そこで楊貴妃の魂と出会って感涙にむせびます。

前章「石巻」が蓬萊宮への「道行」です。そしてこの「平泉」では能『楊貴妃』と同じく、まずは平泉の描写を詳しくし、そして最後には能『楊貴妃』と同じく涙を流すのです。

三代の栄燿1――藤原氏三代の栄華

三代の栄《え》燿《よう》一《いっ》睡《すい》の中《うち》にして

この文はそのまま術語です。このたった数文字で、芭蕉の一門の脳裏には、さまざまな映像が浮かぶのです。まとめれば三つ。ひとつは藤原氏三代の栄燿栄華のさまざま、もうひとつは西行の崇徳院鎮魂、そしてさらに能『邯鄲《かんたん》』の場面です。

まずはひとつめの「奥州藤原氏」からお話ししていきましょう。

ヨーロッパの中世末期、ヴェネチアの人たちは日本にあこがれました。いや、ヴェネチア人だけでなくヨーロッパ中の人たちが日本にあこがれていた時代がありました。一四世紀～一六世紀、中世後期のヨーロッパです。コロンブスなどは日本を探すつもりが間違ってアメリカ大陸を発見したのでは、という人さえいます。

ヨーロッパの日本ブームを作ったのは、ご存知マルコ・ポーロの『東方見聞録』。宮殿や民家は黄金ででき、財宝が溢れていると書かれたことによって、人々は幻の島、ジパング（チパングとも）を目指しました。

その黄金の島、ジパングのイメージを作ったのは、中尊寺金色堂などの黄金文化を謳歌した平泉（岩手）ではなかったかと言われています。そして、この平泉こそ源義経とその命運を一にした奥州藤原氏の都であり、そしてその繁栄の証なのです。

平泉が、奥州の「都」になったのは平安時代の末期です。都という言葉は、ふつうは京都を指しますが、しかし平泉を「都」と呼んでもさしつかえないほどの政治・文化両面の繁栄と、そしてあたかも独立国のような自治をも持っていたのが平安末期の奥州だったのです。

「鳴くよウグイス平安京（七九四年）」に始まった平安時代は、一一九二年に源頼朝が征夷大将軍になるまでの約四〇〇年続きました。その四〇〇年を一〇〇年ずつ、四つに分類した最後の一〇〇年が彼らがもっとも活躍した時代です。

第一期（九世紀）：藤原北家の台頭
第二期（一〇世紀）：摂関政治（一）
第三期（一一世紀）：摂関政治（二）
第四期（一二世紀）：上皇政治（院政）

奥州藤原氏の先祖は、巨大なムカデを退治したことで勇名をはせた「俵藤太《たわらのとうた》」＝藤原秀郷《ふじわらのひでさと》だといわれています。龍神の娘に請われて、三上山を七巻半もするほどの大《おお》百足《むかで》を、弓と剣で退治した藤原秀郷は下野（栃木）の武将です。平安第二期の人で、平将門の乱を平定したときにも大きな功績をあげました。

その子孫である藤原清衡《きよひら》、基衡《もとひら》、秀衡《ひでひら》の三代が、都（中央政府）と戦略的な関係を築くことによって、奥州を繁栄に導いたのです。

奥州と都（中央政府）とは、平安初期にはかなり険悪な関係にありました。奥州の英雄アテルイと、初代の征夷大将軍、坂上田村麻呂《さかのうえのたむらまろ》との戦いがあったのは平安時代の第一期。坂上田村麻呂の率いる朝廷軍が最終的には勝利をおさめ、アテルイが京都で処刑されたことによって一応、沈静はしました。しかし火種は消えたわけではなく、その後も何度も戦いが起こりました。

もともと奥州は（都人が）蝦夷《えみし》と呼ぶ人たちの国であり、それを大和朝廷が征服しようとしたところから問題が生じたのです。『清水寺縁起絵巻』などでは、彼らの姿は「非人間」の姿として描かれています。角が生えている人もいます。蝦夷の国とは鬼の国だったのです。そんな野蛮な国を征服してやろうと、都の朝廷軍が攻めてきたわけですから、当然、奥州の人々からすれば面白くないのは当たり前。

しかし版図を広げようとする朝廷は、なんとか奥州を征服したい。両者の間には何度も戦いがありました。また、それだけでなく奥州の支配者間にも争いがあったりして、奥州はなかなか落ち着かなかったのです。

前九年の役《えき》、後三年の役という悲惨な戦争を経て、藤原三代の祖となる藤原清衡が奥州を治めることになったのが寛治元年（一〇八七年）。平安時代第二期の終わりごろです。

清衡は今までのやり方を一八〇度転換しました。すなわち都との関係を、軍事ではなく外交によって築こうとしたのです。その戦略は功を奏し、その結果、奥州は独立国のような存在として独自の繁栄を謳歌するようになりました。

その外交の手段に使われたのが「黄金」です。

末法思想が流行り、仏像を制作するために金箔が大量に欲しい都の貴族たちは、奥州から送られてくる黄金の前に、戦いの手を控えました。

また、黄金は外交の役に立っただけでなく、奥州そのものをも変えました。この黄金を使って、藤原氏は都に勝るとも劣らぬ独自の文化を創造したのです。世界遺産に登録された中尊寺の金色堂や、そこに安置されるさまざまな仏像や仏具。また、極楽浄土をこの世に出現させようとした無量光院《むりょうこういん》（遺跡）は、宇治の平等院鳳凰堂を模しながらも、しかし平等院以上にカンペキ浄土なのです。

平泉が都以上の文化を創造できたのは、中国との独自の交易のおかげだといわれています。この中国交易が日本＝黄金の国のイメージを作り、そしてそれが、『東方見聞録』の「黄金の国ジパング」伝説の基になったようです。

藤原清衡によって作られた藤原氏の奥州王国は、その子である基衡、また孫である秀衡に引き継がれ、藤原氏三代、およそ一〇〇年にわたる自治と繁栄とを成し遂げました。

三代の栄耀2——西行と能『邯鄲』

そして、崇徳院の鎮魂をした「西行」は、この藤原氏の遠縁に当たります。

奥州藤原氏は、ムカデ退治の「俵藤太」＝藤原秀郷のふたりの子の兄「千晴」の子孫です。そして、もうひとりの子である「千常」の子孫は数代のちに藤原氏の左衛《さえ》門尉《もんのじょう》になり「佐藤」氏となりました（藤原氏の左衛門尉＝左藤→佐藤）。

そして、その後裔のひとりが佐藤義清《のりきよ》、すなわち「西行」なのです。その縁もあり、西行は二度も平泉に足を運んでいます。

ちなみに、義経の家臣として勇名を馳せた「佐藤継信《つぐのぶ》・忠信《ただのぶ》」兄弟（「飯塚」の章参照）や、実盛《さねもり》（斉藤別当）なども同族です。

義経も奥州藤原氏とは縁がありました。鞍馬山で育てられた源義経は、若いころに一度、そしてその最後にもう一度、奥州、藤原氏を訪ねています。

また、「三代の栄耀一睡の中にして」で思い浮かべるのは、藤原氏三代と西行のほかに能『邯鄲《かんたん》』もあります。能『邯鄲』は、中国の故事、「邯鄲一炊の夢」の話を立体化させた作品です。

蜀《しょく》の国の盧生《ろせい》という男性がシテです。彼は日々、茫然と暮らしていましたが、楚の国の羊飛山に尊き知識（僧）がいると聞き、僧を訪ねる決心をします。盧生は、その道すがら、邯鄲という町に立ち寄り、その宿屋の女主人から、粟飯が炊けるまでの間、「邯鄲の枕」で一睡するように勧められました。

枕とは「真《ま》・蔵《くら》」、神霊の宿る聖櫃《せいひつ》です。この枕も怪しくも不思議な感じのする枕です。

盧生が寝ていると、彼を起こす者がある。「楚国の帝の位を盧生に譲るために遣わされた勅使である」と言う。盧生は玉の輿に乗って宮殿に行き、帝位について栄華栄燿の日々を暮らしているうちに、気がつけば五〇年の月日が経つ。

一〇〇〇年の長寿を約束するという仙薬の酒を飲み、舞人も盧生もともに舞う。昼かと思えば夜の月、春の花咲けば紅葉も色濃く、夏かと思えば雪も降り、四季折々は目の前に、春夏秋冬、万木千草も一日に花咲く。が、時過ぎ頃《ころ》去れば、五〇年の栄華（栄燿）も尽きて、皆消え消えと失せ果てて、気づけば盧生は「邯鄲の枕」に眠っていて、ちょうど粟飯が炊けた時刻だったのです。

「栄燿」や「一睡」、「一炊」という語は能『邯鄲』に現れます。

これらが藤原氏三代と栄燿とともに使われるとき、むろん「すべては夢の中」であるという仏教的な無常観をあらわすことは確かではありますが、しかしその無常観に、いまの仏教寺院にイメージされるモノクロ世界をイメージしてはいけません。無常の世の先にある浄土は、黄金の世界なのです。

邯鄲一炊の夢の故事が、能『邯鄲』として舞台にかかったとき、あるいは能の謡で謡われたとき、その夢幻の栄燿栄華は、非常に現実感のある風景として観客の目に映ります。そして、粟飯が炊きおわり、盧生の目が覚めたと謡われ、シテの姿が幕の彼方に消えたとき、観客のまぶたの裏に残るのは美しく舞う盧生の縹渺《ひょうびょう》とした幻です。それはいかに否定されても、満開の桜や紅葉の紅黄がソフトフォーカスの彼方に残る「見渡せば花も紅葉もなかりけり」の歌にも似ています（二一五ページ）。

奥州藤原氏の文化は黄金文化でした。黄金を誇った藤原氏三代の「栄燿が一睡のうち」と芭蕉がいうとき、やはり芭蕉の目には、縹渺たる霧の彼方の黄金世界が幻視されていたのでしょう。

平泉の実景と「真景」

三代の栄燿一睡《えいよういっすい》の中《うち》にして、大門《だいもん》の跡は一里こなたに有《あり》。秀衡《ひでひら》が跡は田野《でんや》に成《なり》て、金鶏山《きんけいざん》のみ形を残す。

では続きを読んでみましょう。

一睡のうちなる三代の栄燿の跡を、いまに証するものは、広大な敷地です。館と門との距離は一里、約四キロ。門から居宅まで四キロもある家ってすごいでしょ。しかし、その館跡もいまは田野になり果てて、浄土の象徴であった金鶏山だけがその形を残しています。

先高館《まずたかだち》にのぼれば、北上川、南部より流る、大河也。衣川《ころもがわ》は和泉《いずみ》が城《じょう》をめぐりて、高館の下《もと》にて大河に落入《おちいる》。康衡《やすひら》等が旧跡は、衣が関を隔《へだて》て南部口をさし堅め、夷《えぞ》をふせぐとみえたり。偖《さて》も義臣すぐつて此城《このしろ》にこもり、功名一時の叢《くさむら》となる。

芭蕉は、ここでまずは何はともあれ「高館」に登る。「高館」は、平泉に落ちてきた義経の住居です。義経はここで自害をして果てます。

この文章の「**高館**」「**北上川**」「**衣川**」「**和泉が城**」「**康衡等が旧跡**」「**衣が関**」「**南部口**」はすべて術語です。

藤原三代の最後を飾る「秀衡」は、亡くなるときに「頼朝の命令には従わず、義経に従うように」と子どもたちに遺言をします。三男の和泉三郎忠衡《いずみのさぶろうただひら》はその言いつけを最後まで守るのですが、次男の泰衡（康衡）は「頼朝に従うのが奥州を守ることになる」と、父の遺言に背いて義経を攻めて、結局は自害に追いやるのです（最後は自分も頼朝に滅ぼされる）。

この文章の術語はみな、義経と、この兄弟の象徴です。

義経の住居だった「高館」に登れば「北上川」が望まれる。北上川から目を転ずれば、そこに見えるのは「衣川」。衣川が巡る「和泉が城」は、秀衡の三男で最後まで義経を守った和泉三郎忠衡の居城。

この四つの術語はペアになっています。

「高館」＝「北上川」＝源義経の象徴
「和泉が城」＝「衣川」＝和泉三郎の象徴

高館に登って大河、北上川を眺めた芭蕉は、その河の流れに義経の霊を見たのではないでしょうか。古代から大河は龍の象徴です。源氏でありながら、水軍を使っての戦が得意だった義経に、死後、龍神となった姿を見たのかもしれません。そして和泉が城を巡る衣川は和泉三郎の霊。和泉三郎の霊である衣川は高館の下で、義経の霊である北上川に流れ入り一体化するのです。

それに対して「康衡等が旧跡」はこのペアから外されています。頼朝軍は南から攻めてくる。しかし泰衡は「衣が関」という歌枕を隔てて「南部口」、すなわち北方を守っているのです。守る方向が逆です。泰衡は、三代秀衡の次男で、秀衡の遺言に背いて義経を攻め、自害に追い込んだ張本人。

芭蕉は泰衡のことをひとことも責めていませんが、しかしこの地形の描写で、暗に泰衡のことを批判しているようにも見えます。「春秋の筆法」です。

目に見える景色に物語が重なる。これは『おくのほそ道』を読みながら歩く人の多くが体験します。私たちが一緒に歩いた人たちも体験をしました。高館に登って義経や和泉三郎を幻視する芭蕉の姿が目に浮かびます。

偖《さて》も義臣すぐつて此城《このしろ》にこもり、功名一時の叢《くさむら》となる。「国破れて山河《さんが》あり、城《しろ》春にして草青《くさあお》みたり」と、笠打敷《かさうちしき》て、時のうつるまで泪《なみだ》を落《おと》し侍りぬ。

義経を守った弁慶、兼房らの義臣はみなこの高館にこもり、その功名はいまは草むらとなっている。「国破れて山河あり（杜甫《とほ》）」と詩を吟じつつ、笠を敷いて、時の移るまで涙を落とす芭蕉でした。

ここで芭蕉と曾良が一句ずつ詠みます。

夏草や　兵《つわもの》どもが　夢の跡
卯《う》の花に　兼房《かねふさ》みゆる　白毛《しらが》かな　　曾良

時間の海を泳ぐ光堂

この二つの句は、もう少しあとで見ることにし、さて、芭蕉たちは中尊寺を参詣します。

中尊寺では経堂、光堂という二堂に参詣します。

芭蕉は、「かねがね耳驚かしたる二堂が開帳する」と書きます。「耳驚かす」という表現は、あまり聞きなれませんが、ずっとずっと前から、この二堂のことはいろいろ聞いていて、聞くたびに「え、本当?」と驚いていた、という感じが出ています。英語で、人から話をきいて「いいね」というときに「It sounds good.」というのに似ています。

経堂は経典をおさめるお堂ですが、芭蕉が訪れたとき、そこには奥州藤原三代の当主の像もありました。

また、光堂はいまの金色堂。そこには三代の棺と、そして阿弥陀三尊が安置してありました。奥州藤原氏が栄華を誇っていたころには散りばめられていた七宝も今は散り失せて、珠玉を埋め込んでいた扉も風に破れ、黄金の柱も長年の霜雪に朽ちて、光堂も崩れ落ち空虚な草むらとなるべきところを、四方を新たに囲み、甍《いらか》で覆って風雨をしのいでいる。これによって、しばらくながら「千歳（千年）の記念」とはなっていると、芭蕉は書いています。

そこで一句。

五月雨《さみだれ》の　降《ふり》のこしてや　光堂《ひかりどう》

この句は自筆本を見ると「五月雨や年々降りて五百たび」とあります。全然、違います。自筆本の五月雨は、いま降る五月雨だけではなく、五〇〇年間降り続けてきた時空を超えた五月雨であることを示しています。しとしとと降り続ける超時空の五月雨の彼方に、燦然と輝く光堂を芭蕉は眺めている。

じめじめした梅雨の長雨、しかもそれが五〇〇年も続く。芭蕉の幻視の目には、五〇〇年降り続く五月雨に降り込められて、徐々に朽ち果てていく奥州藤原氏の栄華のさまが、高速巻き戻し映像のように見えていたのではないでしょうか。高速で朽ち果てていく、さまざまな建物や宝玉群の中で、ただひとつ輝き続ける光堂。その姿を眺めてるのです。

不動のものの中に、時間の流れの波を見る人はいつの時代にもいます。

三島由紀夫は『金閣寺』の中で、金閣の屋根の頂きにいる鳳凰のことを書いています。「永い歳月を風雨にさらされてきた鳳凰」。むろん、この鳥は飛べない鳥です。しかし、それが飛べないように見えるのは間違いだと三島は書きます。

> ほかの鳥が空間を飛ぶのに、この金の鳳凰はかがやく翼をあげて、永遠に、時間のなかを飛んでいるのだ。時間がその翼を打つ。翼を打って、後方に流れてゆく。飛んでいるためには、鳳凰はただ不動の姿で、眼《まなこ》を怒らせ、翼を高くかかげ、尾羽根をひるがえし、いかめしい、金いろの双の脚を、しっかと踏んばっていればよかったのだ。
>
> そうして考えると、私には金閣そのものも、時間の海をわたってきた美しい船のように思われた。（三島由紀夫『金閣寺』新潮社。傍点安田）

奥州藤原氏の都は、水運の都でした。光堂、すなわち金色堂も、五月雨の降りしきる時間の海を渡ってきた船なのかもしれません。

卯の花に兼房の幻影を見る

では、さきほどの句に戻りましょう。こちらも巻き戻しで、まずは曾良の句から。

卯の花に　兼房《かねふさ》みゆる　白毛《しらが》かな　曾良

曾良が詠んだといわれている（芭蕉代作とも）句の季語は「卯の花」です。花が好きな方は『おくのほそ道』には「卯《う》」が何度も出てきたことに気づいたでしょう。しかもその出現の仕方はかなり印象的です。

最初「卯」は、花の名ではなく月名として現れます。「日光」の章の「卯月朔日、御山に詣拝す」です。「卯」とは殺すという意味もあり、また初産の「初」でもあるので、死と生の両方を兼ね備えた語であるというお話をしました。「死出の旅」のクライマックスの日、死と再生の境の日の象徴が「卯月」のついたちでした。

また「雲巌寺」の章では「卯月の天今猶寒し」という形で現れます。凄愴な感すらある空です。

また「白河」の章では「卯の花の白妙《しろたえ》に、茨の花の咲きそひて、雪にもこゆる心地ぞする」という文の中で、茨の花の白さとともに、夏の雪を白河の関に出現させました。そこで曾良は「卯の花をかざしに関の晴着かな」という句を手向けます。日光、雲巌寺、白河と、みな何かが変化する通過儀礼ポイントです。「卯の花」は、その通過儀礼ポイントに文字通り花を添えます。

そして、ここでは「卯の花に兼房みゆる」と詠みます。通過儀礼の手向けの花のクライマックスが、ここで詠まれる卯の花なのです。

卯の花に武将、十郎権頭《じゅうろうごんのかみ》兼房の「白毛《しらが》」が見えてしまう。卯の花を見ていると、兼房の姿が幻視される、そんな依代《よりしろ》のようなアイテムとして卯の花は出現します。「白毛」とあるように兼房は、義経に従って奥州に下った中では最長老の老武者です。兼房は、義経の最期も、義経の妻の最期も、そして子らの最期も見届けてから自害をします。『義経記』は、その名のとおり義経の一代記なので義経の最期で終わり、兼房の最期は軽く扱ってもいいはずなのに、その章のあとに、わざわざ兼房の最期を筆を尽くして書いているほどの扱いです。

この句は、芭蕉の句のあとに置かれています。むろん、それは偶然かもしれませんが、義経の最期は兼房の死で締めくくられると芭蕉が言っているようにも思われます。

激烈な戦闘の末「もういいだろう」と義経は、高館で自害をすることを決めます。その最期は、佐藤忠信の切腹を手本として行なわれます。

三条小鍛冶《こかじ》の鍛えた刀で、左の乳の下に刀を立て、背中まで通らんばかりに、えいと掻き切る。さらに傷口を三方へ掻き破り、腸《はら》わたを繰り出す。それから刀を衣の袖で拭い、衣を掛けて脇息《きょうそく》に肘をかけて静かに座る。

そして北の方（妻）を呼び出して「この館を出よ」といい、頼るべきところを伝えるのですが、妻は自分も手にかけてくれという。しかし、腹を切ってしまったので、もうその力はない。そこで兼房に命じる。

兼房は、北の方が生まれたときから育てている。どこに刀を立てるべきかも知らず、さめざめと泣くと、北の方から強い言葉で叱責され、「かくては叶《かな》わじ」と、腰の刀を抜いて、北の方の肩を押え、右の脇腹から左へずっと刺し通せば、北の方は念仏したまま亡くなった。

義経は「我が子らも死出の山へ」と兼房に命ずれば、まずは五つになる若君を二刀で刺し貫き、次いで生まれて七日ばかりの姫君も同じく刺し殺す。義経は薄れゆく意識の下で、「これは若か、これは姫か、これは奥か」と遺体に取り付き、「早々宿所に火をかけよ」という命令を最期の言葉に、こと切れ果てた。

兼房は、館中を走り回って火をかける。おりふし西の風が吹き、猛火はほどなく御殿を包む。義経らの死骸の上には遣戸《やりど》格子《こうし》を外し置いて、その跡が見えぬようにこしらえたあと「最期の戦さをせん」と妻戸よりずっと出て名乗りをすれば、相手方の大将は長崎太郎・次郎の兄弟。

兼房は兄の長崎太郎に切りかかれば、太郎も馬も倒れ伏した。兼房は太郎に飛んで懸かり、その首を掻き切ろうとすると、「兄を討たせじ」と弟の次郎が兼房に打ってかかる。兼房は走りかわして、次郎を馬より引き落とし、左の脇に掻い挟んで「独り越ゆべき死出の山。汝も供して越えよ」とて、次郎を引き連れ炎の中に飛び込んだ。『義経記』の作者は「兼房思えば恐ろしや、ひとえに鬼神《きじん》の振舞なり」と書いています。

すべてを見届けてから自害をする兼房は「見るべきほどのことは見つ」と身を投げた『平家物語』の平知盛《たいらのとももり》にも似るし、あるいは平家一門の栄華から滅亡までをすべて目の当たりにし、輪廻《りんね》の「六道《りくどう》（天から地獄まで）」をも見た建礼門院《けんれいもんいん》・徳子にも似ます。兼房を義経の後に置くことは、建礼門院を後白河法皇が訪問し、彼女から六道のさまを聞くという「大原御幸《おおはらごこう》」の章が、『平家物語』の最後に置かれることにも似ています。

また、私たち現代人は「義経に仕えた人は」と聞けば「弁慶」と最初に答えますが、能『二人静』の中では「兼房」と答えます。「判官殿の御内《みうち》に人は多いが、その中でも御最期まで御供申したのは兼房。判官殿の御死骸《おんしがい》を心静かに取り収め、それから自身も腹切り、焰《ほのお》に飛んで入った。ことにあわれなりし忠の者だ」と能『二人静』では謡うのです。

もっとも老年であり、もっとも忠義の人だからこそ、もっともつらい行為をなし、そしてもっともつらいことを目撃した。それが兼房です。

卯の花の白さを見ていると、義経の自害を見届け、奥方や子らを手にかけ、そして自身も自害するべく立ち働く兼房の幻影が見えたのでしょう。尾形仂氏は「卯の花の乱れ咲く中に、白髪をふり乱した兼房の霊の髣髴《ほうふつ》と立ち現れたかと、その奮戦の姿を偲んだ幻想的な作品である」とこの句を評します。

卯とは「憂《う》し」にもかかる「死」の花であり、そして「再生」の花。卯の花は、塚（墓）の周りにかけ回す垣の近くにも植えられます。卯の花に兼房の墓をも見たのかもしれません。

兼房に向けての手向けの一句を曾良は詠んだのです。

義経の魂を鎮める

そして、兼房の主君である源義経、さらには藤原氏三代に向けての手向けの一句が芭蕉の句です。

夏草や　兵《つわもの》どもが　夢の跡

曾良が卯の花から兼房を幻視したのと同じく、芭蕉は夏草を眺めることによって、そこに藤原氏三代にわたる栄華と、そして義経とその義臣の姿を幻視しました。尾形仂氏は、この句の「夢」は「兵どもが夢」と「夢の跡」の両方にかかる掛詞的なはたらきをしているとし、「夏草」・「夢」は以下のように、おのおの本文の語と呼応をしているといいます。

夏草……一時の叢《くさむら》、草青みたり
夢……一睡、功名一時

この句は西行が詠んだ崇徳院への手向けの歌に心持が非常に似ています。讃岐（香川県）の白峰にある崇徳院の墓を訪ねた西行は、松林の中に柵うち回した崇徳院の墓を見つけ、峰の秋風の激しい音を聞くうちに、心がふさがり意識が混濁し、幻視が始まります。

宮中の清涼殿《せいりょうでん》や紫《し》宸殿《しんでん》で百官卿相《けいしょう》にかしずかれ、後宮では三千の美女に囲まれ、万機の政を掌に握るだけでなく、春は花の宴、秋は月見の宴と楽しむ崇徳院の幻。が、ふと我にかえると、ここは讃岐の白峰。法華《ほっけ》三昧《ざんまい》を勤める僧一人もなく、貝・鐘の音も聞こえず、ただはげしき峰の松風のみが聞こえるだけ。

能『八島』　シテ（義経）：佐々木多門　© 石田裕

西行は世の無常を観じます。「奴婢《ぬひ》も王侯も変わりはなく、宮も藁屋《わらや》も同じこと。高位など願うのも愚かしい。前世においては、我らも幾たびか国王になったかもしれない。が、今生になれば前世のことなど忘れ果てる。この無常の中で、ただ輪廻を離れ、仏果円満の位を得んことだけが望み」と、崇徳院の霊の前で歌を一首手向けます。

よしや君　昔の玉の　ゆかとても
　かゝらん後は　何にかはせん　　西行

「仕方がないではありませんか、陛下（よしや君）」という強い呼びかけから始まる一首です。昔は玉座にあられ、百官卿相や三千の美女と宴を楽しまれたとしても、いまは松風のみが聞こえる白峰。無常の世に、玉座とて何の値打ちのあることでございましょうか。

まさに「夏草や兵《つわもの》どもが夢の跡」です。

「夢」こそが不朽の真実

平泉の章の最初の一文にある「三代の栄耀一睡の中にして」というフレーズで、芭蕉一門の人たちは藤原氏三代の栄華と藤原氏につながる西行、そして能『邯鄲』をイメージしたと書きましたが、その最後に芭蕉が、「夏草や」の句を詠んだとき、一門の人たちには崇徳院鎮魂の『撰集抄』の場面もイメージされたでしょう。

また『撰集抄』を思い出せば、後宮のうてなの「三千の美女（三千の美翠）」という語から、楊貴妃のことを歌った『長恨歌（白楽天）』の「後宮の佳麗三千人」も、当然のことながら思い出す。

そして楊貴妃といえば、ここ平泉自体が楊貴妃の霊の住処である「蓬萊《ほうらい》」です。前章「石巻」が能『楊貴妃』の道行の趣があるということを書きました。玄宗皇帝の命令で、楊貴妃の霊魂を探す方士が、最後に訪ねるのが「蓬萊」の島です。

蓬萊とは、中国のはるか東方の海中にあり、不老不死の仙人が住むと伝えられていた神仙境です。日本語では「とこよ（常世）」の国と訓じられ、死者の住む国でもあります。そして、それは古来、富士山のことともいわれていました。

富士を模して造った平泉の金鶏山は、まさに蓬萊の国の象徴であり、黄金や白金で作られているといわれる蓬萊の宮は、黄金の都、平泉です。

まさに「兵どもが夢」の国です。

尾形仂氏は、「『兵どもが夢』は、はかなく瞬時に亡び失せた夢ではなく、その夢が五百年の歳月を隔てて、なおそこを訪れ、その事跡を回顧する人の胸に感動を喚び起こす、人間の永劫の夢でもある」と書かれています。

西行は崇徳院の霊に向って「かゝらん後は何にかはせん」とその無常さを厳しく歌いましたが、芭蕉の「兵どもが夢」には、「夢」こそが不朽の真実なのだと高らかに宣言しているようにも聞こえます。夢だからこそ朽ちず、千載の命脈を保ち得る。尾形氏のいう「人間の永劫の夢」です。

能『楊貴妃』の最後では「浮世《うきよ》なれども恋しや昔」と謡われます。

確かに無常の浮世、苦しみばかり多い憂き世ではあるけれども、やはり恋しい、そう謡うのです。いくら夢の世、無常の世とわかっていても恋しい、それが生きている私たちです。

義経や義臣たち、そして奥州藤原三代の人々は、今でも平泉の地で、そこを訪れる私たちに永劫の夢を醒まされることを待っているのです。

「私が棄てた私」とつき合う

義経の霊前に手向けの一句を供えた芭蕉たちは、これからやっと自分自身のための旅に出ることができるのですが、それはまたいつかの機会にお話しすることにして、最後に「鎮魂」についてもう少し書いて筆をおくことにします。

本書のはじめに、引きこもりと呼ばれている若者たちと「おくのほそ道」を歩く旅を始めたということを書きました。その旅が、「鎮魂」と深く関わっているのです。

那須の二期倶楽部《にきくらぶ》で行なわれている「山のシューレ」というテンポラリーな学校で、二〇一一年の夏、内田樹《たつる》さんと対談をしました。そのときに、この話が出ました。詳しくは内田樹さんがブログに書かれています（『変調「日本の古典」講義』所収）が、その対談から「鎮魂」に関する内容をまとめると以下のようになります。

対談のテーマは「存在しないもの」とのコミュニケーション。「存在しないもの」とは、すなわち死者のこと。死者以外に、神も悪魔も、すべての神霊的なもの、天神地祇、妖精も鬼も河童も山姥も含めて「存在しないもの」と呼ぶことができる、あるいは「絶対的他者」（Autrui）と呼ぶこともできると内田さん。そしてその「存在しないもの」は、「存在するとは別の仕方で」（autrement qu'être）私たちに「触れてくる」と内田さんはいいます。

たとえば「夢を見ているとき」がそうです。夢の中の出来事は、確かに夢の中の出来事なのですが、しかし、それは一種の経験であって、それによって目を覚ましたあと私たちのものの見方は変わるのです。

そして、ここで内田さんは能『邯鄲』のお話をします。

『邯鄲』の夢枕で盧生《ろせい》は粥の炊けるまでのわずかな時間のあいだに夢の中で数十年に及ぶ人生を駆け抜けるように生きる。そして、目覚めたときにはその分だけ年を取って「現実」に戻ってくる。

もちろん、その経過時間は脳内現象であって、身体的には数分前のままとほとんど変わらない。

けれども、盧生は「主観的には」それだけの歳月を生きたのである。

現に、その夢のあと、盧生は大悟解脱を求めるはずの旅を打ち切って、故郷に戻ってしまう。

それが現実の人間の生き方を変えてしまうのであれば、この夢の中で経験したことは、盧生にたしかに「触れた」ことになる。

「存在するとは別の仕方で」とは、このことである。

この「**存在しないもの**」は、「存在しないもの」の生息する「あちら側（彼岸）」から「こちら側（此岸）」に境界線を越えてやってきて、ときどきいたずらをします。そのいたずらは、時には怨霊によるそれのような国家を転覆させかねないほどのいたずらだったりする。

そこで古来、その**境界を守る人**、ゲートキーパーを設置するのですが、それが能のワキ僧であり、そして西行や芭蕉なのです。かつて**遊行の民**と呼ばれた彼らは、誰からも感謝もされず、誰からも敬意を示されない。しかし、その仕事はされなければならない。

ゲートキーパーの仕事は、こちら側にやって来てしまった「それ」を追い出すのではなく、「お引き取り願う（内田さん）」こと。まずは、「それ」が充分に不満をぶちまけ、怒り、騒ぐための場を提供するところから始めます。それが能の場を作るワキの仕事です。そして、「それ」の大騒ぎをただひたすら聞き、見守り、ときには一緒に暴れるということをします。

その一場の劇が終わったとき、「それ」は立ち去り、私たちの世界と「存在しないもの」の世界のあいだの「壁」の穴は修復され、「ゲート」は閉じられるのです。ただし、「それ」は、いつも虎視眈々と次の出現を狙っている。ですから、この仕事は、いつまでも続きます。能の物語が繰り返し、繰り返し上演されるようにです。

こんなことを二人でわいわいと話しました。

私たちを悩ます「存在しないもの」の最たるものが怨霊であり、それは革命時にもっとも功績のあった人だと書きました。しかし、これは何も怨霊だけに限った話ではありません。

私たち個人を見ても同じことがいえます。私たちも人生の途上、何度か「革命」を経験します。過去を切り捨て、まったく新しい自分になるときです。

それがもっとも顕著なのは小学生から中学生になるとき。小学校では授業中に寝ている子は少ないのに、中学になると激増する。小学生までは優しかった隣のお兄ちゃんが、中学になると急にタメ口なんて許されない厳しい先輩になる。小学生では半ズボンの子はいるが、中学生で半ズボンの子はいない。

この過程で、私たちは「小学生」性をしっかりと切り捨てる必要があるのです。どんなに好きな半ズボンがあっても、中学でそれをはいてはいけない。

しかし同時に、それを阻止しようとする動きも周囲では起こり始める。特に親です。親はいつまでも子どもでいてほしいと思う。ところがそれまでは子どもだと思っていた我が子が、子ども扱いをするとイヤな顔をするようになる。「いい子」といわれることが、一番イヤになるのもこの時期です。家族旅行などはもってのほか。家族よりも友だちや異性が大事になるし、おしゃれに気を使うようになる。マスターベーションの現場やエッチな本などを親が見つけてしまうこともある。

親は無意識のうちに子どもが「小学生」性を捨てていくのを阻止しようとする。口では「早く大人になりなさい」といいながらです。

が、そんな親を切り捨てるのも、この時期の大事な仕事なのです。

この時期は、親を含めて、過去の記憶やら、過去の栄光やら、過去のいい子やら、そういうものをどんどん捨てていく。滅多切りに切り捨てる必要がある。

が、そういう切り捨てた、すなわち「私が棄てた私」は、無意識の彼方に追いやられて、いつかその境界線を破って出て来ようと虎視眈々と狙っている。そして、ふとしたときに「怨霊」のような存在となって出現し、人生の過程で足を引っ張ったりすることがあります。それとはわからせないように巧妙に。たとえば何となくやる気が失せてしまったり、ふだんの自分ならば絶対なびかないような誘惑にひっかかったり、信じられない失敗をしたり。

しかし、よくよく思いを致せば無意識の彼方に追いやられた「私が棄てた私」は、たとえば夢の中で現れることによって私たちに鎮魂を求めていた、ということに気づくはずです。

だから大人になったら、その「私が棄てた私」をときどき思い出して、そしてその記憶と向き合い、そしてときには思う存分、暴れさせ、そしてもう一度丁寧に封印するという「鎮魂」をする必要があるのでしょう。

若者たちとの今回の旅でも、義経の鎮魂ということを意識しながら歩きました。それは、自分の中の「私が棄てた私」と出会う旅でもありました。

ある参加者は、子どものころに家族旅行で訪れた名所で、そのころの記憶と出会い、それがほかの参加者をも変えるという経験をしました。また、ある人は、俳句作りと向き合ううちに、ふだん自分が見つめていなかった自分と出会い、その翌朝から急に俳句が変わるという経験をしました。

「存在しないもの」＝「私が棄てた私」と出会う旅は、確かに何かを変えます。
※「私が棄てた私」は『わたしが・棄てた・女』（遠藤周作、講談社）のパロディです。
義経の魂を鎮める旅は、おそらくは芭蕉その人をも変えたことでしょう。それが顕れてくるのは、もう少し先、象潟《きさかた》を過ぎたあたりであり、さらにそれが決定的になるのは『おくのほそ道』の旅が終わり、「風雅の誠」の境地を得てからなのですが、そろそろ紙幅が尽きました。

ぜひ『おくのほそ道』の続きをご自身でも、お読みいただければと思います。

おわりに

長い旅を最後までお付き合いくださり、ありがとうございました。

さて最後に、もう一度、なぜ芭蕉は『おくのほそ道』の旅に出たのかということを考えてみたいと思います。このことについては第1章でも書きましたが、ここで考えたいのは「なぜこの年に」ということです。が、実はこの話、下手に書くとナンチャッテ本になってしまいそうなので、本文には入れず、「おわりに」として付録で載せることにしました。

そんなわけでどうぞ寝転びながらでもお読みください。

では。

平泉の最後の句「五月雨《さみだれ》の降りのこしてや光堂《ひかりどう》」について、芭蕉自筆本では「五月雨や年々降りて五百たび」とあり、となればこの五月雨は、五〇〇年間降り続けてきた「時空を超えた五月雨だ」と書きました。あのときに「おお、そういえば」と気づかれた方もいらっしゃるかもしれません。

そうなのです。義経の没年は一一八九年。すなわち『おくのほそ道』の旅（一六八九年）は、源義経の五〇〇年忌に行なわれたのです。また、芭蕉が平泉を訪れたのも五月、すなわち義経が高館《たかだち》で自害した閏《うるう》四月（四月の次の月）と同じ月です。芭蕉がわざわざこの年の、この月を狙ったのは、義経が亡くなって、ちょうど五〇〇年の年であり、その月であったからなのです。

曾良の旅日記によれば、この日は雨が降っていなかった。それにもかかわらず、芭蕉は「五月雨」の句を詠みました。芭蕉が幻視した五月雨は、義経と、弁慶をはじめとする多くの義臣の見た五月雨であり、あるいはちょっとクサイ言い方をするならば、彼らの涙が時空を超えた五月雨となって、芭蕉の面前に出現したのかもしれないのです。

そして五〇〇年間の五月雨の彼方に芭蕉が見た光堂（金色堂）は、義経らが五〇〇年前の同じ月に見た光堂であり、芭蕉がここを訪うたことによって、五月雨も、そして五〇〇年前の光堂もここに出現した。そういってもいいのかもしれない。ちょうどそんな年の、鎮魂の旅でした。

さて、芭蕉が旅に出た元禄二年は、将軍でいえば五代将軍、綱吉《つなよし》の時代です。将軍、綱吉は犬公方《いぬくぼう》として、時代劇などではダメ将軍のイメージが強いのですが、しかし江戸二五〇年の安泰をゆるぎないものにしたのはこの綱吉の手柄です。初代の家康の代には幕府はできたばかりだから不安定この上ない。二代の秀忠《ひでただ》だってまだまだです。三代目の家光《いえみつ》に至ってやっと、生まれながらの将軍が出現し、幕府らしさが内外ともに整いました。そして、四代目の家綱《いえつな》の代に幕府の体制はかなり整えられたのですが、しかしいわゆる「いい人」で、しかも心身ともに病がちだった家綱の代に、将軍の権威はかなり下がってしまった。

そこで、将軍の権威を再び取り戻し、それ以後の幕府の体制維持のために盤石《ばんじゃく》の礎《いしずえ》を築くことが次代の将軍には急務であり、その責を背負って将軍になったのが五代将軍の綱吉だったのです。そして、綱吉はそれをよくやり遂げたといってもいいでしょう。

私たちがいま「武士」というものに持つイメージ、すなわち忠孝《ちゅうこう》や礼節《れいせつ》などの徳目と武士が結びついたのも綱吉による「武家諸法度《ぶけしょはっと》」の書き直しによります。

むろん、それは綱吉ひとりの力でできたわけではありません。綱吉の御側用人で、これまた悪名高い柳沢吉保《やなぎさわよしやす》の助力によるところが大きかった。

「お、出たな」と思った方もいるでしょう。柳沢吉保の名前が『おくのほそ道』との関係で出てくると、ナンチャッテ本になる可能性が大きいのです。が、しかしやはり重要な人物であることに変わりはありません。ふたりは何としても幕府の土台を盤石なものにしたかった。

が、それを邪魔するさまざまな障害がある。現実的な障害を取り除くことは柳沢吉保がする。しかし、霊的な障害に対する手を打つことも必要です。

その霊的な障害が義経の怨霊であり、そしてその鎮魂の役目を仰せつかったのが芭蕉であったことは本文で触れました。綱吉は（あるいは吉保は）、鎌倉幕府における源家の悲惨な末路も、それ以降の武家同士の争いも、そして江戸時代に入ってからも続く、さまざまな争いも、さらに江戸の六割を焼き、一〇万人の死者を出したといわれる明暦の大火なども、すべて義経の怨霊のなせるわざだと思ったのではないでしょうか。

そんな荒ぶる魂を鎮めることができる人はそうそういません。

鎮魂をするには最期の場所を「訪《と》ふ」ことが大切なのです。「訪《と》ふ」ことは「問（と）ふ」ことであり、そして「弔《と》ふ」ことです。最期の場所を訪問し、神霊に問い、ともに語らい、ともに涙し、そして弔う、それが鎮魂です。それができる人。すなわち旅をその生活とする詩人、しかも神霊と出会うことができ、さらに共苦する能力のある詩人は誰だ、というとき柳沢吉保が「おお、彼こそ！」と思いついたのが芭蕉でした。

なぜ吉保がすぐに芭蕉を思いついたのかというと、それは柳沢吉保と芭蕉とが浅からぬ関係にあったからです。

ふたりは幕府の歌学方である北村季吟《きたむらきぎん》を仲介につながっています。北村季吟は、歌学方として幕府最高の歌人であり（実力はともかくね）、柳沢吉保の師匠であり、そして吉保に秘伝である古今伝授をした、バリバリの歌人中の歌人です。

が、北村季吟、その少し前は歌人ではなく俳諧師だった（ちなみにその前は医者）。その俳諧師時代の弟子が桃青、すなわち松尾芭蕉であり、そして柳沢吉保に古今伝授を授けたように芭蕉には俳諧の秘伝書である『埋木《うもれぎ》』を授けたのです（一〇七ページ）。

そんなわけで吉保と芭蕉とは、ジャンルの違う（しかし近接した）兄弟弟子といってもいいような関係だったのです。

ですから「義経の鎮魂ができる詩人は誰だ」と考えたとき、吉保がすぐに芭蕉を思い浮かべたということもあるかもしれないし、綱吉の意向を受けた柳沢吉保の命により、芭蕉と曾良とが義経鎮魂のために奥州平泉に下ったと考えることも、ひょっとしたらできるかもしれない。そう考えると楽しい。が、むろん命令書やら書簡やらは見つかっていない。だから、これは想像の域を出ない。というわけであまり深入りすると危険なので、本文には入れずに、ここに書きました。

柳沢吉保の作った六義園《りくぎえん》は江戸城の真北にあります。そして芭蕉庵は江戸城の真東。この位置関係も何か意味がありそうです。そして、訪れる人に解くことを要求する和歌の「術語（コード）」が八八も埋められている吉保の六義園。コードを解きながら、六義園をそぞろ歩いていると、『おくのほそ道』の立体版を読み解いているようにも感じるのです。

さて、本書はアートスペース「冊《さつ》（九段）」での全六回の講義が元になっています。毎年、さまざまなテーマで講座を行なう予定ですので、どうぞ遊びに来てください。

また、内田樹さんと対談をした二期倶楽部（那須）の敷地全体を『おくのほそ道』に擬えて歩くということも企画しました。

また本書の一部は能楽の宝生《ほうしよう》流の雑誌『宝生』に寄稿したものも入っております。カラー版のきれいな雑誌です。ぜひ一度、お手に取ってみてください（ときどき寄稿しています）。

若者たちと『おくのほそ道』を歩く企画は今は行っておりませんが、一緒に歩いた仲間たちとは芭蕉の提唱する「俳諧人」の現代版である「優雅な貧乏生活」を模索中です。本書では紙幅の関係で俳諧人に関する項は割愛しましたが、いつか書きたいと思っています。

また本文中に書いた能（特にワキ）のことをさらに知りたいという方は拙著『異界を旅する能――ワキという存在』（ちくま文庫）をお読みいただければと存じます。

むろん実際に能を観に行くことや、謡を習うこともぜひ！

今回もいろいろな方のお世話になりました。感謝いたします。

毎度のことながら、私の先生である鏑木岑男師にはひとかたならぬお世話になりました。

梅若万三郎師（観世流）。梅若万三郎家のご当主で『遊行柳』の写真の掲載をご快諾いただきました（写真提供：前島吉裕氏）。

佐々木多門師（喜多流）には『八島』の写真をご提供いただきました（写真提供：石田裕氏）。佐々木多門師は、平泉の中尊寺につながる方です。

また『道成寺』の写真は加藤眞悟師（観世流）です（写真提供：前島吉裕氏）。

森田拾史郎さんにも撮影いただきました。

内田樹さんには、対談の内容の転載をご快諾いただいただけでなく、対談中に本書のアイデアもいただきました。

ＴＲＰＧの大家、門倉直人さんにはＴＲＰＧについてのお話を伺いました。

また東江寺（広尾）の飯田義道師、西徳寺（浅草）の大谷義博師には、若者たちとの「おくのほそ道」ウォーキングでお世話になりました。

今回の『おくのほそ道』の写真は、写真家のエバレット・ブラウン氏よりご提供いただきました。エバレットさんは日本各地を歩いて独自に日本文化の研究をなさっています。「おくのほそ道」は三回歩いたそうです。今回の旅もご一緒しました。エバレットさんの視点で切り取られた写真は、私たちに何かを語りかけてくるようでもあります。

また、やはり旅の仲間である須藤聰さん撮影の写真もお借りしました。

そしてエバレットさんをご紹介いただき、さらに「おくのほそ道」の旅のヒントをいただいたうえに、推薦文を寄せてくださった松岡正剛氏に深く感謝いたします。

こうやってお世話になった方々の名前を思い出していると、本当に他人のふんどしで相撲を取っていますね。まだまだたくさんいらっしゃいますが、そろそろ紙幅も尽きました。

そして何より、本書をお手に取ってくださった皆さまに一番の感謝です。ありがとうございます。

連絡先（今回の本でお世話になった団体のご連絡先です）

・ＮＩＫＩギャラリー「册」
〒102-0074　東京都千代田区九段南２―１―17　パークマンション千鳥ヶ淵１Ｆ
TEL：03-3221-4220／FAX：03-3221-4230
http://www.satsu.jp/kudan/

【能楽関係】

●**観世流**

・観世会共同運営公式WEBサイト　https://kanze.net/
一般社団法人　観世会　〒104-0061　東京都中央区銀座6丁目10番1号
GINZA SIX　地下3階
TEL 03-6274-6579　FAX 03-6274-6589

・銕仙会　http://www.tessen.org/
・観世九皐会　https://yarai-nohgakudo.com/kyukoukai
・梅若会（梅若能学院会館）　https://umewaka.org/
・梅若研能会
〒151-0066　東京都渋谷区西原1―4―2
TEL 03-3466-3041
http://www.umewakakennohkai.com/

●宝生流

・宝生会（雑誌『宝生』もこちらです）

〒113-0033　東京都文京区本郷1―5―9　宝生能楽堂内

TEL 03-3811-4843

http://www.hosho.or.jp/

●金春流

・金春流　金春円満井《えんまい》会　https://www.komparu-enmaikai.com/

●金剛流

・金剛能楽堂　http://www.kongou-net.com/

●喜多流

・喜多流職分会

公益財団法人十四世六平太記念財団　十四世喜多六平太記念能楽堂

〒141-0021　東京都品川区上大崎4―6―9

TEL 03-3491-8813／FAX 03-3491-8999

http://kita-noh.com/

二〇一一年十二月吉日

安田登

文庫版あとがき

本書をお読み下さり、ありがとうございました。最後に、本書執筆以降のお話を少し書いておこうと思います。

本書を執筆していたのは二〇一一年、その年の三月十一日に東日本大震災があったことはご存じの通りです。

一緒に「おくのほそ道」を歩いた人たちの多くは、ボランティアとして復興のお手伝いに行きました。人に会うことすら苦手だった彼らが、震災の現場でボランティアとしてさまざまなお手伝いをしたのです。

そして、その年の秋、本書の6章の「鎮魂の旅」をしました。

仙台から歩き始め、宮城野、塩竈《しおがま》を巡り松島に。松島では船に乗って島々を巡りました。そこから石巻、登米、一ノ関、そして義経鎮魂の地、平泉に向かいました。

歩いたのは震災で大きな被害を受けた地です。一緒に歩いた参加者の中には、その地でボランティアをしていた人たちもいました。彼らがその地に赴いたのは震災の数週間後。悲惨な状況の中でのボランティアでした。

「鎮魂の旅」の途中にその地に立つと、多くの死者の記憶が彼らの中に蘇ります。土地土地で、皆で合掌し、お花やお香を供え、お経を読誦《どくじゅ》しながら旅を続けました。

震災から半年が経ったとはいえ、半壊・全壊の家も多く、道路すらなくなってしまったところも数多くありました。食事をするためのお店もほとんどが閉まっている。コンビニもない。公衆トイレもない。

紙の地図もスマホの地図も役に立たない。芭蕉の時代の旅もそうだったでしょう。「おくのほそ道」の記憶と、震災の記憶を辿りながら旅をします。

そして、平泉で念願の義経の鎮魂を果たし、さて次はいよいよ、東（太平洋側）から西（日本海側）への横断の旅というときに問題が起きました。

このウォーキングの翌年、二〇一二年の秋、その道の下見に行きました。そこで泊ったいくつかの旅館の方たちに、このような旅をしているということと、来年の春から秋にかけてこの周辺を歩きたいということを告げると、みなさん一様に「やめた方がいい」というのです。

『おくのほそ道』でいえば「尿前《しとまえ》の関」や「尾花沢」です。芭蕉が泊った宿ではノミやシラミに責められ、しかも枕元では馬の小便の音すらし、「蚤虱《のみしらみ》馬の尿《ばり》する枕もと」という句を詠んだところ。道も難儀で、「この道ではいつも必ず危険な目に遭う（この道かならず不用のことあり）」というところ。盗賊なども出没する道でした。

それだから止められるのかと思ったのですが、違っていました。震災以降、この道に熊が出没するようになったというのです。それまでは山に籠っていた熊が、震災で自然が変わり、人里に降りてきたと。また、その頃、岩手の知人の家の田植えのお手伝いに行きましたが、その年は収穫をしても農協が買い取ってくれないと。原発事故による放射能汚染のせいです。熊の出没には複雑な環境変化が影響しているのかも知れません。

芭蕉の時代ですら熊の話は出て来ません。あの震災の影響がいかに大きかったかを思い知らされました。

そこでこのルートは自分ひとりで廻り、その次の立石寺（山寺）と出羽三山を数人のメンバーと巡ることにしました。

＊

立石寺（山寺）は、『おくのほそ道』でもっとも有名な句が詠まれたお寺です。

閑《しずか》さや　岩にしみ入る　蟬の声

実はここも「鋭角的寄り道（一一一ページ）」です。芭蕉がわざわざここに寄ったのは、何人かの人たちに「一見すべし」と勧められたからです。

岩に巌《いわお》を重ねて山とし、松栢《しょうはく》年旧《ふり》土石老《おい》て苔滑《なめらか》に、岩上の院々扉を閉《とじ》てものの音きこえず。岸をめぐり岩を這《はい》て仏閣を拝し、佳景寂寞《じゃくまん》として心すみ行くのみおぼゆ。

漢語調の美文です。芭蕉がこの文を朗読したとするなら、聞いている人の脳裏には、凄愴たる岩山、静謐の山中の景色が浮かんだことでしょう。最後は「景色を見ている と、その静けさに自分の心が澄んでいくのを感じる（心すみ行くのみおぼゆ）」と結ぶ。そこで、あの「閑さや」の句を詠むのです。

この句には、元になった漢詩があると言われています。

蟬噪林逾静　蟬噪《さわ》ぎて林逾《いよいよ》静かに
鳥鳴山更幽　鳥鳴きて山更に幽《ゆう》なり

これは中国の詩人、王籍の『入若耶渓』の中の一節です。蘇州（中国）の拙政園という庭園では、そこの柱にこの二句が書かれています。

「蟬がやかましく鳴くと林の静けさがいよいよ増す（蟬噪林逾静）」というのは芭蕉の句の心に似ています。

漢文に明るい芭蕉のことです。この詩は当然知っていたでしょうし、芭蕉の一門の人たちだって知っていたはずです。しかし、門人たちはこの句をパクったとは思わず、むしろ芭蕉のうまさに驚いたと思うのです。

本文の中で、芭蕉の句はおそらく能の謡のように謡われたと書きました。この句もそんな風に読んでみます。

まずはバーンと「閑さや」ときます。漢文調の名文である本文を芭蕉の朗読で聞いていた門人。「閑さや」が謡われたとき、立石寺の景色を脳裏に浮かべながら、その静謐さを思ったでしょう。

と、次に「岩にしみ入る」と来た。これは門人、驚いた。「え、岩に何がしみ入るのか。雨でも降っていたのか」と思う。

ところが芭蕉は「蟬の声」と謡う。

門人たちは、ここで「おお！」という感嘆の声を上げたかもしれません。

「しみ入る」を知覚するのは視覚か触覚。ところが「声」を知覚するのは聴覚。ふつうは声がしみ入るなんて思わない。現代の注釈書でも、多くは「しみ入ってゆくように感ぜられる」と書くものが多い。

ところが芭蕉には、たとえば『おくのほそ道』の中だけでも「石山の石より白し秋の風」などのように触覚で感じる秋風を白（視覚）と詠ったりするような句がある。このように感覚器官を横断する感覚を共感覚というと本文にも書きましたが、芭蕉は共感覚を有する人で、門人の中にもそのような人が多かったのではないかと想像をします。

すなわち、芭蕉には、蟬の声が岩にしみ入っていくのが「見えた」。

この句を聞いたとき、むろん門人の中には王籍の詩を思い浮かべた人もいたでしょう。しかし、その門人たちも、この見事なアレンジに「やられた」と思ったはずです。「俺など、やはり足元にも及ばない」と芭蕉の凄さを再認識した門人もいたに違いありません。

また、王籍の『入若耶溪』は故郷を恋うる詩ですから、芭蕉も故郷を恋うるのかと思った門人もいたかもしれません。しかし、芭蕉の旅はようやく中盤に差し掛かったところ。その前途の長さが王籍の詩によって、より強調されます。

「閑さや」の句は、王籍の詩を本歌とする本歌取りの句であるともいえるでしょう。

＊

さて、本書をお読みになられた方の中には「いくら何でも深読みのしすぎだよ」と思う方もいらっしゃるかもしれません。

芸能を例にお話しさせてください。

芸能には「他律的な芸能」と「自律的な芸能」とがあります。

「他律」はヘテロ（他者）・ノミー（法）です。他律的芸能というのはその主導権が他者にあり、作り手が主導権を持つ芸能をいいます。たとえば多くのハリウッド映画がこれです。作り手の伝えたいことは明確で、圧倒的な迫力や説得力によって「どうだ！」と観客に迫り、観客は映画を観ている間は自己の思考や批判を放棄して映像に身をゆだねる。

観客は観ているあいだ、思索を求められることもなく、わかりやすく、面白いので多くの観客を獲得することができます。しかし、映画館を出て少し経てば、すぐに忘れてしまう。

「消費される芸能」といってもいいでしょう。

それに対して「自律」はオート（自己）・ノミー（法）。ルールや主導権は自分、芸能でいえば観客にある。作り手はあえて「よくわからない」ような作り方をし、観客ひとりひとりがそれを咀嚼《そしやく》し、解釈し、意味付けをする余地を残します。「繰り返し味わう芸能」です。

その最たるものが能楽です。能を最初に観た人のほとんどは「よくわからない」と思う。それで観るのをやめてしまう人も多い。しかし、それをきっかけに能の典拠となった古典を学んだり、何度も観たりして、自分で意味を見出そうとする人たちもいます。

最良の作品は、一見「他律」のようでいながら、実は「自律」的な作品です。観ているときには「面白い、面白い」と何も考えずに楽しみながら、あとで「あれ？　あそこに違和感がある。あれはどんな意味があったのだろう」と考えさせられる作品です。そうなのです。「他律的な自律的」芸能には、ところどころにちょっとした違和感が仕組まれています。何か引っかかるように作られている。

これは芸能だけではありません。文学作品にもあります。

私は『おくのほそ道』はそのひとつだと思っています。

本書で紹介した能楽の知識などなくても、充分に楽しめます。「閑さや」の句だって、そのままでも素晴らしい。「他律」的な作品としても読める、それが『おくのほそ道』です。

しかし、能楽や古典を知れば、より深く楽しめる。それが『おくのほそ道』です。

自律的な作品の特徴は、読みに「正解」がないということです。本書で紹介した読みは私の読みです。ひとつの読み方に過ぎません。また、年を重ねれば読みも変わってきます。歩くたびに気づくこともあります。

読めば読むほど、歩けば歩くほど、見え方、読み方が変わって来る。それが自律的作品の面白さです。

みなさま方も、ぜひお好きにお読みいただければと思います。

最後に、一緒に「おくのほそ道」を歩いた、ひとりの人の句を紹介します。彼は二十年以上も引きこもりをしていました。第一回の「おくのほそ道」ウォーキングに参加し日光までを一緒に歩きました。途中で大雨が降り、雨具を着て、びしょびしょになりながら歩いて、日光の杉並木に着きました。そこを歩いているときに突然、雨があがり並木の間から日が差しました。そのときに彼が詠んだ句です。

旅の空　我が人生に　光射し

季語もない句です。しかし、この句によって彼の人生は確実に変わったのです。

二〇二三年三月二十日

安田登

推薦文

「能を「代入」すると
『おくのほそ道』の謎がこんなにはらはら解ける！」

いとうせいこう

参考文献

『おくのほそ道』に関する本はたくさんあるので、ここではこれから『おくのほそ道』を読もうという方に有益となる参考文献と本文中に出てきた書籍を紹介します（専門書・研究書は含まれていません）。

【おくのほそ道】
『おくのほそ道』を気楽に通読したいという方にはやはり文庫。古典が苦手という方におすすめ。
・『おくのほそ道（全）』（角川ソフィア文庫――ビギナーズ・クラシックス）
もうちょっと本格的に読みたいという方はこちらを。
・潁原退蔵・尾形仂訳『おくのほそ道――現代語訳／曾良随行日記付き』（角川ソフィア文庫）
「もう一冊、注釈を」という方はぜひ。
・久富哲雄訳『おくのほそ道』（講談社学術文庫）

現代語訳はついていませんが、江戸時代の注釈書である奥細道菅菰抄や俳諧書留が載っていて便利。
・萩原恭男校注『芭蕉　おくのほそ道――付・曾良旅日記、奥細道菅菰抄』（岩波文庫）

【注釈書】もっと深く読みたいという方はこちらも。
本書がもっともお世話になった本です。
・尾形仂『おくのほそ道評釈』（角川書店）
ちょっと古い本ですが、諸説が載っていて便利。
・阿部喜三男『評考　奥の細道』（山田書院）
現時点での諸説が参照できます。
・楠元六男、深沢眞二編『おくのほそ道大全』（笠間書院）

【その他芭蕉について】
・工藤寛正『完全版　おくのほそ道探訪事典『随行日記』で歩く全行程』（東京堂出版）
・櫻井武次郎『奥の細道行脚――『曾良日記』を読む』（岩波書店）

・目崎徳衛『芭蕉のうちなる西行――遁世・数奇・漂泊の系譜』（角川書店）
・能勢朝次『三冊子評釈』（三省堂）
・安東次男『定本　芭蕉』（筑摩書房）
・保田與重郎『芭蕉』（保田與重郎文庫：新学社）
・廣末保『芭蕉』（廣末保著作集：影書房）

【西行】

・西尾光一編『撰集抄』（松平文庫本、笠間書院）
・西尾光一校注『撰集抄』（岩波文庫）
・目崎徳衛『西行』（吉川弘文館）
・白洲正子『西行』（新潮文庫）
・岡田喜秋『西行の旅路』（秀作社出版）
・『西行　捨てて生きる』（別冊太陽：平凡社）

【その他】

・目崎徳衛『漂泊――日本思想史の底流』（角川書店）
・柳瀬喜代志ほか訳『将門記・陸奥話記・保元物語・平治物語』（新編　日本古典文学

全集：小学館）
・岸谷誠一訳『保元物語』（岩波文庫）
・岡見正雄校注『義経記』（日本古典文学大系：岩波書店）
・片野達郎・松野陽一校注『千載和歌集』（新日本古典文学大系：岩波書店）
・山田雄司『跋扈する怨霊――祟りと鎮魂の日本史』（吉川弘文館）
・武田恒泰『怨霊になった天皇』（小学館）
・島内景二『柳沢吉保と江戸の夢――元禄ルネッサンスの開幕』（笠間書院）
・島内景二『北村季吟――この世のちの世思ふことなき』（ミネルヴァ書房）
・マルコ・ポーロ著、愛宕松男訳注『東方見聞録2』（東洋文庫：平凡社）
・服部幸雄『大いなる小屋――江戸歌舞伎の祝祭空間』（平凡社ライブラリー）
・今泉みね『名ごりの夢――蘭医桂川家に生まれて』（東洋文庫：平凡社）
・間宮芳生『現代音楽の冒険』（岩波新書）
・『日本屏風絵集成〈第14巻〉風俗画――遊楽　誰カ袖』（講談社）
・門倉直人『ローズ・トゥ・ロード』（エンターブレイン）
・ケイティ・サレン他著、山本貴光訳『ルールズ・オブ・プレイ（上）ゲームデザインの基礎』（ソフトバンククリエイティブ）

本書は、二〇一二年一月、春秋社から刊行された単行本に加筆したものです。

異界を旅する能　安田登

「能」は、旅する「ワキ」と、幽霊や精霊である「シテ」の出会いから始まる。そして、リセットが鍵となる日本文化を解き明かす。（松岡正剛）

身体能力を高める「和の所作」　安田登

なぜ能楽師は80歳になっても颯爽と舞うことができるのか？　「すり足」「新聞パンチ」等のワークで大腰筋を鍛え集中力をつける。（内田樹）

百人一首（日本の古典）　鈴木日出男

王朝和歌の精髄、百人一首を第一人者が易しく解説。現代語訳、鑑賞、作者紹介、語句・技法を見開きにコンパクトにまとめた最良の入門書。

英語で読む 銀河鉄道の夜（対訳版）　宮沢賢治　ロジャー・パルバース訳

"Night On The Milky Way Train"（銀河鉄道の夜）賢治文学の名篇が香り高い訳で生まれかわる。文庫オリジナル。井上ひさし氏推薦。（高橋康也）

江戸へようこそ　杉浦日向子

江戸人と遊ぼう！　北斎も、源内もみ〜んな江戸のワタシラだ。江戸人に共鳴する現代の浮世絵師が、イキイキ語る江戸の楽しみ方。（泉麻人）

江戸百夢　田中優子

世界の都市を含みこむ「るつぼ」江戸の百の図像（手拭いから彫刻まで）を縦横無尽に読み解く。平成12年度芸術選奨文部科学大臣賞、サントリー学芸賞受賞。

つらい時、いつも古典に救われた　清川妙　早川茉莉編

万葉集、枕草子、徒然草、百人一首などに学ぶ、前向きにしなやかに生きていくためのヒント。古典講座の人気講師による古典エッセイ。（早川茉莉）

鬼の研究　馬場あき子

かつて都大路に出没した鬼たち、彼らはほろんでしまったのだろうか。日本の歴史の暗部に生滅した〈鬼〉の情念を独自の視点で捉える。（谷川健一）

これで古典がよくわかる　橋本治

古典文学に親しめず、興味を持てない人たちは少なくない。どうすれば古典が「わかる」ようになるかを具体例を挙げ、教授する最良の入門書。

ちぐはぐな身体《からだ》　鷲田清一

ファッションは、だらしなく着くずすことから始まる。中高生の制服の着崩し、コムデギャルソン、刺青等から身体論を語る。（永江朗）

身体感覚を磨く12カ月　松田恵美子

冬は蒸しタオルで首を温め、梅雨時は息を吐き切る練習をする。ヨーガや整体の技を取り入れたセルフケアで元気になる。鴻上尚史氏推薦。

整体入門　野口晴哉

日本の東洋医学を代表する著者による初心者向け野口整体のポイント。体の偏りを正す基本の「活元運動」から目的別の運動まで。（伊藤桂一）

落語百選（春夏秋冬）（全4巻）　麻生芳伸編

春は花見、夏の舟遊び……落語百作品を四季に分け、詳しい解説とともに読みながら楽しむ落語入門の代表的ロングセラー・シリーズ。

兄のトランク　宮沢清六

兄・宮沢賢治の生と死をそのかたわらでみつめ、兄の死後も烈しい空襲や散佚から遺稿類を守りぬいてきた実弟が綴る、初のエッセイ集。

内田百閒　ちくま日本文学

花火　山東京伝　件　道連　豹　冥途　大宴会　流渦　蘭陵王入陣曲　山高帽子　長春香　東京日記　サラサーテの盤　特別阿房列車　他　（赤瀬川原平）

宮沢賢治　ちくま日本文学

革トランク　毒もみのすきな署長さん　風の又三郎　注文の多い料理店　猫の事務所　オツベルと象　セロ弾きのゴーシュ　詩　歌曲　他　（井上ひさし）

寺山修司　ちくま日本文学

誰か故郷を想はざる　抄　家出のすすめ　抄　毛皮のマリー　サーカス　スポーツ版裏町人生　より　おさらばという名の黒馬　田園に死す　抄　他　（池内紀）

太宰治　ちくま日本文学

魚服記　ロマネスク　満願　津軽　抄　女生徒　千代女　新釈諸国噺　より　お伽草紙　より　トカトントン　桜桃　ヴィヨンの妻　他　（長部日出雄）

折口信夫　ちくま日本文学

古代感愛集　抄　近代悲傷集　抄　現代襤褸集　抄　死者の書　「古代研究」追い書き　妣が国へ・常世へ　春来る鬼　他　（小松和彦）

石川啄木　ちくま日本文学

一握の砂　悲しき玩具　呼子と口笛　より　我等の一団と彼　林中書　時代閉塞の現状　弓町より　郁雨に与う　日記　手紙　（関川夏央）

ちくま文庫

『おくのほそ道《みち》』謎解《なぞと》きの旅《たび》
身体感覚《しんたいかんかく》で「芭蕉《ばしょう》」を読《よ》みなおす

二〇二三年五月十日　第一刷発行

著　者　安田登（やすだ・のぼる）
発行者　喜入冬子
発行所　株式会社　筑摩書房
東京都台東区蔵前二―五―三　〒一一一―八七五五
電話番号　〇三―五六八七―二六〇一（代表）
装幀者　安野光雅
印刷所　三松堂印刷株式会社
製本所　三松堂印刷株式会社

ISBN978-4-480-43879-9　C0195